김수영 시 읽기

김수영 시 읽기

유성호 외 지음

국학자료원

머리말

재일미술가 이우환은 1936년 경남에서 태어났다. 서울대 미술대학에 재학 중이던 이우환은 1956년 일본으로 밀항했다가 그대로 그곳에 눌러 앉아 철학을 전공한다. 1960년대 후반에 이르러 이우환은 화가와 미술평론가로 이름을 떨치기 시작한다. 이우환은 일본의 '모노하(物派)'와 관계하는 동시에 박서보, 김기린, 윤형근 등으로 대표되는 한국의 1960~70년대 '단색추상화'에 영향을 끼쳤다. 이우환은 한국의 군정에 반대했고 통일운동에 관여했다. 우장홍이라는 필명으로 『남북한 해방문학 20년사』(1967)를 쓰기도 했다. 이우환이 박정희 정권에 체포된 해는 유신 이후 온갖 공안 사건이 '조작'되던 1974년이다.[1] 이우환은 중앙정보부에 체포되었다. 일주일간 자행된 고문과 취조는 화가의 영혼에 길고 깊은 상흔을 남겼다. 이우환은 이 시기의 경험을 글로 남긴다.

> Y는, 매일 화가 친구들과 술을 마시거니 골동품 가게에 가거니 화랑을 돌거니 하면서 오랜만에 서울을 즐겼다. 그런데 어느 날, 너댓 명의 정체 불명의 사내들에게 갑자기 붙잡혔다. 심하게 맞은 듯 의식을 잃고, 며칠이 지났을까, 정신이 들고 보니 지하실 같은 세 평가량의 네모난 콘크리트 공간에 갇혀 있다. 두 명의 취조관인 듯한 자가 Y를 노려보고 있다.

---

1) 김미경, 「이우환의 「세키네 노부오론」(1969) 연구」, 『한국근대미술사학』 제14집, 한국근대미술사학회, 2005, 246쪽 참조.

(중략)

몽둥이로 때리거나 구두로 짓밟거나 물구나무를 세우거나 물을 끼얹거나 느닷없이 물어뜯거나 하면서, 가능한 모든 도발을 시도해 보며 뭔가 중요한 비밀 같은 것을 캐내려고 애쓰는 것이었지만, Y는 그들의 기대에 부응할 만한 아무런 말도 생각해 낼 수가 없었다.

(중략)

이렇게 말하면 저렇게 받아치고 저렇게 말하면 이렇게 받아치므로, 처음에는 이 놈들이 어느 쪽 인간인지 짐작할 수도 없었으나 남쪽인 듯하다는 사실만은 알게 되었다. "북에 갔다 왔다고 말해." "갔다 왔습니다." "갔다 오지 않은 게 아니었나?" "역시 가지 않았습니다." "김일성 만세라고 말해봐." "김일성 만세." "박정희 만세는?" "박정희 만세." "Y는 개새끼." "Y는 개새끼." "너 그래도 사람이냐?" "너 그래도 사람이냐." "이 자식 죽고 싶어." "이번에는 우습게 보지 말라고 할 테지."[2]

문학사에서 '익숙하게' 찾아볼 수 있는 '붉은 등'의 모티프다. 1967년 '동백림 간첩 조작사건'으로 역시 씻을 수 없는 상처를 입고, '유고시집 발간' 해프닝마저 겪은 천상병은 1971년 이전과는 '다른 새'를 시를 통해 선보였다. "이젠 몇 년이었는가/ 아이론 밑 와이셔츠 같이/ 당한 그날은……// 이젠 몇 년이었는가/ 무서운 집 뒷창가에/ 여름 곤충 한 마리/ 땀 흘리는 나에게 악수를 청한 그날은……// 내 살과 뼈는 알고 있다/ 진실과 고통/

---

2) 이우환, 남지현 옮김, 「Y의 체험」, 『시간의 여울』, 디자인하우스, 2002, 46−48쪽.

그 어느 쪽이 강자인가를……// 내 마음 하늘/ 한편 가에서/ 새는 소스라치게 날개 편다"(천상병, 「그날은—새」 전문3)) 이우환의 경우는 고백이라는 점이 다를 뿐이다. 이우환은 스스로 한국어를 떠난 타자다. 고백의 주체는 우리 내부의 타자가 아니라, 우리라고 말할 수 있는 역사의 어느 시점의 절취선이 스스로 찢어 내버린 존재라는 점이 다를 뿐이다. 이우환은 고백 속에서 한국어의 국면 속으로 점착한다. 영원히 씻기지 않을 고통의 메아리로 들러붙는다. '북에 갔느냐?'는 질문이 곧장 '김일성 만세'로 왜곡되는 근거는 익숙한 배제의 논리에 있을 것이다. 배제된 것을 중핵에 놓고 보면 배제된 것의 외부 전체가 내부를 만들어낸다. 작고 검은 구멍을 뚫어놓고 보면 그 외부 전체가 내부에 해당하기 때문이다. 북에 갔느냐, 그렇다면 김일성 체제를 긍정하는 것이지? 이 정도의 논리는 아직도 우리 사회 '내부'를 지탱하는 무의식적 근거 가운데 하나로 자리하고 있다. 천상병이 "내 살과 뼈는 알고 있다"라고 했을 때, 세계를 명명하는 언어의 문제는 곧장 개인이 살과 뼈로 체화해내야 할 선택과 신념의 문제로 바뀌고 만다. 언어와 신념의 절취선 어딘가에 자유의 가능성에 대한 물음이 끼이게 되는 것이다. 이우환은 같은 체험을 다시 쓴다.

정체 불명의 사내들에게 끌려가 어딘지도 모를 어두운 콘크리트 방에 감혀, 맞고 차이고 하면서 몇 번이나 정신을 잃었던가. 오해도

---

3) 『천상병 전집(시)』, 평민사, 2007, 98쪽.

유분수지, 나를 숨은 혁명가로 만들어 놓고는 기냐 아니냐며 때려죽일 듯이 족쳐 댄다. 그러나 전혀 상관이 없는 일이고 보니 아무리 당해 봤자 아무것도 모른다고 말할 수밖에 없다. A와 B 중 어느 쪽이 옳다고 생각하느냐고 물어 와도 나는 판단이 서지 않고, 그렇다고 해서 제삼의 뭔가를 꿈꿀 로맨티스트도 아니다. 그래도 알아주지 않은 채, 이 거짓말쟁이가, 하면서 더욱더 고문은 혹독해진다. 그래서 견딜 수가 없어, 없는 명분은 세울 수 없지만 뭐라도 좋으니까 한 셈 치고 용서해 달라고 애원했다.[4]

이우환의 살을 찢고 뼈를 바수고도 아무런 만족할 만한 결과를 얻어내지 못한 기관원은 '경멸의 눈초리로' 말한다. 철학을 전공한 자라면 좌익이나 우익 가운데 하나를 명백하게 택해야 않느냐고. 그건 신념의 문제라고. 그것이 무어건 신념이 없는 자는 우리의 미래에 무관심한 자다. 잡초, 구더기나 매한가지다. "김일성 만세"에 "박정희 만세"가 곧장 따라붙는 이유는 여기 있다. 언어가 빠지고 강제된 신념이 '우리'를 만들어낸다는 환상 말이다. 그것도 없는 자는 "개새끼", "잡초", "구더기"와 같다는 논리. 언어는 실재에 작용하는 것이 아니라 '실재하는 것으로 간주된 세계에 적용되며, 세계는 실재하는 세계의 의미를 언어의 체계성에 기대어 사후적으로 반영한다.'[5]

---

4) 이우환, 「구더기(無骨蟲)」, 같은 책, 52쪽.
5) Benveste, Emile, 김현권 옮김, 『일반언어학의 여러 문제 1』, 지식을만드는지식, 2012, 151쪽.

김수영은 1960년 10월 6일 「"김일성 만세"」라는 시를 쓰고 발표를 타진하다가 결국 '묵힌다'. 작품은 2008년 여름 『창작과비평』 지면을 통해서 발굴 소개된다. 김수영은 "김일성 만세"를 인정하는 것은 "한국의 언론자유의 출발"이라는 돌올한 선언으로 시를 시작한다. 이어지는 구절에서 "김일성 만세"를 인정하지 않은 것이 언론의 자유라고 우기는 시인과 "김일성 만세"를 인정하지 않는 것이 정치의 자유라고 우기는 관리가 실명으로 등장한다. 언어적 층위에서 발화 가능성을 무한대로 열어놓는 자유는 물론 정치적 층위에서 신념과 사상을 선택할 수 있는 가능성을 무한대로 열어놓는 자유가 '언론자유'라고 주장한 셈이다. 김수영은 신념 이전에 선택의 벡터와 가능성의 벡터를 조합하여 '언론'이라는 사후적인 개념을 상정한 것이다. 김수영은 이 시를 쓰고 한 달이 채 못 된 시기에 「창작 자유의 조건」이라는 산문을 발표한다. 창작의 자유가 억압될 때 '감정이나 꿈의 위축'이 일어난다. 물론 여기서의 자유에는 "김일성 만세"가 포함된다. 가능성을 제한하는 현실 조건을 있는 그대로 받아들이는 것은 '죄악'이라고까지 김수영은 썼다.[6] 김수영의 "김일성 만세"는 이후에 진행될 개발독재 18년의 내적 신념으로 자리하게 될 "박정희 만세"를 예상 표절한 것일 수도 있다. 김수영이 「"김일성 만세"」를 쓰고 타협하지 않기로 다짐한 순간, 사장된 채 잊힌 김수영의 작품은 "박정희 만세"를 예상 표절한다.

6) 김수영, 「창작 자유의 조건」(1960.11.10), 이영준 엮음, 『김수영 전집 2, 산문』, 민음사, 2018, 243쪽.

랑시에르는 시민이란 정치적 허구의 주민일 뿐이라고 썼다. 시민을 교육하는 체제는 '불평등'을 선택이자 의무로 훈육하기 때문이다. 여기에는 가능성과 선택을 나란히 놓고 사유하게 하는 '법적 감정'이 가로놓인다. 시는 무엇인가? "모든 말하는 주체는 자기 자신과 사물을 노래하는 시인이다. 이 시가 시 말고 다른 것인 체 할 때, 시가 스스로를 진리라고 강요하고, 행위를 강제하고자 할 때 왜곡이 만들어진다. 수사학은 왜곡된 시학이다."[7] 김수영의 "김일성 만세"가 발굴된 2008년 이후 약 10년, 우리는 "김일성 만세"의 가능성이 삭제된 자리에서 신념과 선택을 강요하는 허구의 서사 가운데 하나로 "박정희 만세"의 귀환을 목격했다. 의외롭게도 이 시기를 전후하여 김수영 연구는 양적으로, 질적으로 새로운 국면에 들어섰다. 많은 논자들의 치열한 연구 성과들이 이 사실을 입증한다. 김수영의 "김일성 만세" 이후에 이우환의 "김일성 만세―박정희 만세"가 있었다. 우리는 이 지점에서 신념과 가치를 내면화하는 것이 먼저인지, 인식과 존재의 가능성이 먼저인지 되묻게 된다. 어쩌면 문학이, 시가 태어나는 지점도 여기 있을지 모른다.

어느 산모롱이에 쌓아올린 돌탑에 기구(祈求)의 염원을 더해 올리는 심정으로, 여기 김수영에 관한 연구물을 하나 더해 올린다. 여기 참여한 이은실, 김혜진, 차성환, 신동옥, 전철희, 곽예근, 하빛나, 정애진, 양진호, 조대한, 정보영, 이중원, 정치훈, 권준형은 모두 한양대학교 국어국문학과

---

7) Rancière, Jacques, 양창렬 옮김, 『무지한 스승』, 궁리, 2008, 163쪽.

대학원에서 현대시를 전공으로 연구를 이어가고 있는 연구자들이다. 모두 유성호 선생님 문하(門下)에 있다.

　김현은 『시인을 찾아서』에서 김수영을 '공식적으로' 만난 이후 '이론으로 굴복시키고 싶은 시인'이라고 쓰기도 했다. 김현이 스스로 이론 체계를 완성해나간 시기는 바슐라르를 연구하며 상상력 이론을 펼치고, '한국문학사'를 쓰고, '문학과 지성'을 기획해나간 1970년대 이후일 것이다. 이 시기 김현이 쓴 시 비평의 행간을 읽으면, 어떤 안타까움을 읽게 된다. 우리 시와 현실의 미만함에서 느끼는 안타까움이 바로 그것이다. 1960~70년대를 겪으며 비로소 문화적이고 근대적인 개인이 태어났으나, 우리의 근대는 여전히 尺, 斤으로 대별되는 왜곡된 평면세계에 사로잡힌 무의식의 내면을 벗어나지 못하고 있었던 것. 김현을 이러한 양상을 일러 '샤머니즘'이라고 규정했다. 입방미터의 3차원적 시야로 세계를 조망하고자 했던 李箱의 좌절은 우리 문학의 비극적인 근원을 알레고리적 거울상으로 되비추고 있었던 것인지도 모를 일이다. 김현이 스스로 만들어나간 시야와 현장의 괴리가 어느 정도 사라지는 시점은 1980년대 이후인 것으로 여겨진다. 김현은 쓴다.

　　김수영은 1966년 내 시의 비밀은 내 번역을 보면 안다라고 말한 바 있다. 나는 차라리 그의 비밀의 상당 부분은 그가 번역을 했던 안 했건 그가 읽은 것 속에 있다라고 말하고 싶다. 그가 무슨 책을, 어떻게 읽었는지를 알아보는 것은 그의 시를 이해하는 데 아주 필요하고 긴요한 일이다. 그 작업은 그러나 쉬운 일이 아니다. 그의 시, 산문에 나오는 책, 사람 이름의 목록이라도 만들고, 어떻게 그가 그 책이나 사람을 읽었는가를 알아야 한다.

— 김현, 「김수영에 대한 두 개의 글」, 『책읽기의 괴로움/ 살아 있는 시들—김현문학전집5』, 문학과지성사, 2003, 46쪽.

2000년대의 김수영 연구는 김현이 남긴 저 숙제를 풀어나가려는 각 방면의 고투로 정리될 수도 있을 것이다. 연전에는 김수영 전집 개정3판이 출간되기도 했다. 여기 모인 우리들은 이러한 상황에서 '다시금' 김수영을 집어 들고 머리를 맞대고 읽기 시작했다.

우리는 함께 모여 2018년 한 해 동안 '김수영을' 읽었다. 읽기의 방식은 철저히 'close reading'를 모토로 했다. 연구 결과를 취합해서 토론하고, 한 편의 완성된 작품론을 덧붙이는 세미나 형식으로 모임은 이어졌다. 우리는 우선 기왕에 언급된 작품 외에 빼어난 성취를 보여주고 있음에도 언급 빈도가 상대적으로 드물었던 작품들을 골랐다. 그러고는 한 편씩, 한 편씩 해석을 더했다. 게 중 몇몇은 관심을 논문으로 확장하기도 했다. 최종적으로 모인 결과물은 애초의 계획에 절반에 채 못 미치지만, 함께 읽고 쓴 소중한 경험이 남았다. 우리가 함께 시를 읽고, 사랑하며, 그 언어를 자신의 언어로 바꾸어 이야기하는 자리는 평범한 사실에서 비롯되는 '동료애'를 품어 안았다. 이 책은 그 소략한 결과물이다.

유성호 선생님께서 큰 그림을 그리셨다. 조대한 학형이 자잘한 살림을 꾸리며 편의를 도왔다. 행간을 보듬어 책으로 묶어준 편집부에 감사의 인사를 올린다. 차성환 시인이 출간 과정을 도맡아주었다. 여러모로 녹록치 않은 환경 속에서도 선뜻 출간을 결정해준 국학자료원 정구형 대표님께 감사의 인사를 올린다.

— 2019년 봄, 필자를 대표하여
신동옥 글.

차례

제1장 논문

새롭게 발굴된 김수영 작품의 실존적 함의

유성호

---

1. 머리말

최근 김수영에 대한 논의가 폭증하고 있다. 이는 그의 시편들이 탁월한 내구성을 지닌 시사적 유산이기 때문이기도 하지만, 그의 시가 우리 문학 담론의 지형에 시사하는 몫이 매우 크기 때문이기도 할 것이다. 주지하듯 그의 시는 우리 문학이 구축해왔던 담론적 대립쌍들 이를테면 '참여/순수' '진보/보수' '리얼리즘/모더니즘' '근대/탈근대' '소시민/민중' 등의 구도에 대한 근본적인 재해석의 코드를 끊임없이 제공해주는 원천이 되어왔다. 특별히 1990년대 들어 근대 이후의 전망이 불투명해지면서, 우리는 그에 대한 심화된 각론들을 통해 근대성의 성취와 극복이라는 이중적 과제에 대한 유력한 시사를 받고자 하였다. 그가 자본주의적 일상의 구체성을 투시하면서도 그 속에 은폐되어 있는 자기 소외와 자기 혁명의 가능성을 동시에 사유했다는 점, 그리고 근대를 긍정하면서도 근대 이후의 비전에도 남다른 열정을 쏟은 점을 감안해볼 때, 우리는 김수영이 근대가 내장하고 있는 억압과 해방의 양극성에 대한 주체적 지양을 추구했다고 할 수 있을 것이다. 또한 그동안 우리 민족문학이 추구해왔던 이른바 '해방의 근대성'의 실천적 진경을 그가 보여주었다고 말할 수 있을 것이다.

김수영에 대한 이러한 해석 가능성은 그의 문학이 우리에게 선사해준 놀라운 고백의 에너지와 현실적 투시력에서 오는 것이다. 그만큼 김수영의 시나 산문은 일차적으로는 김수영의 내면을 충실하게 드러내는 고백의 자료가 되고, 그 다음으로는 1950—60년대 우리 시사에서 발현된 극점의 담론적 원천이 될 것이다. 그 점에서, 그의 작품들은 새로이 발굴될 때마다 일정하게 화제를 불러왔고, 그다지 새로운 충격을 주기에는 턱없이 모자란 평범한 자료일 경우도 있었지만, 새롭게 그를 부조하는 데 매우 유용한 사실을 제공하는 자료일 경우도 적지 않았다. 이 글을 통해 새로 소개하고 해석하려는 시와 산문은, 1950년대 초중반 김수영의 정신 풍경을 새롭게 보충할 수 있는 귀한 자료에 속하는 것들이다. 정밀한 재구와 독해를 통해 그동안 밝혀진 그의 시나 산문 외에 읽을 만한 자료로서 추가하고자 한다. 이러한 과정을 통해 그의 문학과 인간을 정확하게 이해하는 해석적 보완과 함께, 우리는 그의 문학적 지향이 가지고 있던 어떤 수원에 대한 새로운 생각의 기회를 가져볼 수 있을 것이다.

2. 설움을 어떻게 발산할 것인가 ─「그것을 위하여는」

그동안 김수영 전집에 실려 있지 않았던 발굴 시편 「그것을 위하여는」
은, 김수영 초기작 가운데서도 중요하게 읽혀질 가능성이 매우 높은 작품이
다. 그만큼 이 시편은 전후(戰後) 김수영의 내면과 시적 지향을 암시적으로
보여주고 있는 문제작이라고 할 수 있다. 시편 전문을 보이면 다음과 같다.

실낱같이 잘디잔 버드나무가
지붕 위 산 밑으로 보이는 객사(客舍)에서
등잔을 등에 지고 누우니
무엇을 또 생각하여야 할 것이냐

나이는 늙을수록 생각만이 쌓이는 듯
그렇지 않으면 며칠 만에 한가한 시간을
얻은 것이 고마워서 그러는지
나는 조울히 드러누워
하나 원시적인 일로 흘러가는 마음을 자찬하고 싶다

불같은 세상이라고 하지만
이 밤만은 그러한 소리가 귀에 젖어지지 않는다
오히려 불이 있다면
아니 저 등불이라도 마시라면
마시고 싶은 마음이다

혹은 버드나무 아래에서
무슨 소리가 들려올지 모른다고
잠도 자지 않고 깨어 있는
이 집 둘째아들처럼
'돈은 암만 벌어도 만족하여지지 않는다'

는 상인을 업수이 여기는 나의 마음도
사실은 오지 않을 기적을 기다리는
영원의 상인(商人)

만나야 할 사람도 만나지 못하고
가야 할 곳도 가지 못하고
나의 천직도 이제는 아주 잊어버렸다
이렇게 불빛을 등지고
한방의 친객(親客)들조차
무시하고
홀로 생각 아닌 생각에 젖어 있으면
언덕을 넘어오다
무의미하게 보고 온
눈 위로 나오고 눈 속에 파묻힌
도장나무 많이 심은 공원까지
생각이 나서
내 자신이 원시적인 사람처럼
원시적인 꿈으로 돌아가는 것이다

나이를 먹으면 설움을 어떻게 발산할 것인가도 자연히 알아지는
것인가 보다

그러니까
내 앞에 누운 나의 그림자조차 저렇게 금방 가늘어졌다 굵어졌다
제 마음대로
나중에는
채색까지 하고 있지 않는가 보아라

만나야 할 사람도 만나지 못하고 가야 할 곳도 가지 못하고
이제는 나의 천직도 잊어버리고
날만 새면

차디찬 곳을 찾아
차디찬 곳을 돌아다닌다

그러하니까 밤이 되면
객사를 찾아
등잔을 등에 지고 드러누워

있어야 할 게 아니랴

그러하니까
재미있는 생각이
굶주린 마음에서
유수(流水)같이
유수같이
쏟아져 나올 게 아닐까보랴

그것을 위하여는
일부러 바보라도 되어보고 싶구나

— 「그것을 위하여는」 전문[1]

　두루 알려져 있듯이, 김수영에게 1950년대는 실존적 고난의 연속이었다. 그는 1950년초 명동 문청들 사이의 히로인이었던 김현경과 결혼하여 돈암동에서 짧은 시간 행복한 결혼 생활을 했지만, 6.25가 터지면서 결혼 4개월 만에 의용군에 강제 동원되었고, 거기서 야간 탈출하였다가 경찰에 체포되어 마침내 거제 포로수용소에 갇히게 된다. 거제 포로수용소에서 아산 수용소로 이동한 그는 1952년 12월과 1953년 2월 사이로 추정되는 어느 시점에 아산 포로수용소에서 풀려나온다. 그리고 바로 부산으로 간

---

1)『연합신문』 1953. 10. 3.

다. 그때『자유세계』편집장이었던 소설가 박연희의 청탁으로 1953년 5월「祖國에 돌아오신 傷病捕虜 同志들에게」를 쓴다. 시인 박태진의 주선으로 미8군 수송관 통역으로 취직하였지만 곧 그만두고 모교인 선린상고 영어교사로 잠시 근무하기도 하였다. 그 해 늦가을에서 초겨울 사이 어느 날 그는 서울로 올라와『주간 태평양』편집부에 근무하게 되었고, 그 후로 타계할 때까지 서울에서 쭉 살았다. 이렇듯 1952년 말부터 1954년까지의 김수영은 포로수용소에서 나와 통역으로 교사로 잡지사로 동선을 옮겨갔고, 공간적으로는 포로수용소(거제, 아산), 부산(대구에도 잠깐), 서울로 옮겨갔다.「그것을 위하여는」은『연합신문』1953년 10월 3일자로 발표되었으니, 부산 교사 시절에서 서울 시절로 옮겨가는 어름에 씌어진 것으로 볼 수 있다. 시 안쪽을 들여다보자.

시의 화자는 버드나무가 산 밑으로 보이는 '객사(客舍)'에 등잔을 등에 지고 누워 있다. '객사'란 나그네를 치거나 묵게 하는 집이다. 아마도 김수영이 서울로 오기 전 교사 생활 가운데 묵었던 집을 말하는 듯하다. 여기서 화자는 골똘히 무엇을 '생각'하고 있다. 1연을 지나 2연으로 접어들면 그렇게 객사에 누워 행하는 한밤의 '생각'이 가득 펼쳐진다. 나이 들수록 '생각'만이 쌓이는 듯 며칠 만에 얻은 한가한 시간을 맞아 화자는 '원시적인 일'로 흘러가는 자신의 '마음'을 자찬하고 있다. 여기서 '원시적'이라는 표현은 이 작품의 중요한 지향의 하나이다. 그것은 그 이듬해 김수영이 서울로 가서 "서울에 돌아온 지 일주일도 못 되는 나에게는 도회의 騷音과 狂症과 速度와 虛僞가 새삼스럽게 미웁고/서글프게 느껴지고"[2]라고 노래했던 그 '서울'의 반대편 속성을 집약한 말이기 때문이다. 이러한 원시적인 '마음'을 자찬하고 있는 화자는 어쩌면 자찬(自讚)이 아니라 자위(自慰)를 하고 있는지도 모른다. 그렇게 '원시적인 일'로 흘러가는 '마음'을 가진 화자에게 '불같은 세상'

---

2) 김수영,「시골 선물」(1954년 작),『김수영 전집(시)』, 민음사, 1981. 39쪽.

이라는 말은 곧이들리지 않는다. 여기서 '불'은 일반적으로 '원시'의 반대편인 '문명'을 상징하기도 하지만, 위에서 말한 소음과 광증과 속도의 세상을 함축하고 있는 것이기도 하다. 또한 화자의 '생각'은 돈을 벌 궁리로 가득찬 상인(商人)을 업수이 여기는 '마음'으로 전이되어 "오지 않을 기적을 기다리는/영원의 상인"의 그것으로 이어져간다. 그 '영원의 상인'은 '돈'으로 상징되는 세상의 질서에서 벗어나 '원시적인 일'을 꿈꾸는 사람을 말하는 것일 터이다. 그것은 어쩌면 '시'를 생각하는 사람인지도 모른다. 화자가 이러한 '생각'을 하고 있는 밤은 바로 직전 씌어졌던 구절인 "영원히 나 자신을 고쳐가야 할 運命과 使命에 놓여있는 이 밤"[3]을 연상케 한다.

또한 화자는 정작 만나야 할 사람을 만나지 못하고 가야 할 곳을 가지 못하고 가장 중요한 시인으로서의 '천직'도 잊어버렸음을 새삼 환기한다. 아마도 바로 직전까지의 포로수용소 경험이 이 한탄 속에 반영되어 있을 것이다. 그런데 불빛을 등지고 홀로 이러한 "생각 아닌 생각"을 하다 보니, 화자는 자신이 "원시적인 사람"처럼 "원시적인 꿈"으로 돌아가는 것을 느낀다. 이때 "나이를 먹으면 설움을 어떻게 발산할 것인가도 자연히 알아지는 것"을 느낀다. 여기서 '설움'은 김수영 초기시의 선명한 키워드이다. 마치 윤동주가 '부끄러움'을 그 특유의 '부끄럼'으로 발화했듯이, 김수영은 '서러움'을 꼭 '설움'이라고 썼다. 전후 김수영은 '설움'에 싸여 살았다고 해도 과언이 아니다. 최하림의 『김수영 평전』에는 다음과 같은 구절이 있다.

> 53년 12월부터 다음해 12월 사이에 쓴 9편의 시를 보면 위와 같은 절망의 숨소리가 배어 있다. 그 9편에는 '설움'이라는 단어가 무려 15번 등장하고, 울음소리, 애처로움, 부끄러움과 같은 절망과 슬픔의 유사어들이 널려 있다.[4]

---

3) 김수영, 「달나라의 장난」(1953년 작), 위의 책. 25쪽.
4) 최하림, 『김수영 평전』, 실천문학사, 2001. 209-210쪽.

김수영은 "설움을 逆流하는 야릇한 것만을 구태여 찾아서 헤매는 것은/우둔한 일인 줄 알면서/그것이 나의 생활이며 생명이며 정신이며 시대이며 밑바닥이라는 것을/믿었기 때문에—"5)라고 적고 있다. 그 '설움'의 발산 방법으로 그는 한밤의 '원시적인 꿈'을 택한 것이다.

등잔불에 비친 그림자조차 가늘어졌다 굵어졌다 하면서 "제 마음대로" 움직이고 나중에는 채색까지 하는 것을 보면서 화자는 다시 한 번 "만나야 할 사람도 만나지 못하고 가야 할 곳도 가지 못하고/이제는 나의 천직도 잊어버리고" 사는 자신의 처지를 생각한다. 그리고 날이 새면 차가운 곳을 돌아다니다, 밤만 되면 다시 객사로 돌아와 등잔을 등에 지고 드러누워 "재미있는 생각"을 하고 있다. 그 '생각'이 "굶주린 마음"에서 유수와도 같이 쏟아져 나오는 것을 상상하고 있는 것이다. 이때 시의 제목인 "그것을 위하여는"이 한 번 나오는데, '그것'이란 "원시적인 일"을 꿈꾸는 "재미있는 생각"을 함의하는 것일 터이다. 화자는 그것을 위하여는 일부러 "바보"라도 되어보고 싶다고 노래하고 있는데, 여기서 '바보'는 "너의 앞에서는 愚鈍한 얼굴을 하고 있어도 좋았다"6)든지, "설움을 逆流하는 야릇한 것만을 구태여 찾아서 헤매는 것은/우둔한 일"7)이라든지 할 때의 그 '우둔'과도 통한다.

결국 이 시편은 시인으로서의 천직을 잊어버리고 임시수도 부산에서 차가운 곳(사실은 직장 생활)을 전전하며 살아갔던 김수영이, 밤이 되면 자유롭고도 우둔한 '생각'의 공간으로 잠입했음을 보여준다. 거기서 그는 자신이 잃어버리고 사는 사람들, 공간들, 그리고 천직으로서의 '시'를 생각한다. 그 "원시적인 일"을 꿈꾸는, 그렇게 기적을 바라는 '영원의 상인'

---

5) 김수영, 「방안에서 익어가는 설움」(1954년 작), 『김수영 전집(시)』, 민음사, 1981. 45쪽.
6) 김수영, 「풍뎅이」(1953년 작), 위의 책. 28쪽.
7) 김수영, 「방안에서 익어가는 설움」(1954년 작), 위의 책. 45쪽.

은 "재미있는 생각"을 하고 있는 세른세 살의 김수영 자신이다. 그렇게 자발적인 '바보'가 되어 김수영은 오지 않을 기적처럼 '원시적인 일'을 꿈꾼다. 그러한 자신에 대하여 시인은 1953년에 씌어진 작품들에서 "강한 것보다는 약한 것이 더 많은 나의 착한 마음"8)이라든지 "캄캄한 事務室 한복판에서/나는 눈이 먼 암소나 다름없이 善良"9)하다든지 "나는 원래가 약게 살 줄 모르는 사람"10) 등에서 자신이 약하고 착하고 우둔하고 선량하고 우직한 성정을 가졌음을 고백한다. 이러한 '마음'들이 김수영을 자발적인 '바보'로 만들어갔을 것이다.

첫 시집 표제작 「달나라의 장난」은 『자유세계』 1953년 4월호에 발표되었다. 「그것을 위하여는」이 씌어진 때와는 6개월 상거(相距)가 있지만 시의 배경이나 정조가 유사한 데가 있다.

> 손님으로 온 나는 이집 주인과의 이야기도 잊어버리고
> 또 한 번 팽이를 돌려주었으면 하고 원하는 것이다
> 都會 안에서 쫓겨 다니는 듯이 사는
> 나의 일이며
> 어느 小說보다도 신기로운 나의 生活이며
> 모두 다 내던지고
> 점잖이 앉은 나의 나이와 나이가 준 나의 무게를 생각하면서
> 정말 속임 없는 눈으로
> 지금 팽이가 도는 것을 본다
> 그러면 팽이가 까맣게 변하여 서서 있는 것이다
> 누구 집을 가보아도 나 사는 곳보다는 餘裕가 있고
> 바쁘지도 않으니
> 마치 別世界같이 보인다

8) 김수영, 「달나라의 장난」(1953년 작), 위의 책. 25쪽.
9) 김수영, 「付託」(1953년 작), 위의 책. 29쪽.
10) 김수영, 「祖國에 돌아오신 傷病捕虜 同志들에게」(1953년 작), 위의 책. 31쪽.

"손님으로 온 나"의 처지가 우선 유사하고(이러한 '손님' 혹은 '客舍' 의식은 「어느 날 古宮을 나오면서」에도 이어진다.), "都會 안에서 쫓겨 다니는 듯이 사는/나의 일"이나 "어느 小說보다도 신기로운 나의 生活"을 다던지고 "점잖이 앉은 나의 나이와 나이가 준 나의 무게를 생각"하는 품이 거의 똑같다. 또 "누구 집을 가보아도 나 사는 곳보다는 餘裕가 있고/바쁘지도 않으니/마치 別世界같이 보인다"는 생각도 비슷한 상황을 보여준다. 그런데 김수영은 포로수용소를 나와서 그 안에서 먹어간 '나이'를 꽤 예민하게 의식한 것 같다. 그리고 자신이 결국 '객(客)'임을 아프게 토로한다. 그러한 나이와 객사 의식은 다음에도 이어진다.

> 기진맥진하여서 술을 마시고
> 기진맥진하여서 주정을 하고
> 기진맥진하여서 여관을 찾아 들어갔다
> 옛날같이 낯선 방이 그리 무섭지도 않고
> 더러운 침구가 마음을 괴롭히지도 않는데
> 義齒를 빼어서 물에 담가놓고 드러누우니
> 마치 내가 臨終하는 곳이 이러할 것이니 하는 생각이 불현듯이 든다
> 옆에 누운 친구가 내가 이를 뺀 얼굴이 어린 아해 같다고 간간대
소하며 좋아한다[11]

여관과 낯선 방, 의치로 상징되는 나이, 이러한 상황 설정이 매우 유사하다. 말하자면 김수영은 이때 '나이'와 '객사(여관)'로부터의 상상적 탈주를 집중적으로 노래한 것이다. 그러한 꿈이 바로 "나이를 먹으면 설움을 어떻게 발산할 것인가도 자연히 알아지는 것"을 반영한 것이었을 터이다. 서울로 올라온 해 크리스마스 직후에 씌어졌을 산문 「駱駝過飮」(1953. 12.)에서 김수영은 "술이 깨어날 때 기진맥진한 이 경지가 나는 세상에서

---

11) 김수영, 「未熟한 盜賊」, 위의 책. 37쪽.

둘도 없이 좋으이. 이것은 내가 '안다는' 것보다도 '느끼는' 것에 굶주린 탓이라고 믿네. 즉 생활에 굶주린 탓이고 애정에 기갈을 느끼고 있는 탓이야."라고 적고 있는데, 그 '굶주림'이 바로 「그것을 위하여는」의 마지막에 나오는 "굶주린 마음"과 연관되면서 전후 포로수용소에서 나와 생활에 어렵게 착근해가던 김수영의 실존적 기갈을 말해주는 듯하다.

김수영은 우리에게 여러 의미에서 부정 정신의 화신으로 각인되어 있다. 현대성과 풍자 정신의 결합, 비판적 지성에 토대를 둔 비평, 정직의 시학, 자유와 혁명을 향한 내적 역동성 같은 그를 지칭하는 수사들이 하나같이 완결성을 띠고 있는 것은 그의 이런 이미지를 고착시킨다. 하지만 전후 김수영의 생각과 마음에는 실존적 기갈이라고 할 수 있는 원시적이고 우둔한 그리고 설움을 발산해야 하는 궁핍하고 어려웠던 시절이 반영되어 있다. 「그것을 위하여는」은 그 '설움'의 모습을 약여하게 보여준다. 이런 모습을 수렴할 때 우리는 김수영이 다양하고도 폭 넓은 그리고 실존적 내면을 고백하고 있는 시적 지향을 평가해낼 수 있을 것이다.

3. 청춘과 비련의 추억 ─ 「나와 가극단 여배우와의 사랑」

다음으로 살필 자료는 「나와 가극단 여배우와의 사랑」이다. 이 로맨틱한 제목의 김수영 산문은 『靑春』 1954년 2월호에 실렸다. 잡지 제호에 알맞게 청춘 시절의 회상 한 자락을 사실적으로 고백한 성격의 글이다. 1954년초면 김수영으로서는 "서울에 돌아온 지 일주일도 못 되는 나에게는 도회의 騷音과 狂症과 速度와 虛僞가 새삼스럽게 미웁고/서글프게"[12] 느껴지던 바로 그 시절이다. 조금 길지만 산문의 전문을 보인다.

---

12) 김수영, 「시골 선물」(1954년 작), 위의 책. 39쪽.

가극단 구경이 좋아서 저속한 노래와 춤과 값싼 경음악 같은 것을 들으러 따라다닌 시절이 나에게는 있었다. 그런 구경을 다닐 때는 반드시 P라는 화가와 같이 갔던 것이다. 벌써 지금부터 6, 7년 전 일이니까 나의 취미와 생활은 지금보다도 훨씬 더 낭만적이었고 열정적이었고 동시에 무질서하기 짝이 없는 것이었다. 지향하고 있던 문학마저 깨끗이 걷어치우고 나는 P를 따라다니며 소위 '간판쟁이'가 되려고 애를 쓰고 있었다. 지금 생각하면 엉뚱하기 한량없는 일이요 부끄러운 일이기도 하고 어리석은 일이기도 하였지만 그 당시의 나로서는 그러한 이단자로서 생활태도가 비할 데 없이 떳떳한 일인 것 같은 신념까지 드는 것이었다. P는 일찍이 오소독시컬한 회화예술의 길을 포기하고 자칭 '상업미술가'로서 백화점 선전부에 들어오는 포스터 주문을 거들어주거나 성냥 딱지에 붙이는 그림을 그리거나, 어쩌다 운이 좋아야 다방의 사인보드 같은 것을 맡아서 그것으로 입에 풀칠을 하여가는 가련하고 불행한 친구. 이 P와 사귀는 동안에 P의 취미가 나의 취미가 되고 P의 친구가 나의 친구가 되고 P의 친척까지 나의 친척이나 조금도 다름없이 보이고, 종말에는 P의 직업까지 나의 직업이 되었다. 이것은 일정한 사회적 지위에 앉아 평범하고 사람다운 도덕과 규모 위에서 살아가는 사람들에게는 이해되기 곤란한 일이지만 우리들에게는 우리들의 사는 보람의 전체가, 이 안에 있었다고 하여도 과언이 아니었다. 이러한 생활의 기둥이 되고 대들보가 되고 지붕이 되는 도덕이 있다면 그것은 요사이 유행되는 어휘를 빌어서 표현할진대 '레지스탕스'의 도덕일는지도 모른다. 하여간 나는 P를 좋아한 나머지 나의 직업을 변경까지 하여가며 그를 따라다니었다. P가 그림을 맡아 하고 나는 그의 교시에 따라서 소위 도안형(圖案型) 글씨를 쓰고 하였다. 난생처음 손을 대어보는 '펭키' 글씨가 그리 잘 될 리가 만무하다. 손끝이 떨려서 좀체로 바로 줄이 그어 내려가지 않는다. 그래도 P는 내가 한 일을 한 번도 나무라지 않았다. (그렇다고 칭찬도 하지 않았지만.) 나는 밀림을 걸어가는 코끼리처럼 일은 더디었지만 정성껏 하였다. …… 이리하여 P의 직업이 나의 직업이 되어감에 따라 P의 취미까지 나의 취미가 되고 말았고, 나는 틈만 있으면 가극단 구경을 하러 갔다. 처음에

보는 가극단 구경이란 음악을 모르는 공무원이 베토벤의 '콘체르토'를 듣는 것 이상으로 서먹서먹하고 정이 붙지 않았다.

드가의 무희를 그린 한 폭의 그림을 잘 감상할 줄 아는 나는, 천박한 무대장치와 속된 악사들 앞에서 악독한 스포트라이트 광선에 나체를 태우며 춤을 추는 삼류 가극단의 실제의 무희에게는 매력을 느낄 수가 없었다. 그러니까 사실은 가극단이 좋아서 가는 것이 아니라 P가 좋아서 가는 것이 된다. 즉 P가 좋아하는 구경이니까 나도 좋아하는 것이었고 또 좋아하지 않으면 아니 되는 것처럼 느꼈다. 미국이나 불란서의 허다한 예술영화가 상연되었지만 그러한 일류 상설관에는 P가 가기 싫어하였다. 그러니까 나도 가지 않았다. 나의 취미에 대한 감정도 나도 모르는 동안에 혁명이 완수되고 있었던 것이며, 날이 갈수록 처음에는 가혹한 고행같이 생각이 들었던 가극단 구경과 어린 댄서의 얼굴들이 차차 신비적인 쾌감을 풍기게 되었다. 그래도 P가 가지고 있는 도취감이나 종교감 같은 것을 느끼기까지는 나는 아직도 거리가 멀었다. 인생의 모든 것에 패배한 불행한 P가 사십 고개를 바라다보며 나이 어린 가극단 댄서에게 바치고 있는 정열이란 말할 수 없이 슬픈 종교적인 색채가 있었다. P는 '젊은 베르테르' 이상으로 ○○가극단의 넘버원 이성숙이를 사랑하였다. 세 번이나 결혼을 하였다가 세 번 다 아이 하나 낳지 못하고 헤어지고만 완전무결한 결혼 실패인 화가 P는 누구보다도 사랑과 결혼에 대한 꿈이 고상하고 깨끗하고 왕성하였다.

"이번에 도청(道廳) 일이 들어맞으면 어디 셋방이라도 하나 얻어서 살림을 하고 싶어! …… 성숙이가 지어주는 밥을 같이 먹으면서……" 하고 그는 성숙이의 얼굴을 자기 손으로 그리어서 벽에다 붙여놓고 하는 것을 보면, 나는 불쌍한 마음이 도를 넘어 그의 여자와 같이 하얀 목덜미를 힘껏 깨물었다가 놓고 싶은 야릇한 증오감에 사로잡히고 사로잡히고 하는 것이었다. 아― 그러나 그것은 고통과 빈곤과 자기발악에 기진맥진을 한 시절이었지만 또한 세상에 둘도 없이 맑고 정하고 떳떳한 청춘의 시절이기도 하였다. 이 나라의 예술가라는 예술가가 모두 자기보다 추하고 비속하고 더럽게만 생각이 든다고 한탄을 하는 P가, 스스로 택하여 걸어가는 소위 '간판예술'의 길도 내가 보기에는 역시 추하고 비속하고 더러운 것이었다.

 "역시 간판쟁이두 마찬가지로군! 외국의 간판쟁이에다 대면 족탈 부족이 아냐?" 하고 홀바인 회사인지 어디서 나온 독일 상업 미술잡지를 보면서 내가 비꼬아 하는 말에 P는

 "간판쟁이가 어디 예술가라고 할 수 있어? 자네는 역시 꿈에서 덜 깨었어! 시(詩)는 조선은행(현재의 한국은행) 금고 속에 있는 거야! 우리는 우리의 이상을 살리기 위하여 최소한도의 돈이 필요해! 우리의 이상이란 이성숙이야." 하고 그는 벽에 붙은 이성숙의 파스텔 초상화를 가리키는 것이었다. 이성숙이가 있는 ○○가극단이 지방순행을 하고 돌아오기나 하면 우리들은 책을 팔아서라도 입장료를 조달하여 가지고 달려갔다.

 그러나 이성숙은 나의 눈에는 아무리 보아도 미인도 아니요 여왕도 아니었다. 날이 갈수록 나는 P가 한 번도 말을 건네보지도 못한 이성숙에게 품고 있는 사랑의 감정을 이해하기 어려웠다. 하긴 이해하기 어려운 것은 P의 허망한 심정뿐이 아니었다. 이성숙이 춤을 추고 노래하는 것을 바라보고 무한한 희열과 행복에 잠겨 있는 가극단 구경을 하고 있는 관중들 전체의 단순한 감정도 나에게는 신비스러움기 짝이 없는 것이었다.

 '이래서는 아니 되겠다'고 깨달은 나는 지나간 날의 너무나 격리된 고독한 생활을 청산하고 인간 속세와 현실에 대한 가치를 재인식하는 동시에 무궁무진한 군중이 영위하고 있는 대해와 같이 넓은 별 세계를 향하여 용감하게 선수(船首)를 돌리어 내 딴에는 굳세게 '키'를 휘어잡고 돌진하기 시작하였던 것이다.

 P가 이성숙을 사랑하듯이 나도 어느 댄서를 하나 선택하여야 하겠다고 비장한 결심을 하고 화살을 겨눈 것이 장선방이라는 어깨와 허리가 고무풍선같이 탄력이 있어 보이며 검은 눈동자에 말할 수 없는 비애와 향수와 청춘이 교향악을 부르고 있는, 나이 불과 열일곱이나 열아홉밖에는 되어 보이지 않는 아름다운 여자. 편지를 주고 같이 차를 마시고 본견 양말을 프레젠트하고…… 등등의 수속을 걸쳐서 나는 정식으로 이 여자와 결혼할 것을 결심하고 어머니에게 이야기하였다. 날을 받아서 나는 어머니한테 그 여자의 집을 찾아가서 장래의 나의 장모될 사

람 만나보기를 탄원하였다. 음력으로 섣달 초승인 것같이 기억이 든다. P와 하루종일 어느 약방 '윈도우'의 장치를 맡아서 그것을 끝마치고 밤늦게 집에 돌아가니 어머니가 밥상을 차려주면서 어디를 갔다 왔느냐고 하니 "너도 참 무심한 사람이다" 하고 꾸짖으며 나의 애인 장선방의 집에 가서 그의 어머니를 만나고 온 이야기를 꺼내는 것이다. 나의 어머니는 사 가지고 간 고기 세 근 값이 아까웁다고 하며, 그 여자의 어머니의 말을 들으니 장선방에게는 벌써 5년 전부터 약혼한 것이나 다름 없는 사나이가 있다 하며 그 사람은 현재 ○○가극단에 있는 트럼본을 부는 악사이며, 그 사나이는 장선방을 친누이같이 제자같이 혹은 애인같이 손에 길이 들도록 한 가극단 안에서 한 솥의 밥을 먹고 자라났다고 한다. 그런 사람이 있는 이상 이 이야기는 물론 본인에게 한번 물어보기는 하여야겠지만, 십중팔구는 안 된다고 생각하는 것이 좋을 것이라고 하는 것이 상대편의 이야기였다고 한다.

"공연히 고기 세 근만 손해가 났다! 얘!" 하고 어머니는 일이 성사가 되지 않은 것도 그러하려니와 사 가지고 간 고기가 더 아까운 눈치였다.

나는 그 말을 듣고도 그리 슬픈 마음이 들지 않았다. 눈물 한 점 나오지 않았다. 그것도 그러할 것이 내가 장선방에 대한 애정이란 어찌할 수 없이 다소의 허영이 섞여 있었던 것이었기 때문이다. 내가 댄서 장선방에 대한 애정은 어디까지나 친구 P에 대한 애정의 토대 위에서만 성립될 수 있었던 것이었기 때문이다. P에 대한 나의 애정에 비하면 장선방에 대한 감정이란 일종의 사치 같은 것이었다. 장선방과의 교제도 결혼 이야기가 되돌아온 후에는 필연적으로 끊어지고 말았다. 나도 만나고 싶지 않았지만 그쪽에서도 만나고 싶은 마음이 없었을 것이라고 나는 어렵지 않게 단정할 수 있었다. 쓰디쓴 회한에 비슷한 그와의 결혼 이야기가 확실히 잘못된 일이었다는 것을 깨닫게 되기까지에는 그 후 적지 않은 세월이 흘러가지 않으면 아니 되었다. 장선방에 대한 기억은 흐려졌지만 나는 가극단 간판이나 거리에 붙은 광고 등을 볼 때마다 그의 이름을 찾으려고 하는 것이며 그러한 나의 행동이 무엇이라는 것도 모르는 채 공연히 가슴만 꽉 막히어지는 것이었다.

그 후 어느 때부터인지 광고 위에나 신문지상 가극단 광고란에 흔히 보이던 그의 이름마저 자취를 감추고 말았다.

P도 서울에서는 생활을 계속할 도리가 없이 자기 누이의 식구를 따라 시골 고향으로 내려간다고 하며 캔버스와 칠통, 붓 같은 것을 나한테 쓰라고 남겨주고 슬픈 표정으로 영등포역에서 기차를 타고 가버렸다.

나는 P가 없어진 후에 나 혼자 간판쟁이 놀음을 계속할 힘이 나지 않았고 가극단 출입도 포기하게 되었다. 더군다나 장선방의 이름이 보이지 않고 나서부터는 P를 만나기 전같이 가극단에 대한 환상은 쓰러지고 다시 냉정한 태도로 돌아갔다. 나는 행길을 지나가다가도 P하고 다닐 때같이 5분이고 10분이고 가극단 간판을 들여다보고 서 있는 버릇이 완전히 없어졌다. 내 자신 매정하다고 생각할 정도로. 그러던 어느 날―. P와 헤어지고 반년이 지났을까 하는 어느 날 나는 P의 친구의 선우(鮮于)라는 성만 알고 이름은 모르는 친구 한테서 실로 기적적인 사실을 알 수 있었다.

"아 이 사람아 입때까지 그것도 모르고 있었어? P하고 장선방이 하고는 아저씨와 조카 사이야! …… 나하구도 몇 번인가 장선방이가 공연할 때면 점심 벤또를 갖다 주러 간 일도 있어! ………"13)

1954년초에 씌어진 산문에서 6, 7년 전의 일이라고 했으니, 여기 재현된 시대는 아마도 1946년에서 1948년 사이의 어느 때일 것이다. 아닌 게 아니라 1946년부터 1948년까지 김수영은 주로 간판화 그리기와 통역 일에 종사하였으니, 이 산문에서 증언하는 '간판쟁이' 행적과 고스란히 일치한다. 어쨌든 이 산문의 배경이 되는 시대는 그의 본격적 문단 생활이라고 할 수 있는 '新詩論' 동인 활동 조금 전이라고 할 수 있다. 그 후 김수영은 '신시론' 동인 활동을 하였고, 김현경과 결혼을 하였고, 전쟁이 나자 징집되어 북으로 끌려가 강제 노동을 하다 탈출하여 거제와 아산의 포로수용

---

13) 『청춘』 1954. 2. 필자 난에는 '詩人 김수영'이라고 적혀 있다.

소에 있었고, 부산으로 옮겨 생활하다가 1954년 서울로 돌아와 이 산문을 쓴 것이다. 1946년 여름이면 집안 살림살이가 너무 어려워져 김수영으로서는 일을 가리지 않던 시절인데, 당연히 결혼하기 훨씬 전이었고, 등단은 했지만 문학에 본격적으로 뛰어들기 전이었다.

이 산문에 등장하는 P라는 화가는 본명이 박준경(朴準敬)인 박일영(朴一英)을 지칭한다.[14] 김수영은 그때 박일영을 따라 간판을 그리러 다녔다. 그는 상점 간판을 그린다고 줄곧 페인트가 묻은 작업복을 입고 돌아다녔다. 김수영은 이 산문에서 그 간판쟁이 시절에 가극단 구경을 다녔던 기억을 고백하고 있다. 그것은 반드시 박일영과 함께였는데, 그는 그때의 취미와 생활이 낭만적이었고 열정적이었고 무질서했다고 기억한다. 이 산문에서 박일영은 언뜻 보면 가련하고 불행한 친구로 묘사되고 있지만, 사실은 김수영 문학과 삶의 거대한 타자였다고 할 수 있다. 그들은 취미도 같아지고 서로 둘도 없는 친구가 되어, 박일영은 그림을 그리고 김수영은 도안형 글씨를 썼다. 그러다가 김수영은 박일영의 취미인 가극단 구경에 동참하게 되는데, 사실 박일영의 가극단 관람은 이성숙이라는 여배우에 대한 사랑 때문에 이루어진 것이었다. 그때 박일영의 나이를 "사십 고개를 바라다보며"라고 표현했으니 박일영은 당시 20대 후반이었을 김수영과는 열 살 터울 정도가 아닌가 생각된다. 김수영의 기억에, 가극단 배우 이성숙에 대한 박일영의 사랑에는 말할 수 없이 슬픈 종교적인 색채가 들어 있었다. 또한 그것은 세상에 둘도 없이 맑고 정하고 떳떳한 것이었다. 여기서 잠시 김수영의 다른 글에 등장하는 박일영을 만나보자.

---

14) 김수영의 유일한 시집 『달나라의 장난』(춘조사, 1959)의 후기에는 "이 시집을 朴準敬 兄에게 드린다."라고 적혀 있다. 그 정도로 김수영에게 박일영은 김수영의 삶에 정점의 기억을 준 인물이라고 할 수 있다.

寅煥의 최면술의 스승은 따로 있었다. 朴一英이라는 畵名을 가진 초현실주의 화가였다. 그때 우리들은 그를 '복쌍'이라는 일제시대의 호칭을 그대로 부르고 있었다. 복쌍은 싸인 보드나 포스터를 그려주는 것이 본업이었는데 어떻게 해서 인환이하고 알게 되었는지는 몰라도, 쓰메에리를 입은 인환을 브로드웨이의 신사로 만들어준 것도, 콕토와 자콥과 東鄕靑兒의「가스빠돌의 입술」과 부르통의「超現實主義 宣言」과 트리스탄 짜라를 교수하면서 그를 전위시인으로 꾸며낸 것도, 말리서사의 '말리'를「軍艦말리」에서 따준 것도 이 복쌍이었다. (중략) 지금 생각해보면 오늘날의 문학청년들에게는 그때의 복쌍 같은 좋은 숨은 스승이 없다. 복쌍은 인환에게 모더니즘을 가르쳐준 것이 아니라 예술가의 양심과 세상의 허위를 가르쳐주었다. 그는 '말리서사'라는 무대를 꾸미고 연출을 하고 프롬프터까지 해가면서 인환에게 대사를 가르쳐주고 몸소 출연을 할 때에는 제일 낮은 어릿광대의 賤役을 맡아가지고 나와서 관중과 배우들에게 동시에 시범을 했다. 인환은 그에게서 시를 얻지 않고 코스츔만 얻었다. 나는 그처럼 철저한 隱者가 되지 못한 점에서는 인환이나 마찬가지로 그의 부실한 제자에 불과하다.15)

이 글은 물론 박인환과 마리서사에 대한 구체적 회고를 담고 있지만, 다시 읽어보면 1960년대 중반에 김수영이 행하는 박일영에 대한 평가를 담고 있기도 하다. 이 시절 김수영의 기억에는 "茉莉書舍를 통해서 朴一英 金秉旭 같은 좋은 詩友를 만나게"16) 되었다는 믿음이 강렬하게 각인되어 있었다. 마리서사에서 박인환에게 예술의 진면목을 가르쳐준 박일영은 전위 예술을 깊이 이해하였지만 그것으로 세속적 명리를 구하지 않은 채 간판쟁이로 살아간 사람이었다. 김수영은 그를 예술가의 전형으로 보았고, 예술가에게 무엇보다 중요한 것이 양심임을 그로부터 강렬하게 배웠

15) 김수영,「茉莉書舍」(1966년 작),『김수영 전집(산문)』, 민음사, 1981. 72—73쪽.
16) 김수영,「演劇하다가 詩로 전향」(1965년 작), 위의 책. 227쪽.

다. 결국 김수영은 박일영의 탈속적이고 은자적인 태도에서 예술가로서의 윤리적 이상을 발견한 것이다. 그래서 김수영은 「茉莉書舍」에서, 박일영에게서 "성인에 가까운 생활"을 보았고 "아주 새로운 것은 아주 낡은 것과 통하는" 것을 느꼈던 순간을 고백한 것이다. 이쯤에서 우리는 1960년대 중반 김수영의 문학적 테마가 '양심'이나 '윤리'에 정향되어 있었고, 그가 그 뚜렷한 기원을 박일영에게서 찾았다고 볼 수 있을 것이다. 코스츔만 보여주다가 요절한 박인환의 '허위'와 반대편에 있는 박일영이라는 거대한 '양심'의 형상을 새삼 발견한 것으로 볼 수 있는 것이다. 하지만 「나와 가극단 여배우와의 사랑」에서 김수영은 박일영에 대하여 이렇게 적고 있다.

이 나라의 예술가라는 예술가가 모두 자기보다 추하고 비속하고 더러웁게만 생각이 든다고 한탄을 하는 P가, 스스로 택하여 걸어가는 소위 '간판예술'의 길도 내가 보기에는 역시 추하고 비속하고 더러운 것이었다.

10여 년 후에 예술가의 양심을 대변하는 모습으로 기억될 박일영이, 여기서는 세상의 비속함에 물들어 있다고 묘사되고 있다. 물론 이때에도 박일영은 김수영의 거대한 정신적 기원이었다. 하지만 여기서 박일영은 고단한 생활과 세속적 사랑 속에 힘겨워하는 속인(俗人)의 체취를 다분히 품고 있다고 할 수 있다. 그러던 박일영이 10여 년 후에 예술가의 양심과 품격을 지켜낸 사람으로 새삼 재(再)기억된 것이다. 우리는 여기서 박일영에 대한 새로운 기억을 통해 자신의 예술적 기원을 찾으려 했던 1960년대 김수영의 내면을 유추적으로 읽을 수 있을 것이다. 결국 두 글에 나타난 박일영에 대한 기억의 낙차(落差)는, 김수영 문학의 변화 양상과 긴밀하게 맞물려 있는 것이다. 그러다가 이 산문은 김수영이 장선방이라는 어린 나이의 가극단 여배우를 사랑하게 되는 과정으로 옮아간다. 김수영은 사랑하는 그녀와 결혼하겠다고 어머니께 이야기하였고, 이후로는 그것이 무산되는 과정이 세세히 소개되어 있다. 그런데 김수영은 그녀와 결별이 확정되었을 때조차 슬픈 마음이 들지 않았다. 허영이 섞인 사랑이었고, 어디까지나 박일영에 대한 애정의 토대 위에서 성립된 것이었기 때문이다. 그만큼 박일영에 대한 애정이 컸던 것이다. 박일영은 서울에서 생활할 도리가 없어 고향으로 내려갔고, 김수영은 나중에 박일영과 장선방이 아저씨와 조카 사이라는 이야기를 듣는 데서 이 산문은 멈춘다. 최하림의 『김수영 평전』에 따르면, 김수영은 조연현이 주간으로 있던 『문예』의 여기자와 어울려 다니기도 했고 특히 중국에서 살다 온 이국적 마스크의 C양과도 한동안 가까이 지냈다고 하는데, 혹시 그녀가 장선방일지도 모르겠다. 어쨌든 이 발굴 산문은, 발표된 잡지의 이름처럼, 김수영 청춘의 한 선연한 풍경을 보여주는 인상적 삽화가 아닐 수 없다.

한편 박일영에 초점을 맞추지 않고, 이 산문을 김수영의 비련(悲戀) 이야기로 읽을 수도 있겠다. 그동안 우리에게 알려진 김수영의 여인들은 여럿 있다. 산문 「駱駝過飮」(1953. 12.)에 등장하는 B양이 그의 글에 직접 등장하는 첫 여인이다. "B양의 생각이 난다. B양이 어저께 무슨 까닭으로 참석하지 않았는가? 그러고 보니 나는 어제 억병이 된 취중에도 B양을 보러 갔던가? 그렇다면 이렇게 이 외떨어진 다방에 고독하게 앉아서 넋없이 글을 쓰고 있는 것도 B양에 대한 그리움이 시키는 것일지도 모른다."고 김수영은 적었다. 어제의 과음을 두고도 "뼈가 말신말신하도록 술을 마시지 않으면 아니 된 것도 B양이 오지 않은 외로움에 못 이겨 무의식중에 저지른 일종의 발악"이라고 말하였다. 여기서 'B양'이 누구인지는 확실하지 않다. 그리고 김수영 생애에서 그리 중요한 여인이었다고 보기도 힘들다. 하지만 글 말미에 적어둔 '낙타산' 관련 부분은 매우 중요하다. 김수영이 생애에서 가장 먼저 인연을 맺은 한 여인이 호출되고 있기 때문이다.

> 낙타산은 나와는 인연이 두터운 곳이다. 낙타산 밑에서 사귄 소
> 녀가 있었다. 나는 그 소녀를 따라서 지금으로부터 약 십오 년 전에
> 동경으로 갔었다. 내가 동경으로 가서 얼마 아니 되어 그 여자는 서
> 울로 다시 돌아왔고, 내가 오랜 방랑을 끝마치고 서울로 돌아왔을
> 때 그는 미국으로 가버렸다. 지금 그 여자는 미국 태평양 연안의 어
> 느 대도시에서 결혼생활을 하고 있으며, 영원히 이곳에는 돌아오지
> 않겠다는 편지가 그의 오빠에게로 왔다 한다. 나와 그 여자의 오빠
> 와는 죽마지우이다.17)

김수영이 낙타산 밑에서 사귀었고 청년 시절 동경까지 따라가게 했던
그 여인의 이름은 고인숙이다. 김수영의 친구이자 나중에 이화여대 교수
가 되는 고광호의 누이동생이다. 고인숙은 경기여고보를 나와 오빠를 따
라 동경으로 가서 동경여자전문대학에 들어간다. 그녀를 따라 동경으로
간 김수영은 동경여전 기숙사까지 가서 고인숙을 만나려 했지만, 그녀는
냉정하게 거절한다. 김수영은 생애 내내 여러 여성을 사귀었지만 고인숙
을 유난히 잊지 못했다. 그녀는 명실 공히 김수영의 첫사랑이었다. 그런
그녀를 「駱駝過飮」에서 김수영이 새삼 기억해낸 것이다.

그 다음 김수영의 생애에서 중요한 여인은 포로수용소에서 만난 서울의
과 전문학생 김은실이었다. 각별하게 김수영의 영혼을 사로잡은 김은실은
김수영과 '신시론' 동인을 함께 했던 양병식과 결혼하였다. 그리고 포로수
용소에서 만난 다른 간호사에 대한 기억도 있는데 다음 글은 『靑春』을 펴
낸 청춘사와도 관련되어 있어 재미있다.

---

17) 김수영, 「駱駝過飮」(1953년 작), 위의 책. 22쪽.

청춘사에서 울다시피 하여 겨우 7백 환을 받아가지고 나와서 로 선생을 찾아갔다. 장사에 분주한 그 여자를 볼 때마다 나는 설워진다. 도대체 미도파백화점에 들어서자 그 휘황한 불빛부터가 나는 비위에 맞지 않는다. 침이라도 뱉고 싶은 것을 억지로 참고 나와서, 로 선생의 말대로 '상원'에 가서 기다렸으나 그는 오지 않았다.18)

　김수영은 그녀를 기다렸던 시간을 "애인을 만나고자 기다리는 순수한 시간을 맛보았다는 것만으로 나는 만족할 수 있다."고 적고 있다. 이 '로 선생'은 김수영이 다른 글에서 "나의 애인"19)이라고 말한 바로 그 여인이다. 그녀의 이름은 노봉식(나중에 동생 김수명에게 노봉실이 본명이라고 귀띔을 한다.)으로서 김수영이 포로수용소에서 만난 간호사였는데, 그녀가 간호사를 그만두고 미도파백화점에서 상점 일을 보고 있었던 것이다. 이미 김현경과 서울 살림을 새로 시작한 터이지만, 김수영은 그녀에 대한 각별한 애착을 이렇게 적어놓았다. 이처럼 이러저러한 곳에서 만난 많은 여인들이 김수영 문학에 들어와 있는데, 가령 「反詩論」이라는 유명한 글에서 김수영은 「美人」이라는 자신의 작품에 대해 이렇게 말하고 있다.

　　여편네의 친구들 중에는 상류 사회의 레이디나 마담들이 많다. 그 중에서도 졸작 「美人」의 주인공은 그 중 세련된 교양 있는 미인이라고 해서 같이 회식을 하러 갔다. 과연 미인이다. 나는 미인을 경멸하는 좋지 못한 습성이 뿌리 깊이 박혀 있는데, 이 Y여사는 여간 인상이 좋지 않다. 여유 위에 여유를 넓히려고 활짝 열어놓은 마음의 창문에 때아닌 훈기가 불어 들어온 셈이다. 우리들은 화식집 2층의 아늑한 방에 앉아 조용히 세상 얘기를 하고 있었는데 Y여사는 내가 피운 담배 연기가 자욱해지자 살며시 북창문을 열어준다. 그것을

---

18) 김수영, 「日記抄」(1954. 11. 24.), 위의 책. 320쪽.
19) 김수영, 「日記抄」(1955. 1. 11.), 위의 책. 327쪽.

보고 내가 일어나서 창문을 조금 더 열어놓았다. 그때에는 물론 담배 연기가 미안해서 더 열어놓았다. 집에 와서 그날 밤에 나는 그 들 창문을 열던 생각이 문득 나고 그것이 실마리가 돼서 7행의 短詩를 단숨에 썼다. (중략) 내가 창을 연 것은 담배 연기 때문이 아니라 그녀의 천사 같은 훈기를 내보내려고 연 것이라는 것을 알았다.[20]

이렇게 김수영의 여인들은 그의 산문과 시편 곳곳에 "천사 같은 훈기"로 편재해 있다. 예의 장선방도 이제 그 여인들의 목록에 끼일 수 있게 되었다. 하지만 우리는 김수영의 단 하나의 여인은 그의 아내 김현경이라고 말할 수밖에 없다. 김수영은 언젠가 "詩를 쓰는 나의 친구들 중에는 나의 詩에 '여편네'만이 많이 나오고 진짜 여자가 나오지 않는다고 불평을 하는 친구"[21]도 있었다고 고백한 바 있다. 바로 "나는 닭띠이고 나의 아내가 바로 토끼띠"[22]인 김수영과 김현경 사이의 사랑과 이별, 재회와 배신감, 다시 사랑으로 이어지는 굴곡의 여정이 김수영만의 사랑의 역사가 아니고 무엇이겠는가. 그러니 그의 시편에 '여편네'가 많이 나오는 것은 너무나도 자연스러운 일이었을 것이다. 순서대로 하면 고인숙이니, 장선방이니, 김은실이니, 노봉식이니, B양이니, Y여사니 하는 여인들은 김현경에 비하면 김수영에게 잠깐의 순간이었을 것이다.

다른 한편으로 이 발굴 산문은 당시 '가극단'에 대해서도 주의를 기울이게 한다. 김수영은 마리서사를 드나들던 해방 직후에 대해 "만주에서 연극운동을 하다 돌아온 나는 이미 연극에는 진절머리가 나던 때"[23]라고 말한 적이 있다. 그만큼 그의 연극 편력은 매우 오랜 것이다. 1942년 동경 유학 시절 그는 미즈시나 하루키 연극 연구소를 찾아가 연극에 몰두한 적이 있

20) 김수영, 「反詩論」(1968년 작), 위의 책. 261쪽.
21) 김수영, 「美人」(1968년 작), 위의 책. 103쪽.
22) 김수영, 「토끼」(1965년 작), 위의 책. 51쪽.
23) 김수영, 「茉莉書舍」(1966년 작), 위의 책. 71쪽.

다. 그리고 학병 징집을 피해 일본에서 귀국했을 때 연출가 안영일을 찾아가 연극 활동을 이어간 바 있다. 1944년 봄 길림성으로 가서 잠시 교편생활을 할 때도 연극 활동에 매진하였다. 이때 길림에는 연극 바람이 불고 있었는데, 김수영은 청년들과 함께 연극 연습과 공연으로 열정을 불태웠던 것이다. 해방이 되어 귀국해서도 연극 활동을 하던 그가 박인환을 처음 만난 것도 박상진이 하던 극단 '청포도' 사무실 2층이었다. 하지만 그때쯤 해서 그는 연극에서 문학으로 전향을 하게 된다. 이러한 연극에 대한 경험과 안목이 노래와 연극이 결속한 '가극단'이라는 문화에 접속되게끔 했을 것이다.

결국 김수영의 이 새로운 발굴 산문은 박일영에 대한 경험적 일화, 장선방과의 연애담, 가극단으로 대표되는 당대 문화 같은 것을 우리에게 선명하게 보여준다. 주지하듯 김수영은 우리 문학사 전체에서 가장 문제적이고 위대한 산문가이다. 김수영은 일생 동안 날카롭고 개성적인 산문을 통해 자신을 개진하고 실험하고 몰두하고 집중한 대표적 에세이스트인 것이다. 하지만 이 산문을 발표할 때 김수영은 자신을 '김수영'이라고 쓰지 않고 '詩人 김수영'이라고 선명하게 못 박았다. 그만큼 산문가로서의 자의식보다는 시인으로서의 자의식이 컸던 까닭일 것이다. 이렇게 우리는 사사(私事)에 가까운 김수영의 산문적 행적 토로를 통해, 그가 겪었던 청춘과 비련의 추억을 사실적으로 들여다볼 수 있게 되었다.

4. 새로운 자료의 발굴과 독법의 확충

한국 근대시를 연구하는 데 필수적으로 요청되는 것은, 거시적 시각에서 문학사를 구축해내는 역사적 감각으로부터, 한 편의 시를 붙들고 온당한 해석을 기하는 미시적인 작품론적 시각에까지 두루 걸쳐 있을 것이다.

특별히 한 사람의 작가나 시인의 행적과 시력을 온전히 재구하고 해석하는 일은 연구의 첫걸음이자 궁극적 지표가 된다. 김수영은 그동안 민음사에서 펴낸 전집이 유일한 정전 역할을 해왔으나 최근 활발한 자료 발굴을 통해 새로운 해석의 지평을 열고 있는 대표적 경우일 것이다. 물론 어떤 자료가 그에 대한 해석을 전면적으로 바꾸는 일은 없겠지만, 미세한 행적 보완과 문학적 지향의 원천을 사유케 할 가능성을 충분히 있다. 이번에 소개하고 해석해본 두 편의 시와 산문은 그 점에서 1950년대 초중반 김수영의 정신 풍경을 새롭게 보충할 수 있는 귀한 자료가 되어줄 것이다. 다시한 번 우리는 거장일수록 기존 자료 외에도 새로운 자료의 발굴과 독법의 확충이 중요함을 실감하게 된다.*

* 출처 : 「김수영의 새로운 자료에 나타난 실존적 풍경」, 『한국언어문화』 51, 한국언어문화학회, 2013.8.

개정판『김수영 전집』에 수록된 「겨울의 사랑」의 의의

정치훈

1.『김수영 전집』3판 출간과 특징

김수영은 1959년 춘조사에서 발행한 자선시집『달나라의 장난』만을 남긴 채 갑작스런 사고로 작고하여 이후의 시편은 타인에 의해 정리되었다. 가장 대표적으로『거대한 뿌리』(김현 편, 1974),『달의 행로를 밟을지라도』(황동규 편, 1976),『김수영』(정과리 편, 1981),『사랑의 변주곡』(백낙청 편, 1988)등 여러 시선집과『김수영 전집』(김수명 편, 1981)이 있으며, 여기서『김수영 전집』은 김수영의 전 작품이 수록되어있음을 의미하는 '전집'이 갖는 위상을 통해 자연스럽게 김수영의 '전체'가 되었다. 그러나 육필시고와 비교했을 때 편집자의 자의적인 편집으로 인해 시인의 의도와는 달리 작품이 수록되었으며, 이는 『김수영 전집』이 다시 발행되어야 하는 논의로 이어진다.[1]

이러한 문제제기와 수정하고 보완되어야 할 자료가 축적되면서 김수영 전집은 2018년에 새롭게 출간된다. 2003년에 출간된 2판과는 달리 편집자가 김수명에서 이영준으로 교체되었음을 주목할 필요가 있다. 이영준은 2009년 『김수영 육필시고 전집』을 편찬하면서 김수영의 육필 원고를 전체적으로 정리하는 과정을 통해 기존에 출판되었던 전집의 수정, 보완되어야 할 사항을 찾아 새롭게 출판된 전집에 적용하였다. 서문에서 밝히듯 "편집자가 원고의 표기를 고쳐서 출판한 예가 상당히 많다. 그러므로 시인이 직접 작품을 고르고 수록 순서를 정하고 교정을 봐서 출판한 『달나라의 장난』은 시인이 심혈을 기울여 완성한 판본이므로 이 전집에서 표기도 고치지 않고 그대로 수록"[2]한 것은 편집으로 인해 시인의 의도가 왜곡됨을 최소화하고자 했다는 점에서 의의가 있다.

이전의 전집과 시집 구성을 비교했을 때 가장 두드러지는 점은 「음악」, 「그것을 위하여는」, 「태백산맥」, 「너……세찬 에네르기」, 「겨울의 사랑」, 「"김일성 만세"」, 「연꽃」 등 일곱 작품이 새로 수록되었다는 것이다. 이로써 176편이었던 전집수록 작품은 총 183편이 되었다. 개별 작품이 전집의 본문에 수록되었다는 것은 단지 수적 증가만을 의미하지 않는다. 이는 편집자가 선정한 작품성의 기준에 부합함을 의미한다. 또한 새롭게 수록된 작품은 '전집'이 갖는 위상에 포함되었다고 할 수 있다. 이는 '전집'이라는 공식적인 장에 포섭되면서 '원고'와는 다른 지위를 획득함을 의미하며, 따

1) 김종훈 「『김수영 전집』발간 의의와 재발간의 필요성」, 『한국근대문학연구』 제30집, 한국근대문학회, 2014, 103−123쪽.
2) 김수영 저, 이영준 편, 『김수영 전집─시』, 민음사, (이하 『전집─시』), 2018, 21쪽.

라서 이에 대한 논의를 통해 의미와 의의를 부여해야 하는 작업의 필요성을 제기한다.[3]

　본고에서는 3판에서 새롭게 수록된 작품 중 「겨울의 사랑」을 중심적으로 다루어보고자 한다. 새로 수록된 일곱 작품 중 「음악」(1950.2, ≪민주경찰≫ 21호), 「그것을 위하여는」(1953.10.3.≪연합신문≫), 「너……세찬 에네르기」(1963.6.1.≪한국일보≫), 「태백산맥」(1966.8.16.≪주간신문≫) 네 작품은 발표지면을 확인할 수 있다. 시인이 발표했다는 것은 하나의 작품으로 간주했음을 입증하며 따라서 전집 본문에 수록되는 것은 크게 문제되지 않는다. 그러나 여기서 문제는 미발표 작품이 전집 본문에 수록되었다는 점이다.

　그렇다면 미발표 작품에 대한 시인의 관점을 확인해 볼 필요가 있다. 작품에 대한 일차적인 평가는 지면에 발표했음을 통해 짐작할 수 있지만, 미발표작의 경우 시인의 다른 글을 통해 확인 가능하다. 특히 김수영은 산문을 많이 남겼기 때문에 이를 확인하는 것은 어렵지 않다.

> 10월 6일
> 시 「잠꼬대」를 쓰다. 나는 아무렇지도 않게 썼는데, 현경한테 보이니 발표해도 되겠느냐고 한다.
> 이 작품은 단순히 '언론 자유'에 대한 고발장인데, 세상의 오해 여부는 고사하고, 현대문학지에서 받아줄는지가 의문이다. 거기다가 거기다가 조지훈도 이맛살을 찌푸리지 않는가?

---

3) 새로 수록된 작품 중에서 「그것을 위하여」(유성호, 「김수영 새로운 자료에 나타난 실존적 풍경」, 『한국언어문화』 제 51집, 한국언어문화학회, 2013)와 「"김일성만세"」(김혜진, 「김수영 문학의 '불온'과 언어적 형식」, 『한국시학연구』 제55호, 한국시학회, 2018)는 작품에 대한 개별적인 논의가 어느 정도 이루어졌으나 그 외 작품에 대한 논의는 미흡하거나 이루어지지 않았다. 이러한 작품에 대한 논의를 통해 개별 작품의 의미와 의의를 부여하는 작업이 요구된다.

* 이 작품의 최초의 제목은「金日成萬歲」, 시집으로 내놓을 때는
이 제목으로 하고 싶다.
　　미(美)는 선(善)보다 강하다.

10월 18일
　　시「잠꼬대」를 ≪자유문학≫에서 달란다.「잠꼬대」라고 제목을
고친 것만 해도 타협인데, 본문의 '金日成萬歲'를 '김일성만세'로 하
자고 한다.
　　집에 와서 생각하니 고치기 싫다. 더 이상 타협하기 싫다.
　　하지만 정 안 되면 할 수 없지, ' ' 부분만 언문으로 바꾸기로 하지.
후일 시집에다 온전하게 내놓기로 기약하고.
　　한국의 언론 자유? Goddamn이다!

10월 19일
　　시「잠꼬대」는 무수정(無修正)으로(언문 교체 없이) 내밀자.

10월 29일
　　「잠꼬대」는 발표할 길이 없다. 지금 같아서는 시집에 넣을 가망
도 없다고 한다.
　　　　　　　　　　　　　　　　　　　── 김수영 일기초(初)·편지·후기 부분4)

　　김수영의 일기는 「"김일성만세"」를 발표하고자 했던 시인의 의지를 보
여준다. 다시 말해 발표를 하지 않은 것이 아니라 하지 못한 것이다. 1960
년 4·19혁명은 이루었지만 정리되지 않은 사회 속에서 '김일성'을 직접적
으로 거론하는 것은 쉽지 않았을 것이다. 김수영 역시 이를 인지하여 제목
을「잠꼬대」로 수정했을 뿐만 아니라 지면에 수록할 수 있도록 최대한의
타협점을 찾아 발표하고자 했으나 실패한다. 또한 '시집을 내놓을 때'를

---

4) 김수영 저, 이영준 편, 『김수영 전집2─산문』, 민음사, (이하, 『전집─산문』), 2018,
　　722─724쪽.

염두에 두었다는 점도 주목할 만하다. 의도치 않게 제목과 '金日成萬歲'의 한자를 한글로 수정했지만, 시집에서는 다시 원문으로 수록하고자 했다. 이를 통해 첫 자선시집 『달나라의 장난』 이후 차기 시집을 생각하고 있음을 알 수 있으며, 이때 「"김일성만세"」를 수록한다는 것은 이 작품이 김수영에게 의미 있음을 말해준다.

> 1961년
> 3월 24일
> 시 「숫자」를 쓰다. 전작 「연꽃」에서 이루지 못한 '비상(飛翔)'을 드디어 수행하였다. 마음이 가뿐하다.5)
> ― 김수영 일기초(初)·편지·후기 부분6)

미발표 유고로 판단되는 작품은 부인이 정서한 원고로 남아 있는 「연꽃」과 「김일성만세」 2편이다. 시인이 남긴 일기에 의하면 「김일성 만세」는 시인이 의미 있는 작품으로 생각하고 발표를 시도했지만 실패한 것으로 적혀있다. 일기와 원고에 모두 <김일성 만세>는 철저히 지워 놓았는데 이것은 만일의 경우에 대비한 것으로 판단된다. 그리고 나중에 시집을 낼 때 원래 제목대로 하고 싶다고 일기에 쓰여 있으므로 미발표 유고라고 판단하는 데 아무런 문제가 없다. 여기에 비해 「연꽃」은 나중에 「황혼」으로 제목이 바뀐 「숫

---

5) 3월 24일 일기는 원고 발굴 후 3판에 새로 수록되었다. 2008, 『창작과비평』 제36집에 「김수영 미발표 유고―일기」에서 먼저 다루어졌으며 여기에서는 "시 「數字」를 쓰다. 전작 「연꽃」에서 이루지 못한 ○○○ '飛翔'을 드디어 遂行 하였다. 마음이 가뿐하다."로 제시하고 있다. 이에 대해 "이 일기만으로는 이 「연꽃」이라는 시의 매체 발표 여부는 불분명하다. 그리고 여기서 「數字」라는 또 한편의 알려지지 않은 시가 있다는 사실을 알 수 있는데, 김현경 여사는 소장하고 있는 것 같지 않다. 이 작품 역시 적잖이 문제적일 것으로 추측된다."고 보고 있으며 「연꽃」보다는 「숫자」라는 작품에 더 초점을 맞추고 있다. 전집과 내용면에 있어서는 크게 다른 점이 없지만, '○○○'로 된 부분이 생략된 점은 산문 역시 편집 과정에서 수정된 부분이 있음을 상기한다.
6) 『전집―산문』, 724쪽.

자」에 비해 못한 작품으로 즉, <비상(飛翔)>을 이루지 못한 작품
이라고 적어놓았고 그 작품을 발표하지 못한 것에 대한 언급이 없
는 것으로 미루어 보아 시인이 생존하여 시집을 냈다면 포함시키지
않았을 가능성도 없지 않다. 그리고 발표를 시도해서 거절당한 기
록도 없다. 물론 시 속에 <사회주의 동지들>이라는 구절이 있어
서 당시의 여건상 발표를 시도했어도 실현 가능성은 그다지 높지
않았을 것이다.

— 『김수영 육필시고 전집』 해제[7]

「연꽃」은 「"김일성만세"」와는 달리 딱 한번만 언급하고 있다. 여기
서 「숫자」는 「황혼」으로 수정되기 전의 제목이며, 「연꽃」은 이 시의 '비
상'을 위한 발판에 불과한 것으로 보고 있다. 발표지면을 확인할 수 없을
뿐만 아니라 시인에게 있어서도 비중을 두지 않는 작품임에도 전집 3판
의 본문에 수록되었다는 것은 편집자의 의도가 반영되었다고 볼 수 있
다. 동일한 편찬자가 이전에 육필시고를 정리한 『김수영 육필시고전집』
의 해제를 보면 어떻게 「연꽃」이 전집 본문에 수록될 수 있었는지 파악
할 수 있다. 여기에서는 「김일성 만세」와 「연꽃」을 함께 미발표 작품으
로 분류한다. 「김일성 만세」는 시인에게 의미 있는 작품이었지만 시대
적 상황에 의해 발표하지 못한 것이며, 「연꽃」은 그와 달리 시인에게 그
렇게 의미가 있던 작품도 아니었음을 알 수 있다. 또한 '사회주의 동지들'
이라는 특정 구절은 발표를 시도하더라도 실현가능성이 없었을 것이라
보고 있다.

그럼에도 불구하고 전집 본문에 수록될 수 있었던 이유는 크게 두 가지
로 볼 수 있다. 첫 번째는 작품의 완결성으로, 이는 육필원고의 퇴고 상태
를 통해 하나의 작품으로 완결냈음을 확인할 수 있다. 김수영은 주지하다

---

7) 김수영 저, 이영준 편,『김수영 육필시고 전집』, 민음사, 2009.

시피 퇴고작업을 거치면서 여러 번 정서하였는데, 「연꽃」 역시 부인이 정서한 것을 통해 어느 정도 퇴고를 마친 것으로 판단할 수 있다. 따라서 「숫자」라는 시에 미치지 못하는 시라는 것을 시인 스스로 말하고 있지만, 초고 형태를 벗어났기에 개별 작품으로 놓아도 무방하다.

두 번째는 김수영의 시세계가 형성되는 과정을 보여준다는 점에서 의미 있는 작품이기 때문이다. 「숫자」(「황혼」)에 비해 미치지 못할 뿐 하나의 완성된 개별 작품으로 놓고 볼 수 있는 독자성을 가지는 것과 동시에 김수영의 시적 성취가 어떻게 이루어지는지 파악할 수 있다. 여기에서 「연꽃」ー「숫자」뿐만 아니라 「그 방을 생각하며」ー「피곤한 하루의 나머지 시간」에서도 비슷한 구도로 시에 대해 언급했음을 되짚어볼 필요가 있다. 「피곤한 하루의 나머지 시간」은 「그 방을 생각하며」의 '에스키스'에 불과한 것으로 위치[8]한다. 그럼에도 「피곤한 하루의 나머지 시간」은 지면에 발표했는데, 「연꽃」 역시 발표하고자 했던 가능성을 배제할 수 없다. 다만 「연꽃」의 경우 발표하고자 했으나, 시인 스스로 만족하지 못했으며, 특정 구절로 인해 애써 발표하지 않았다고 할 수 있다. 김수영에게 있어 「연꽃」은 완성된 하나의 개별 작품이지만, 김수영이 첫 자선시집 『달나라의 장난』 이후 새로운 시집을 만들었다면 선택받지 못했을 가능성이 큰 작품이다. 따라서 「연꽃」은 시인에게 큰 의미를 부여받지 못했지만 개별 작품으로써는 전집에 수록될 수 있는 조건은 갖추었으며, 이를 통해 김수영의 시세계가 형성되는 과정을 보여줄 수 있는 단초가 된다.

---

8) 『전집2ー산문』, 724쪽.

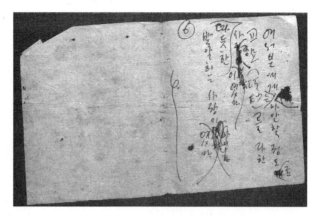

<그림 1. 「겨울의 사랑」>

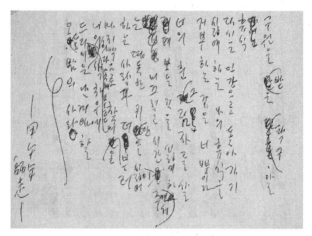

<그림 2. 「탁구」[9]>

전집 본문에 수록된 미발표 원고 중 마지막 남은 「겨울의 사랑」은 앞서 살펴본 「"김일성 만세"」와 「연꽃」과는 상황이 다르다. 앞선 두 작품은 외적 상황에 의해 발표하지 못한 것이라고 한다면 「겨울의 사랑」은 시인이 자체적으로 배제한 원고이다. 이는 원고의 상태에서 단적으로 보여준다.

---

9) 김수영 저, 이영준 편, 『김수영 육필시고 전집』, 민음사, 2009, 435쪽, 493쪽.

다른 미수록 작품과는 달리 「겨울의 사랑」은 원고지에 정서한 것이 아닌 '거친 종이'에 쓰였다는 것이다. 그럼에도 전집의 본문에 수록될 수 있었던 것은 원고 말미에 탈고가 완료되었음을 의미하는 긴 돼지꼬리표식이 있기 때문이다.10)

여기서 제기할 수 있는 문제는 작품 말미의 표식이 탈고가 완전히 끝났음을 의미하는지 다시 살펴볼 필요가 있다. 김수영은 지면에 발표하기 전 깨끗하게 본인 혹은 부인이 원고지에 다시 정서했다. 「겨울의 사랑」은 원고지면이 아님에도 전집의 본문에 수록된다. 또한 비슷하게 쓰인 「탁구」는 전집 본문에 수록되지 못하고 부록의 미완성 초고에 수록된다. 즉, 「탁구」 역시 원고지에 쓰인 것이 아니며, 탈고를 의미하는 시인의 표식이 있음에도 「겨울의 사랑」은 본문에 수록된 반면 「탁구」는 미완성 초고로 남게 되었다.

미발표 작품을 전집에 수록하는 데 있어서 어떤 기준으로 선별했는지 아직 해명되어야 할 부분이 있지만, 전집에 수록된 이상 「겨울의 사랑」은 개별 작품으로서의 위상을 갖게 되었다. 비록 원고의 형태가 원고지에 깨끗이 정서된 것이 아닌 거친 종이에 적힌 시이지만 작품 말미에 남긴 시인의 표식은 가볍게 넘길 수 없다. 이전에 수록된 작품들은 시인이 드러내고자 했다면, 「겨울의 사랑」은 시인이 애써 감추고자 했던 작품이라 할 수 있다. 바로 여기서 김수영 시의 또 다른 이면을 밝힐 수 있는 가능성을 찾을 수 있으므로 면밀하게 작품을 분석해볼 가치가 있다.

---

10) 이 책에서 처음 공개되는 「겨울의 사랑」이라는 시는 거친 종이에 쓰인 초고지만 작품의 완성을 표시하는 돼지 꼬리 모양의 표시가 마지막에 그려져 있다.(김수영 저, 이영준 편, 앞의 책, 민음사, 2009.)

2. 「겨울의 사랑」의 전기적 연관성

「겨울의 사랑」은 전집에 새로 수록된 작품들 중에서 크게 두 가지 이유로 문제적이라 할 수 있다. 첫 번째는 원고의 형태가 이전의 작품과 달리 메모지 형태로 되어 있어 작품에 대해 시인보다는 편집자의 의도가 더 반영되었다. 두 번째는 시인이 애써 감추고자 했던 부분을 표면으로 드러내면서 시인의 또 다른 면모를 찾아볼 수 있게 해준다. 「겨울의 사랑」은 김수영 시의 핵심이라고 할 수 있는 '사랑'에 대해서 다루는 데, 기존에 수록된 시와는 또 다른 사랑의 양상을 보여준다. 따라서 개별 작품 분석을 통해 의미를 부여하는 작업은 김수영 시 전반을 바라볼 때 새로운 관점을 제시해줄 수 있는 가능성이 있다.

> 늬가 준 요보의 꽃잎사귀 위에서 잠을 자고
> 늬가 준 수건으로는 아침에 얼굴을 씻고
> 늬가 준 얼룩진 혁대로 나의 허리를 동이고
> 이만하면 나는 너의 애정으로
> 목욕을 할 수 있는 행복한 사람이다
>
> 아예 나의 밤의 품 안에
> 너의 전신이 안기지 않아도
> 그리운
> 나의 얼굴을 너의 부드러운 열 손이
> 싫증이 나도록 쓰다듬어 주지 않아도
> 그리고 나의 허리를
> 나비와 같이 살며시 껴안아 주지 않아도
>
> 나는 너의 선물이 욕된
> 사랑의 변명이 아니라는 것을 알고 있기에

늬가 표시하는 애정의 의도를 묻지 않고
늬가 말하지 않아도 알 수 있는 사랑의 궁극을
늬가 알지 못하고 나에게 표시하여 줄 수 있다면
오히려 그것을 원하는

이것은 반드시 우리의 사랑이 죄악에서 생겨난 것이라고 믿기 때
문만은 아닐 것이다

우리의 사랑이 죄악이라는 것은
시를 쓴다는 것이
옳지 않은 일이라고 꾸짖는 것이나 같은 일

오랜 시간을 두고 찾아오는 이 귀중한 순간의
한복판에 서서
천천히 계속하던 일손을 멈추고 너를 생각하니
오─나의 몸은
가난한 나라의 빈 사무실
한복판에 앉아 있는 것
같지가 않다

늬가 말하지 않아도 알 수 있는 사랑의 궁극에 대하여 차라리
늬가 냉담하기를 원하는 것은
우리의 사랑이 잊어버리기 위한 사랑에서 출발하였기 때문이라
고 생각한다

그러한 사랑에 대하여
늬가 너의 육체 대신
준 요보
늬가 너의 애무 대신 준 흰 속옷은

너무나 능숙한 겨울의 사랑

여러분에게는 미안할 정도로
교묘(巧妙)를 다한
따뜻한 사랑이었다
발악하는 사랑이었다

—「겨울의 사랑」전문[11]

『김수영 육필시고 전집』에서는 「겨울의 사랑」을 1954년에서 1955년 사이에 쓴 것으로 추정한다. 작품에 들어가기에 앞서, 당시 김수영의 다사다난했던 행보를 간단하게 살펴보자면 다음과 같다. 김수영은 1950년 6·25전쟁으로 의용군에 붙들려 평안남도 북원리까지 끌려갔다가 간신히 탈출한다. 훈련소를 탈출하여 순천(順天), 평양, 황주(黃州), 신막(愼幕)에서 미군에 의해 1950년 10월 28일 다시 서울로 돌아온다. 전쟁이 휩쓸고 간 서울에서 김수영은 "살고 싶다는 의욕과 인제는 살 가망이 드디어 없어졌다는 새로운 절망의 인식이 동시에 직감적으로 나의 가슴을 찌르고 지나간다."[12]라 말한다. 이 대목에서는 그 당시 상황이 얼마나 참혹한 상황이었는지 엿볼 수 있다. 그러나 김수영의 수난은 거기서 그치지 않는다. 파출소에서 조사를 받은 후 귀가하는 도중 빨치산으로 몰려 이태원 육군형무소로 갔다가 인천포로수용소에 이송된다. 다리 부상으로 부산 서전병원을 거친 뒤 거제리 제14야전병원에서 수감생활을 하면서 1952년 11월 28일 충청남도 온양 온천 국립구호병원에서 석방되어 자유의 몸이 된다. 다시 부산으로 내려와 시인 박태진을 통해 미8군 수송관 통역일을 하며 지내다가 1953년 10월 즈음 상경한다.

이 시기에서는 김수영의 주변 여인들과의 관계를 특히 눈여겨 볼만하

---

11) 『전집1—시』, 88—90쪽.
12) 『전집2—산문』, 40쪽.

다. 전쟁 직전 결혼한 부인은 김수영이 포로생활을 할 당시 다른 남자와 동거했으며, 김수영이 석방되어 직접 찾아갔지만 결합하지 못하고 이혼과 같은 상태로 지낸다. 이별로 슬픔에 잠기기도 했지만, 아내와 다시 재결합하기 전까지 다른 여자와 교류했음을 산문을 통해 알 수 있다. 1953년 12월에 쓴 산문 「낙타과음」에서는 'B양'에 대한 그리움을 표했으며, 54년 11월에서 12월 사이 일기[13]에는 여의사와의 혼담을 이야기한다. 산문에서는 두 여인 말고 또 다른 한 여인 '노 씨'가 등장하는데, 수용소 수감 시절 만났던 간호사 '노 씨'는 '애인'이었음을 직접적으로 언급한다.[14]

> 1월 10일(월)
> 노 선생과 「인생유전」을 본 어젯밤 일이 아직 생각이 남아 있어서 나의 명석한 머리의 흐름을 방해한다.
> 나의 사랑(노 선생과의)도 바로 언 동백꽃이나 마찬가지라고 생각하고 나는 혼자 웃는다.
> 남자도 그렇지만 여자는 더욱 미웁다. 미워서 죽겠다.
>
> 1월 11일(화)
> 아무튼 「인생유전」은 시시한 영화다. (중략) 이것을 모르고 아직도 불란서 영화라면 모두가 예술영화이며 일류 영화라고 생각하는 무리들이 나의 주위에 있다는 사실은 나를 질식시킨다. 그런데 로 선생(나의 애인)까지 이영화를 보고 좋다고 한다.
> "그 영화 좋지요?"하고 물어보는 그의 말에 나는 두말없이.

---

13) 『전집2─산문』, 686쪽.
14) "간호사들은 그를 미스터 김이라고도 하고 미스터 수라고 부르기도 했다. 그들은 지치고 얼뜬 시인에게 오랜만에 인간적인 정 같은 것을 보여주었다. 그 중에서도 키가 작고 말수가 적은 간호사가 특히 그런 편이었다. 이후에 시인이 '미스 노' 혹은 '미스 로'라고 부르게 되는 이 여자는 단순한 통역포로와 간호사 사이를 점점 넘어서서, 무어라고 하면 좋을까, 시인의 '마음속의 노'가 되어버렸다"(최하림, 『김수영 평전』, 실천문학사, 2001, 176쪽.)

"네."

이것이 사랑이다.

— 김수영 일기초(初)·편지·후기 부분[15]

거제도 수용소에서 만난 노 선생은 전쟁 후 상경하여 미도파 백화점에서 양장점을 운영했으며 김수영과 인연을 이어나갔다. 특히 노 선생과의 관계를 주목해야하는 것은 김수영이 그를 '나의 사랑', '나의 애인'이라고 지칭했기 때문만은 아니다. 김수영과 노 선생과의 일화는 이번 전집에 수록된 「겨울의 사랑」과 시기적으로 맞닿아 있음은 물론이고 주변의 증언을 더해서 밀접한 관련이 있음을 확인할 수 있다. 산문에서 언급되는 몇몇의 연인들에 대해서 어느 정도 호감을 표출하는 내용이 있다. 그러나 직접적으로 표출하는 것은 드물 뿐만 아니라 '사랑'이라는 주제로 그 대상을 다루고 있다는 점은 김수영 시에서 독특한 위치를 차지한다. 「겨울의 사랑」에서 나타나는 사랑의 대상이 '노 선생'임은 증언을 통해 파악할 수 있다.

> 오빠가 가르쳐 준 대로 미도파 1층이었던가 2층에 가서 미스 노를 찾았지요. 미스 노는 진열장 안에 있었어요. 키가 작고 눈이 큰 '아줌마'였어요. 나는 실망했어요. 오빠가 좋아하는 사람이 저런 아줌마라니……그래서 아마 말도 더듬었던 것 같아요. 그분은 무척 친절하게 대해 주었던 것 같아요. 나이가 얼마냐? 어느 학교에 다니냐? 그런 것을 물었던 것 같애요. 돌아갈 때는 와이셔츠에 넥타이, 내복을 포장해서 오빠에게 전해주라고 했어요. 그 뒤로도 서너 번 오빠 심부름으로 만났댔죠. 우리는 가까웠어요. 오빠는 '나는 손 한 번 안 잡았다', '입에서 말도 잘 안 나온다'고 했어요. 그럴 때 오빠 얼굴은 조금 붉어졌던 것 같아요.[16]

---

15) 『전집2―산문』, 697―698쪽.
16) 최하림, 『김수영 평전』, 실천문학, 2001, 219쪽.

증언을 통해 김수영과 미스 노가 자주 교류했음과 선물을 주고받았음을 알 수 있다. 「겨울의 사랑」에서도 '늬'는 부재하지만 그가 준 선물이 대신하고 있는 장면은 그 대상이 '미스 노'와 밀접하다. 또한 시에서 "우리의 사랑은 죄악"이라 말하는 데, 김수영은 별거 중이었지만 아내가 있었고, 미스 노 역시 남편이 있었다. 즉, 서로 사랑하기엔 부적절한 관계였기 때문에 이루지 못할 사랑이었다.[17] 다만, 김수영은 미스 노를 마음에 두고 있었으며 그 마음은 「겨울의 사랑」에서 '사랑이었다'와 같이 과거형으로 표출된 것이다. 「겨울의 사랑」의 의의는 바로 여기서 찾을 수 있다. 즉, 사랑의 대상이 다르며, 이에 따라 김수영 시에서 사랑의 또 다른 양상을 찾을 수 있다.

3. 사랑의 또 다른 양상

김수영의 시 주제에 대해 논의할 때 '사랑'은 '자유' 못지않게 큰 비중을 차지한다. 시와 산문 곳곳에서 직접적으로 다루고 있을 뿐만 아니라 연구자 역시 이를 시의 핵심으로 파악하여 비교적 많은 논의가 이루어졌다. 김수영 작고 이후 전반적인 시세계를 그려내는 데 핵심적인 역할을 한 김현은 김수영의 시적 주제는 '자유'에 있으며, 이러한 자유는 "사랑과 혁명"을 거쳐 "적에 대한 증오"와 "자신에 대한 연민·탄식"으로 나아가고 있음을 말한다.[18] '자유'를 중심주제로 두고 '사랑'은 그 과정에 두고 있지만 김수영 시에서 '자유'와 '사랑'에 대한 단초를 제시했다.

---

17) 최하림, 같은 책, 221쪽.
18) 김현, 「자유와 꿈」, 황동규 편, 『김수영 전집 별권─김수영의 문학』, 민음사, 1993, 105쪽.

김종철은 김수영의 시의 주제를 '자유'와 '사랑'으로 보았다. 사랑에 대해 '죽음에의 의식이라는 뿌리로부터 우러나온 것이며, 현실에 대한 그의 다양하지만 동시에 근본적인 관심이 모두 이 뿌리를 근간으로 하고 있다'[19]고 보면서 자유의 과정에서의 사랑에서 더 나아가 사랑에 대한 층위를 넓혔다. 이후 김수영 시에서 자유와 사랑은 별개의 것이 아닌 하나임을 밝힘으로써 시의 핵심이 되었다.

　　사랑에 대한 여러 정의가 있지만 김수영은 "진정한 시는 자기를 죽이고 타자가 되는 사랑의 작업이며 자세인 것이다."[20]고 말한 바 있다. 즉, 김수영에게 있어 '사랑'은 '자기'를 죽이고 '타자'를 온전히 받아들이는 것에서 출발한다. 따라서 김수영 시에서 사랑의 인식은 '없음'과 '잃음'에서 시작되며, 절망과 좌절하는 것이 아닌 사랑에 대한 충실함을 유지함으로써 사랑의 가능성을 그려낸다.[21] 그러나 「겨울의 사랑」에서는 이러한 사랑과는 다른 사랑의 모습을 보여주는 데, 이를 조명해볼 필요가 있다.

　　먼저 시의 내적 상황을 보면, 화자는 사랑하는 대상 "늬"와 떨어져 있음을 알 수 있다. "늬"는 현재 부재하며, 그가 준 '요보', '수건', '얼룩진 혁대'와 같은 '선물'이 "늬"를 대신한다. 화자는 대상이 부재함에도 불구하고 선물을 통해 '애정으로 목욕 할'만큼 '행복한 사람'이라 말한다. 지금 여기 없는 대상에 대해 화자는 그가 남긴 선물을 통해 충만함을 느낀다. 여기서 부재의 속성이 다른 시와 차이를 보여준다. '늬'는 곁에 없지만 '선물'은 남아있으며 '늬'를 대신하고 있다. 따라서 타자와 완전히 분리되었다고 보기 어려우며, '자기를 죽이고 타자를 받아들여야 한다'는 김수영의 시적 태도와 다소 차이가 있음을 알 수 있다.

---

19) 김종철, 「시적 진리와 시적 성취」, 황동규 편, 위의 책, 민음사, 1993, 88－110쪽.
20) 『전집2－산문』, 280쪽.
21) 전병준, 「김수영 초기 시에서 사랑의 의미화 과정 연구」, 한국어문학국제학술포럼, 2013.
　　183쪽.

이러한 시적 화자의 모습은 2연에서도 보여준다. '늬'가 나의 품에 안기지 않아도, 나의 얼굴을 쓰다듬어주지 않아도, 나를 껴안아 주지 않아도 화자는 만족감을 느낀다. 이처럼 화자가 대상이 부재하며 그가 남긴 '선물'밖에 남지 않았더라도 만족할 수 있는 이유는 3연에서 제시하는데, 바로 그가 준 선물이 "사랑의 변명이 아니라는 것을 알고 있기" 때문이다. 즉, '선물'은 다른 어떤 의도나 감정이 섞이지 않은 '사랑' 그 자체이기에 여기서 행복함을 느낄 수 있는 것이다.

시의 화자가 선물을 통해 말하고자 하는 '사랑의 궁극'은 이어지는 4연에서 드러난다. 여기서 화자는 '늬'와 어떠한 틈이 없는 합일을 원한다. '애정의 의도'나 '말'과 같이 언어를 매개로 관계를 갖는다고 할 때, 필연적으로 기표와 기의 사이에 간극이 발생한다. 주체는 상징계에 진입하게 될 때 소외─분리를 겪으며 결여된 주체가 되는데, 이때 주체는 대타자의 질서 속에서 자신을 나타낼 수 있게 된다. 언어를 매개로 한다는 것은 그 자체로 결여됨을 의미한다.[22] 따라서 화자는 '묻기, 말하기, 알기'와 같이 언어적 사고를 통해 사랑을 말하는 것이 아닌, 오로지 '표시'로써 간극 없는 궁

---

22) 주체가 상징계로 들어가게 될 때 존재가 타자적 이미지와 언어에 종속되면서 소외된다. 소외를 겪는 주체를 라캉은 연산식 $로 표기하는데 시니피앙에 의해 존재가 지워진다는 뜻이다. 이것은 상징계의 질서가 무의미인 존재를 억압할 때 가능해지기 때문에 주체 구성이 이루어질 때 소외는 주체의 본질적 운명이 된다. 주체는 상징계에서 의미 주체로 태어나지만 존재를 배제하고 억압할 때 그것이 가능해지므로 주체 탄생은 소외를 대가로 지불할 수밖에 없다. 그렇기 때문에 라캉은 "주체는 항상 대타자 속에서 실현되지만 절반은 잃어버린다"라고 말한다. 그러나 주체는 소외에만 머물지 않으며 자신의 빈자리를 되찾으면서 욕망하는 주체로 태어나는데 그것이 두 번째 작용인 분리이다. 분리는 상징계에서 배제된 존재의 적극적으로 대타자의 빈 공간 속에서 되찾으려는 주체의 적극적 노력이다. 대타자의 호출에 응하여 상징계로 들어가는 순간 주체는 존재의 사라짐을 소외라는 형태로 경험하는데, 이제 주체는 소외에 대해 능동적으로 대응한다. 주체는 분리를 통해 자신의 일부분이 무의미로 남아 있다는 것, 즉 소외되어 있다는 것을 무대화한다.(상세한 내용은 김석, 자크 라캉 저, 『에크리: 라캉으로 이끄는 마법의 문자들』, 살림, 2007, 166-167쪽 참고.)

극의 사랑을 원한다.

5연에서는 이전의 연과는 다소 다른 분위기를 형성하는데, 그 이유는 한 연이 한 행으로 구성된 짤막한 형식뿐만 아니라 '죄악'이라는 시어가 등장하기 때문이다. 이전의 연까진 '늬'를 떠나보냈으나, 그가 준 사랑이 충만한 '선물'을 통해 행복함을 말한다. 그러나 '죄악'이라는 시어는 화자와 '늬'가 이별할 수밖에 없었던 원인이 무엇인지 보여줌으로써 분위기의 전환이 일어난다. "때문만은 아닐 것이다"에서 그 원인이 '죄악'뿐만 아니라 다른 원인도 있음을 암시하는 것 같지만, 행의 맨 앞의 '반드시'라는 강조는 반어적 용법으로 오히려 '죄악'을 강조한다. 죄악이 있다는 것은 어떠한 질서를 어겼음을 의미하는데, 이는 앞선 행에서 화자가 왜 '언어'라는 상징계적 질서에서 벗어난 사랑을 원했는지에 대한 단초를 제공한다.

화자는 질서에서 벗어난 죄악이 오히려 사랑이라는 것을 굽히지 않는다. 6연에서는 죄악을 '시를 쓴다는 것'과 연관 짓는데, 여기서는 이 당시 시인에게 '시'란 어떤 의미를 지녔는지 먼저 살펴봐야한다. 먼저, 작품 내적으로만 본다면, 시 쓰기란 언어의 균열된 틈을 끊임없이 파고드는 작업이라 할 수 있다. 기표와 기의는 일치하지 않으며 때문에 완벽한 일치에 도달할 수 없다. 시 쓰기란 언어의 정교한 조합을 통해 도달하고자 하는 무한한 작업이라 할 수 있다. 즉, 언어의 질서 속에서 균열된 지점을 끊임없이 파고들어 완벽한 접합점을 찾고자하는 '시 쓰기'는 '말'이라는 질서 속에서 '선물'이라는 '표시'를 통해 완전한 '사랑'을 얻고자 하는 행위과 비슷하다.

> 방 두 칸과 마루 한 칸과 말쑥한 부엌과 애처로운 처를 거느리고
> 외양만이라도 남들과 같이 살아간다는 것이 이다지도 쑥스러울
> 수가 있을까
> (…)

나는 지금 산정에 있다─
시를 반역한 죄로
이 메마른 산정에서 오랫동안 꿈도 없이 바라보아야 할 구름
그리고 그 구름의 파수병인 나

─「구름의 파수병」 부분23)

　그러나 위와 같이 작품 내적으로서만 '시 쓰기'에 대한 의미를 설명하는 것으로는 부족하다. 짧지 않은 시에서 '시 쓰기'는 시의 중심 주제와 맞닿아있음에도 단 한번만 언급된다. 따라서 작품 단편에서 그 의미를 파악하기 보다는 김수영의 다른 시에서 '시'의 의미를 살펴본다면 그 의미가 더욱 선명하게 파악할 수 있다. 비교적 비슷한 시기인 1956년에 쓰인 「구름의 파수병」은 당시 김수영에게 시란 어떤 의미를 지녔는지 알려준다. 이 시기의 김수영은 아내와 재결합하여 '생활'의 문제에 직면한다. 경제적 능력이 부족했으나 아내의 생활력으로 어려움을 극복한다.24) 그 과정에서 김수영은 '생활'에서 비롯된 '설움'을 나타내기도 하면서 시 보다는 현실적인 생활에 집중한다. 「구름의 파수병」은 양계를 하면서 생활이 안정될 때 썼는데, 여기서의 '설움'은 생활 그 자체에서 온 것이 아닌 "시에 배반하는 생활"에서 비롯된다.25) 따라서 시의 화자는 '방 두 칸과 마루 한 칸 말쑥한 부엌'이 있는 안정적인 생활의 영역에 있지만 '쑥스러움'을 느낀다. 그 이유는 다름 아닌 시를 통해 발산되었던 자기 성찰과 반역 정신이 생활의 영역에 들어선 순간 퇴색되었기 때문이다. 요컨대 이 당시 김수영에게 '시'란 우선적으로 자기 성찰을 의미하며, '반역'이라는 시인의 정체성을 함축한다. 「겨울의 사랑」에서 '늬'와의 사랑은 시를 쓰는 행위와 등가적인 위치에

---

23) 『전집1─시』, 142─143쪽.

24) 최하림, 『김수영 평전』, 2001 참고.

25) 한용국, 「김수영 시의 생활인식과 시적대응─1950년대 시를 중심으로」, 『비평문학』제40집, 한국비평문화학회, 2011, 398쪽.

놓이며, 이를 부정하는 것은 자기 자신을 부정하는 것과 같다. 때문에 화자는 '시'도 '자신'도 '늬 와의 사랑'도 결코 잘못된 것이 아님을 강조한다.

> 이 사무실도 네가 만든 것이며
> 이 많은 의자도 네가 만든 것이며
> 네가 그리고 있는 종이까지 네가 제지(製紙)한 것이며
> 청결한 공기조차 어지러웁지 않은 것이
> 오히려 너의 냄새가 없어서 심심하다.
>
> 남의 일하는 곳에 와서 덧없이 앉아있으면 비로소 설워진다.
> ─「사무실」부분26)

사랑의 결과 '늬'가 부재하게 되었지만, 화자는 상실감이나 좌절감을 이야기하지 않는다. 7연의 상황은 그러한 화자의 모습을 보여준다. 오랜 시간에 걸쳐 화자에게 찾아오는 순간은 '늬'의 부재에서 오는 상실과 좌절과 같은 고통이 아니다. 오히려 사랑으로 가득 찬 '귀중한 순간'이다. 텅 빈 것이 아닌 가득 차 있음은 '빈 사무실에 앉아 있는 것 같지 않다'고 표현한다. 여기서 '사무실'이라는 공간의 속성은 비슷한 시기의 작품「사무실」(1954)에서 찾을 수 있다. 사무실은 '네'가 만든 공간이지만 정작 '너의 냄새'가 없다. 이러한 사무실에서 화자는 덧없이 앉아만 있으며 '설워'진다. 즉, 사무실은 '너'와 '나'의 존재를 사라지게끔 하는 텅 빈 공간임을 나타낸다.「겨울의 사랑」에서 '사무실' 역시 주체의 존재를 사라지게 만드는 공간으로 볼 수 있으며, 화자는 이러한 사무실에 '앉아 있는 것 같지 않다'고 말한다. 즉, 화자는 언제나 '늬'의 애정으로 충만함을 느끼는 '행복한 사람'이다.

---

26)『전집1─시』, 87쪽.

늬가 없어도 나는 산단다
억만 번 늬가 없어 설워한 끝에
억만 걸음 떨어져 있는
너는 억만 개의 모욕이다

(…)

나의 생활의 원주(圓周)위에 어느 날이고 늬가 서기를 바라고
나의 애정의 원주가 진정으로 위대하여지기를 바라고

그리하여 이 공허한 원주가 가장 찬란하여지는 무렵
나는 또 하나 다른 유성(遊星)을 향하여 달아날 것을 알고

이 영원한 숨바꼭질 속에서
나는 또한 영원히 늬가 없어도 살 수 있는 날을 기다려야 하겠다
나는 억만무려(億萬無慮)의 모욕인 까닭에

　　　　　　　　　　　　　　　— 「너를 잃고」 부분27)

　이러한 태도를 보일 수 있는 이유는 "우리의 사랑이 잊어버리기 위한 사랑에서 출발"했다고 '생각'하기 때문이다. 여기에서 '사랑'을 주제로 하는 김수영의 다른 초기 시편과의 차이를 발견할 수 있다. 「너를 잃고」 (1953) 화자 역시 사랑의 대상이 부재하는 상황에 놓여있다. 또한 시에서 언급하는 바, 두 화자 모두 사랑의 대상이 없음에도 살아나간다. 그러나 이러한 부재에 대한 태도는 「겨울의 사랑」의 화자와는 다르다. 부재에도 '행복함'으로 가득한 「겨울의 사랑」의 화자와는 달리 「너를 잃고」의 화자는 '설워'하며 '모욕'으로 가득 차 있다.

　여기서 '나'와 '너'의 관계를 비교해본다면 둘의 차이가 더욱 선명해진

27) 『전집1—시』, 63—64쪽.

다. 「너를 잃고」에서 '나'는 '너'가 '나의 생활의 원주'에 서기를 바라지만 그 대상은 언제나 '억만 걸음 떨어'져있다. 화자는 '너'와의 거리가 '영원한 숨바꼭질'처럼 좁혀지지 않을 것임을 알고 있기에 대상이 부재하더라도 영원히 살 수 있는 날을 기다리고자 한다. 따라서 대상과 영원히 좁혀지지 않는 거리에 놓여있지만, 영원히 기다릴 것을 함축한다. 이는 곧 '없음'과 '잃음'에서 시작하여 절망과 좌절하는 것이 아닌 사랑에 대한 충실함을 유지함으로써 지속적인 사랑의 가능성을 보여준다. 그러나 「겨울의 사랑」은 영원한 사랑이 아닌, 완결된 사랑이다.

정리하자면, 「너를 잃고」는 부재한 상황이지만 '너'에 대한 '나'의 사랑은 확장해나가는 반면, 「겨울의 사랑」은 '나' 속에 '너'를 포함하게 됨으로써 오히려 사랑은 종결을 맺는다. 앞서 언급한 '자기를 죽이고 타자가 되는 사랑의 작업이며 자세'가 아닌 반대로 '자기'만을 살리고 '타자'는 죽게 됨으로써 관계는 끝이 난 것이다. 그리고 마지막의 "사랑이었다"라 과거형으로 끝을 맺고 있다는 점을 주목해야한다. 비슷한 시기에 쓰인 또 다른 시 「풍뎅이」에서는 화자가 "우둔한 얼굴을 하고 있어도 좋았다"라는 과거형을 통해 '너'와의 관계가 과거의 일이었으며, 그러한 관계가 끝났음을 시사하지만 그 상실 속에서 "너의 이름과 너와 나와의 관계"를 알 때까지 "의심할 것"이라 말하면서 '너'에 대한 사랑을 지속하고자 한다.[28] 따라서 「풍뎅이」를 비롯한 다른 시에서는 타자의 부재, 이별을 통해 '미숙한' 사랑을 확장하고 있지만, 「겨울의 사랑」은 '교묘(巧妙)'를 다한 '능숙한' 사랑이었기에 더 이상 확장하지 못한 채 결말을 맺는다.

이처럼 김수영 시에서 나타나는 '사랑'과 차이를 보이는 것은 김수영의 개인사를 배제할 수 없을 것이다. 앞장에서 살펴본 바와 같이 당시 김수영은 별거하던 아내가 아닌 다른 여인과도 교류를 가졌다. 그 중에서 '노 선

---

28) 전병준, 위의 글, 192쪽.

생'은 김수영이 산문에서 직접 '애인'이라고 할 만큼 마음속에 자리 잡고 있었으며, 선물을 서로 주고받았다는 증언을 통해 시적 상황과 유사하다. 그리고 둘의 관계가 끝이 날 수밖에 없었던 것은 김수영에겐 별거중이지만 '아내'가 있었고, 노 선생 역시 가정이 있었기 때문에 법과 제도에 의해 가로막힌 관계에서 출발한다. 이것은 다름 아닌 시에서 '죄악'이 발생하는 근거로 볼 수 있으며, 결말이 예정된 만남이었다. 따라서 사랑 역시 무한하게 확장되는 것이 아닌 유한함을 갖으며, 시에서 역시 이를 나타낸다.

개인사적 배경에 의해서건 혹은 시 내적 요건의 불충족에 의해서건 「겨울의 사랑」은 메모지 상태로 오래도록 보관되었다가 『김수영 전집』 3판이 발행되면서 본문에 수록되었다. 새로운 자료가 기존의 해석을 전면 부정할 수 있는 경우는 극히 드물다. 「겨울의 사랑」 역시 마찬가지이다. 「겨울의 사랑」의 의의는 '사랑'에 대한 시인의 다양한 모습을 확인함으로써 해석의 지평을 확장시킬 수 있는 가능성을 마련해준다는 것에 있다.

4. 보완되어야 할 사항

「겨울의 사랑」은 『김수영 전집』 3판에서 처음 전집으로 수록된 작품으로 새로 수록된 일곱 편 중 하나이다. 「음악」, 「그것을 위하여는」, 「태백산맥」, 「너······세찬 에네르기」 네 작품은 김수영 생전에 지면에 발표된 작품이며, 「겨울의 사랑」, 「"김일성 만세"」, 「연꽃」은 미발표 작품이다. 전집의 본문에 수록된다는 것은 하나의 완성된 작품이 되었음을 의미하기 때문에 새로 수록된 시들은 면밀하게 살펴봐야 한다. 앞서 언급한 바와 같이 지면에 발표했다는 사실은 탈고가 완료되었음을 의미하기 때문에 시인의 자체 기준을 충족하는 '작품'이라 할 수 있다. 그러나 문제가 되는 것은 미발표작품이다.

　미발표작을 수록할 때 크게 시인과 편집자의 관점에서 기준이 마련된다. 시인의 관점은 시인이 남긴 산문에서 해당 작품에 대한 자체 평가를 통해 직접적으로 확인할 수 있으며, 편집자의 관점은 시인이 남긴 자료를 어떻게 종합하고 판단했는지를 통해 파악할 수 있다. 이때, 작품에 대한 간극은 편집자에 의해 발생한다. 다시 말해 작품에 대한 평가가 시인과 편집자 간 차이가 있음을 의미한다. 「겨울의 사랑」은 이러한 차이를 앞서 확인할 수 있을 뿐만 아니라 전기적 연관성과 작품 내적 '사랑'이 기존에 수록되었던 작품과는 다른 양상을 보여준다는 점에서 의의가 있다.

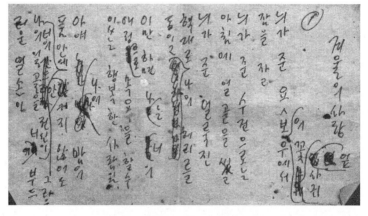

<그림 3. 「겨울의 사랑」 원고 첫 장>

　「겨울의 사랑」을 통해 제기할 수 있는 문제는 수록 기준에서 끝나지 않는다. 원고지에 정서된 형태로 정리가 된 것이 아니기 때문에 이를 다시 편집할 때 다르게 읽힐 가능성이 있다. 전집에서 시의 2연 2행을 보면 "너의 전신이 안기지 않아도/그리운/나의 얼굴을 너의 부드러운 열 손이"로 되어 있는데 원고에서는 "너의 그리운 전신이 안기지 않아도/ 나의 얼굴

너의 부드러운 열 손이"로 읽을 수 있다. "그리운"은 독립된 행이 아닌, '너의 전신이'사이에 "간드러진"이라고 썼다가 "그리운"으로 수정한 것으로 보인다. '그리운'이라는 시어의 위치에 따라 이를 받는 대상이 '너의 그리운 전신', '그리운 나의 얼굴을'로 변화가 생긴다. 따라서 시의 정확한 의미를 파악하기 위해서는 시어의 정확한 배치가 요구된다.

새로운 자료가 발굴 될 때마다 이에 대한 의미나 의의를 부여하는 작업은 기존의 논의를 수정하고 보완할 수 있는 토대라 할 수 있다. 그중에서 특히 「겨울의 사랑」을 통해 새로 출간한 『김수영 전집』의 작품 수록 문제, 이를테면 수록기준과 육필원고가 문서화 될 때 잘못 옮겨 쓸 수 있는 오류에 대해서 접근할 수 있다. 또한 내용적으로는 김수영 초기 시편에서 '사랑'의 다른 양상을 보여주고 있다고 판단하여 본고에서 집중적으로 다루어보았다.

일부 작품은 연구를 통해 조금씩 그 의미를 부여받고 있으며, 아직 그렇지 못한 작품도 있다. 조금씩 발굴되는 새로운 자료는 기존의 해석을 전면 부정할 수 있을 만큼 영향을 주지 못한다. 그러나 미약하게나마 해석적 지평을 확장시켜줌으로써 시인과 작품의 또 다른 가능성을 열어준다. 따라서 후속 연구를 통해 새로 수록된 작품 중 아직 다루어지지 못한 작품의 의미와 의의를 밝히는 작업이 요구된다.*

---

* 출처 : 「개정판『김수영 전집』에 수록된 「겨울의 사랑」의 의의」, 『우리말글』 79, 우리말글학회, 2018.

김수영 문학의 '불온'과 언어적 형식

김혜진

1. 시적 '캄푸라주'와 산문적 솔직성

1960년 『경향신문』에 발표된 글에서 김수영은 다음과 같이 쓴다. "4·26 전까지 나의 작품 생활을 더듬어 볼 때 시는 어떻게 어벌쩡하게 써왔지만 산문은 전혀 쓸 수가 없었고 감히 써 볼 생각조차도 먹어 보지를 못했다. 이유는 너무나 뻔하다. 말하자면 시를 쓸 때에 통할 수 있는 최소한도의 '캄푸라주'가 산문에 있어서는 통할 수가 없었기 때문이다."[1]

---

[1] 김수영, 「책형대에 걸린 시―인간 해방의 경종을 울려라」, 『경향신문』, 1960. 5. 20 (여기서는 이영준 엮음, 『김수영 전집2』, 민음사, 2018. 230쪽에서 인용. 본 논문에서 인용하는 김수영의 산문은 모두 『김수영 전집2』, 이영준 엮음, 민음사, 2018에서

4·19 혁명 직후 김수영의 산문들에서 적지 않게 드러나는 격앙된 어조를 상기해 본다면 '캄푸라주'가 통하지 않는 산문 형식에서 발설하지 못한 것들에 대해 어느 정도 짐작 가능하다. 위의 구절에 뒤이어 김수영은 산문의 자유나 태도의 자유조차 어려웠다고 하였으니, 산문에서 발설하지 못하는 것이란 시대적이고 사회·정치적인 지점들과 관련한 자신의 기본 입장이 비추어지는 문장들이었을 것이다. 그런데 이러한 문맥에 앞서 새롭게 보이는 지점은 바로 위장이나 속임수를 뜻하는 '캄푸라주'라는 단어이다. 산문과 다르게 시에서는 최소한도의 위장(캄푸라주)이 통할 수 있다고 그는 쓰는데, 이때 시적 위장이란 시라는 형식 자체가 언어를 새롭게 직조하는 효과를 생산하기에 산문이 지니는 일상적 언어와는 그 사용 방법과 기능이 다르다는 의미로 읽힌다. 한국 문학사에서 이례적으로 솔직하다[2]는 평가를 받는가 하면, 정직, 양심 등의 어휘로 대표되는 시인 김수영에게, 이 단어는 낯설고 신선하게 접합되어 있다. 나아가 여기에는 글쓰기의 주체로서 시와 산문에 대한 생각이 반영되어 있다는 점에서 눈여겨볼 만하다.

잘 알려져 있듯 김수영의 시와 산문은 서로의 유기적 관계를 통해 그 의미망이 풍성하게 펼쳐지는 경우가 많다. 생활과 현실에 밀착한 산문들이 그의 시적 사유의 연장선상에 자리하거니와 시에서 드러나지 않는 전쟁 전후 및 등단 이전 시절에 대한 발언들이 모두 산문 및 소설을 통해 일정 부분 메워질 가능성이 넓기 때문이다.[3] 그 가운데서도 각별히 김수영은

인용하며, 『전집2』로 표기하기로 한다. 발표 지면과 발표 일은 별도로 표기한다.)
2) 김현은 김수영의 시를 두고 "고통스러운 솔직한 어조"라 평한 바 있고, 이승훈은 21세기의 글쓰기가 나아갈 방향에 대해 고찰하면서 김수영으로부터 배워야 할 것이 무엇보다 '솔직성'이라 언급한다. (김현, 「김수영에 대한 두 개의 글」, 『책읽기의 괴로움/살아 있는 시들』, 문학과지성사, 1992. 45쪽. ; 이승훈, 『모더니즘의 비판적 수용』, 작가, 2002. 22─24쪽.)
3) 비교적 최근에 발굴된 포로수용소에서 석방된 이듬해(1953년) 발표한 몇 편의 산문이나, 같은 해에 집필하다 중단되었던 소설 「의용군」 등은 중요한 생애사적 자료가 된다.

지속적으로 월평을 쓰면서 시에 대한 사유를 표출하고 참여시나 창작의 자유 등에 대한 지적 작업을 수행해 나갔는데, 이 때문에 시와 산문 두 영역 모두에서 서로를 참조하며 이해의 폭을 넓히는 일은 자연스러운 것이기도 하다. 김수영 스스로가 「시여, 침을 뱉어라」나 「반시론」과 같은 깊이 있는 시론을 펼쳐놓았고, 현대성, 참여시, 윤리 등의 키워드로 문학론을 이어간 점이 이를 뒷받침한다.

그런데 이러한 산문―시론의 영역이 시와 나란히 진행되었음에도 불구하고 둘 사이에는 마땅히 언어의 층위를 달리하는 지점이 있을 수밖에 없다. 산문의 언어와 시의 언어가 형식면에서 다르기도 하지만, 글 쓰는 주체의 차원에서 언어의 발화와 작동 방식에 차이가 있기 때문이다. 시론이 '사유'의 영역에, 그리하여 '의도'의 영역에 가깝다고 본다면, 시는 '행위'의 영역에, 그리하여 '형식'의 영역에 해당하는 것이라 할 수 있다. 이 점은 김수영 자신의 시론에서 우선 살펴볼 수 있다. 「시여, 침을 뱉어라」에서 그는 "시를 쓴다는 것"과 "시를 논한다는 것"을 구분하면서 전자의 경우를 "시의 형식으로서의 예술성과 동의어"로, "시의 형식을 대표한다"고 보았고, 후자의 경우를 "시의 내용으로서의 현실성과 동의어"로, "시의 내용을 가리키는 것"이라고 보았다.4) '시 쓰기―형식―예술성'으로 이어지는 하나의 도식이 있고, '시론―내용―현실성'으로 이어지는 하나의 도식이 있는 셈이다. 여기서 시를 논하는 일과(시론)과 시를 쓰는 일(시)은 서로를 보충하고 메워주는 것에서 나아가 서로의 효과를 당기거나 겨루는 방식으로 역학 관계에 있는 것이기도 하다.

시와 시론의 관계에 대한 김수영의 만년의 생각이 그의 시적 작업에서도 '의식적으로' 이어졌는가에 대한 확인하기 어려운 문제와는 별개로, 김수영의 이 발언에 담긴 진리 값을 간과해서는 안 될 것이다. 여기에는 언

---

4) 김수영, 「시여, 침을 뱉어라」, 1968. 4. 13.(『전집2』, 497―498쪽.)

어 자체, 정확히 말하면 언표 수준 자체에 내재해 있는 차원이 관계되기 때문이다. 두루 알려져 있듯 언표이론에서 '말하려고 하는 의도'는 본래적으로 존재하는 것이 아니라 그것의 '표현 과정'에 의존하고 있다. 즉 어떤 것을 말하고자 하는 '의도'가 먼저 존재하고 다음으로 그것이 외화 되어 '표현'되는 순서와는 반대로, "말하려고 하는 것은 그것을 말함으로써만 발견"[5]할 수 있다는 전도된 방식을 통해 비로소 언표 주체의 차원을, 나아가 글쓰기 주체의 차원을 이해해볼 수 있다. 이를 시와 시론의 관계에 비추어 본다면 시에 관한 사유(시론)는 시에 앞서서 그것을 결정하고 관할하는 것이 아니라, 시 쓰기의 행위(시라는 형식)를 통해서야 그 효과로서 나타나는 것이라 할 수 있을 것이다. 중요한 것은 이러한 시론과 시, 의도와 행위, 의미와 기호, 내용과 형식 사이의 관계에서 결코 전자가 앞서지 않는다는 것이다. 김수영은 "시의 예술성이 무의식적이라는 것"[6]을 강조한다. 그의 시와 산문 사이에 어떠한 인력이 존재한다면 바로 이 시—예술성—무의식이 산문보다 먼저 그 형식을 통해 발화하고 있다는 사실에 주의를 기울여 볼 필요가 있다.

이런 점은 산문에 드러나는 시적 사유의 결과물과 시의 형식에 새로운 방식으로 접근하도록 한다. 김수영의 주요한 산문들, 특히 시론과 관련하여 김수영 특유의 모호한 균열 지점들 속에서 의미의 완결성을 타진하기 위해서는 그의 시의 발화 형식이 선취해 놓은 지점들을 보아야 한다는 것이다. 시론에 앞서 '현실화'되고 표현된 시 예술작품의 무의식적 형식을 살펴보는 일, 이것은 김수영이 언급한 '시적 캄푸라주'의 언어적 형식을 읽어내는 일이며, 이를 통해 시론과 시의 의미를 새로운 방식으로 재구성

---

5) 슬라보예 지젝, 『라캉카페』, 조형준 옮김, 새물결, 2013. 1013–1014쪽 참고. 여기서는 안티고네의 행위와 그 행위를 이끈 규범 사이의 전도된 관계를 읽어내면서, 언표수준에서 사유와 행위의 관계라는 층위를 함께 다룬다.
6) 김수영, 위의 글, 499쪽.

하는 일이기도 하다. 사유의 지적 작업이 시 쓰기라는 행위에서 미리 발견되는, 그리하여 사후적인 지점에서야 볼 수 있는 시간상으로 전도된 시와 시론의 관계는 김수영 연구에서 보다 명료히 의식해 볼 지점이다. '불온'이라는 어휘를 둘러싼 시와 시론의 관계를 고찰할 때 이 점은 각별하다.

2. '불온'의 논리적 위치와 '형식으로서의 불온'

1960년대 김수영의 작업을 대표하는 어휘들을 범박하게 열거해 본다면 자유, 양심, 사랑, 그리고 불온 등이 언급될 수 있을 것이다. 이 어휘들에는 시의 영역뿐 아니라 수필, 시론, 그리고 1964—1967년 사이에 발표된 월평까지 포함된 김수영 문학관 전반의 내용이 압축되어 있다고 할 수 있다. 그런데 이 가운데서도 '불온'은 '자유'나 '양심' 등과는 다소 다른 층위에 위치하고 있어 보인다. 다른 어휘들이 김수영 문학의 고유한 자질을 드러내는 것으로서 하나의 개념적 범주에 해당하는 것이라면, '불온'의 경우는 그 자체로 개념적 규정을 통해 특수한 문학적 내용을 채우는 역할을 하고 있지는 않다고 판단되기 때문이다.[7]

---

[7] 일반적으로 '불온'이라는 용어에는 통치 주체의 언어인 바로서의 의미가 내포되어 있다. '온당하지 않음', 또는 '사상이나 태도 따위가 통치 권력이나 체제에 순응하지 않고 맞서는 성질이 있음'이라는 표준국어사전의 정의가 이러한 바탕을 일차적으로 드러내고 있다. 그런데 오늘날 이 용어가 지니는 반체제적이라는 의미 영역이 사실상 식민 통치 이후로 굳어지고 또한 역사적 국면에 따라 변화해왔다는 사실을 짚어둘 필요가 있을 것이다. 한기형에 따르면 조선시대부터 사용된 이 용어는 애초에 '편안하지 않다'의 의미 정도로 사용되었으나, 일본의 식민 통치 과정에서 제국에 반하는 활동 전반을 부정적으로 표현하기 위한 뜻으로 급격한 의미 변화가 일어난다. 식민 통치 체제는 '불온'이라는 용어의 발화주체가 되어 '불온성'을 생산함으로써 권력을 공고히 하고, 사상, 행동, 연설, 도서, 시가, 문서 등 여러 분야와 결합시켜 이 용어를 활용하게 된다.(한기형, 「'불온문서'의 창출과 식민지 출판경찰」, 『대동아문화연구』 72, 2010. 449—454쪽.) 식민 통치와 해방 국면을 맞으며 요동치던 '불온' 개

사실상 우리가 김수영의 '불온'에 대해 알고 있는 범주는 그의 산문, 잘 알려진 이어령과의 논쟁에서 드러나는 것인데, 이때 이 어휘는 일차적으로 문학 외적인 어떤 것과의 충돌을 통해 드러나는 것이다. 김수영에게 '불온'은 한편에서는 그것의 특정한 사회적 규정 방식을 따져들며 투쟁해야 할 대상이면서 동시에 보다 근본적인 예술의 차원에서 그 인식 방식 자체를 재맥락화 하고 보호해야 하는 것이기도 했다. 이 점이 직접적으로 드러나는 것은 1968년 3월에 이르러 논쟁이 일단락 지어지는 시점에 이어령과 나란히 실린 김수영의 글 「'불온성'에 대한 비과학적인 억측」8)에서이다.

이 글의 서두에서 김수영은 이전의 논쟁 과정에서 '문화의 본질'에 해당하는 바로서의 불온성을 밝혔음에도 불구하고 이어령이 끝내 정치적 불온성이라는 한정적 개념으로 받아들인다고 지적하며 반론을 펼쳐간다. 불온성을 낙인찍는 이어령의 방식은 문학자의 논법이 아니라 '기관원의 논법'에 해당하며 '비과학적 억측'이라는 것이다. 불온에 대한 고의적으로 축소된 규정 방식, 즉 '정치적 불온'이 이어령은 물론 당대 사회에서 통용

념은 1960년대에 들어 '내부의 적'에 대한 통치 권력의 감시와 통제의 언어로 이해된다. 이 시기 '불온'은 반공이라는 이데올로기를 내세우거나 치안의 원리를 내세움으로써 '내부'를 통제하고 감시·관리하는 권력의 언어였다. ('불온'이라는 용어의 역사적 국면에 따른 의미 변화에 대해서는 임유경, 『불온의 시대』, 소명출판, 2017. 11-60쪽 참고.)

1960년대에 사회적으로 통용되던 '불온'이 이와 같이 식민지 시대 이후 근대적으로 의미가 변화된 용어라고 한다면, 동시에 미학적으로는 '아방가르드'를 내포하는 것이기도 했다. 이 용어가 "권력의 언어이면서 동시에 문학의 언어"이기도 하다는 지적(임유경, 위의 글, 59쪽.)은 눈여겨볼 만하다. 19세기 이래로 인식되어 온 미학적 전위로서의 아방가르드와, 식민 통치 이래로 인식되어 온 권력의 통치 수단으로서의 감시·통제 언어의 결합의 접점이라는 복합적인 지점에서 1960년대의 '불온'이라는 용어는 이해될 수 있다. 이 글은 '불온'이라는 단어에 내포되어 있는 통치 언어의 입장에서 지시 가능한 '정치적 불온'이라는 의미와는 거리를 두며, 사회적·미학적 전위의 의미를 폭넓은 전제로 두고자 한다. 그러나 궁극적으로는 김수영의 시와 시론을 통해 도출되는 형식적 기능의 의미로서 재규정하게 될 것이다.

8) 김수영, 『조선일보』, 1968. 3. 26. (『전집2』, 307-309쪽.)

되는 '불온'에 대한 인식이었다면, 김수영은 이러한 불온성의 개념을 문화예술의 측면에서 맥락을 바로잡고 보호하고자 했다는 것이 바로 이 논쟁의 마지막 글에서 재차 강조된다.

논쟁의 순서상 마지막에 위치하는 이 글의 내용은 이미 김수영의 첫 번째 글에서 규정되었던 것이기도 하다. 이 논쟁의 말미를 이렇듯 앞선 전제를 해명하며 일단락 짓게 된 것은 어느 모로 보나 김수영에게는 후회스러운 일이 되었을 것이다. 그런 면에서 눈여겨볼 것은, 논쟁의 발단이 된 김수영의 첫 번째 글 「지식인의 사회참여」에서 '불온'은 그 자체로 핵심 화제였다기보다 '에비'라 칭해진 문화예술을 향한 권력의 자장에 대해 언급하며 마지막에야, 마치 부수적인 듯이 끌어올려진 단어이기도 했다는 점이다. 김수영과 이어령 사이에 펼쳐진 이 논쟁이 어떻게 '불온시' 논쟁으로 번져가게 되었을까. 두 논자의 첫 번째 글들의 쟁점을 정리해 볼 필요가 있겠다.

> **'에비'란 말은 유아언어에 속한다.** (…) '에비'란 말은 어떤 구체적인 대상을 가리키는 명사가 아니다. 그것이 지시하고 있는 의미는 막연한 두려움이며 꼬집어 말할 수 없는 그리고 가상적인 어떤 금제의 힘을 총칭한다. (…) 67년도의 문화계, 좀더 정확히 말한다면 그 문화적 분위기를 한마디로 설명할 수 있는 편리한 단어가 있다면 그것이야말로 바로 그 '에비'라는 유아언어가 아닐까 싶다. 지금 한국의 문화계에는 '에비'가 오고 있으며 또 각자가 그 '에비'의 어두운 그림자를 느끼며 글을 쓰고 음악을 하고 그림을 그리는 경향이 있다. (…)
> 우리는 그 치졸한 유아언어의 **'에비'**라는 상상적 강박관념에서 벗어나 다시 성인의 **냉철한 언어**로 예언의 소리를 전달해야 할 시대와 대면하고 있는 것이다.9)(강조—인용자)

지난 연말에 「우리 문화의 방향」이 실린 같은 신문에 게재된 「'에비'가 지배하는 문화」(이어령)라는 시론은, (…) 창조의 자유가 억압되는 원인을 지나치게

---

9) 이어령, 「'에비'가 지배하는 문화—한국문화의 반문화성」, 『조선일보』, 1967. 12. 28. (한자는 한글로 바꾸어 인용하였으며 필요한 경우에만 괄호에 넣어 표기함.)

문화인 자신의 책임으로만 돌리고 있는 것 같은 감을 주는 것이 불쾌하다. (…) **내가 생각하기에는 오늘날의 '문화의 침묵'은 문화인의 소심중과 무능에서보다도 유상무상(有象無象)의 정치권력의 탄압에 더 큰 원인이 있다.**(…)

　　오늘날 우리들의 '에비'는 결코 '구체적인 대상을 가리키는 명사가 아닌' '가상적인 어떤 금제의 힘'이 아니다. 그것은 **가장 명확한 '금제의 힘'이다.** (…) 또한 이 필자는 끝머리에 가서 '우리는 그 치졸한 유아언어의 '에비'라는 상상적 강박관념에서 벗어나 다시 성인들의 냉철한 언어로 예언의 소리를 전달해야 할 시대와 대면하고 있는 것'이라고 말하고 있지만, 소설이나 시의 '예언의 소리'는 반드시 냉철할 수만은 없다. 오히려 그것은 **예술의 본질을 생각해 볼 때** 필연적으로 **'상상적 강박관념에서 벗어나'** 지 않은 **'유아 언어'**이어야 할 때가 많다. 특히 오늘날의 이곳과 같은 '주장'도 '설득'도 용납되지 않는 지대에 있어서는 더 말할 것도 없다.

　　사실 나는 이 글을 쓰면서, 최근에 써 놓기만 하고 발표를 하지 못하고 있는 **작품을 생각하며 고무를 받고 있다.** 또한 신문사의 신춘문예의 응모작품 속에 끼어 있던 '불온한' 내용의 시도 생각이 난다. 나의 상식으로는 **내 작품이나 '불온한' 그 응모 작품이 아무 거리낌없이 발표될 수 있는 사회가 되어야만 현대사회**라고 할 수 있을 것 같고, (…) 나를 괴롭히는 것은 신문사의 응모에도 응해 오지 않는 보이지 않는 '불온한' 작품들이다. 이런 작품이 나의 상상적 강박관념에서 볼 때는 땅을 덮고 하늘을 덮을 만큼 많다.[10](강조—인용자)

　　1967년 한 해의 문화계를 정리하는 글인 이어령의 「'에비'가 지배하는 문화」를 읽은 김수영은 '일간신문의 최근 논설을 중심으로'라는 부제를 붙여 「지식인의 사회참여」라는 글을 발표한다. 이어령의 글이 "어떤 위기와 설명할 수 없는 위압감 속에서 문화 활동을 해왔던 한해"이며 "창조력이 극도로 위축된 시기의 문화"라고 문화계를 정리하며, 이 위축과 위압감의 원인을 문화인들이 "어린애들처럼 존재하지도 않는 막연한 '에비'를 멋대로 상상"했기 때문이라고 진단하는 부분은 김수영이 이 글을 쓰게 한 동력이었을 것이다. 김수영이 지적한 바, 창조력이 위축된 것은 '문화인의

---

10) 김수영, 「지식인의 사회참여—일간 신문의 최근 논설을 중심으로」, 『사상계』, 1968.
　　(『전집2』, 295—302쪽.)

소심증' 때문이 아니라 권력의 탄압에 더 큰 원인이 있다. 그리하여 이어령이 '에비'를 구체적인 대상도 없는 '가상적 금제의 힘'이라 칭한 것을 '가장 명확한 금제의 힘'이라 재규정한다.

여기서 애초의 핵심은 '에비'로 지칭되는 '금제의 힘'을 둘러싼 두 논자의 관점의 차이다. 이어령이 이를 두고 존재하지도 않는 것이며 상상된 것으로 보고, 그렇기에 문화의 위축을 상상적 에비에 시달리는 '유아 언어'의 소산으로 본 것이라면,[11] 김수영의 경우는 '에비'의 존재성에 자체에 대한 인식 차원이 달랐다고 할 수 있다. 그가 "유상무상의 정치권력의 탄압"이 문제라 지적했을 때, 유상有象의 탄압은 물론 '무상無象의 탄압'이 또한 얼마나 강력한 지배력을 행사하는가에 대한 통찰이 바로 '가장 명확한 금제의 힘'이라는 단언에 담겨 있다. 여기서 '명확한' 것은 '에비'가 존재하든 그렇지 않든 그것이 영향력을 행사하고 실제적으로 사회를 지배하고 있다는 사실 자체의 명확성이다. 이어령이 '에비'의 비존재성을 간파했을 때 김수영은 그 비존재성에도 불구하고 여전히 그것이 작동하고 있다는 사실을 지적한 셈이다.

그런데 이 글의 더욱 중요한 두 번째 핵심은 서두에 있다. 김수영은 글머리에서 '주장'만 있지 '설득'이 없는 것이 탈인 우리나라 문화 환경을 비판하면서 '문화 현상과 정치 형태의 관계'를 두고 '닭이 먼저냐 달걀이 먼저냐'와 같은 악순환의 수수께끼라 지적하는데, 이러한 문제 제기가 이어지는 뒷부분 전체의 논리와도 맞물려 있다는 점이다. 이는 글의 후반부에야 등장하는 「'에비'가 지배하는 문화」에 대한 비판의 논리에도 개입되어 있다. 얼핏 보기에 김수영은 이 악순환을 되풀이한 것처럼 보인다. 이어령

---

11) 이와 관련하여 이어령이 '에비'라는 기표에 대해 "오히려 그 텅 빈 형식을 통해 더욱 강력한 실제적인 힘을 발휘하고 있다는 점에 대해서는 주목하지 못하는 한계를 범"했다는 지적을 참고할 만하다.(류동일, 「불온시 논쟁에 나타난 문학의 존재론」, 『어문학』124, 한국어문학회, 2014. 290쪽.)

이 문화 쪽에서 정치의 눈치를 본다고 판단했다면, 김수영은 정치 쪽에서 문화를 억압한다고 판단한 것이고 결국 '어느 쪽에 원인이 있는가'라는 풀리지 않는 문제에 직면해 있는 것으로 보이기 때문이다. 그런데 이 악순환 앞에서 김수영이 끌어낸 단어가 바로 '예술의 본질'이다. 어느 쪽에 원인이 있건 간에, 오늘날과 같은 시대—'주장'도 '설득'도 용납되지 않는—에 예술의 언어는 '상상적 강박에서 벗어나지 않은 유아 언어'야만 한다는 것이다. 이때 김수영은 '유아 언어'라는 어휘를 이어령의 그것을 비틀어 사용하고 있는데, 김수영이 칭하는 '상상적 강박'은 '에비라는 상상적 강박'의 의미로 사용하는 이어령과는 다른 의미에서, 상징적 질서에 의해 관할되지 않는다는 의미를 지닌다.

　이어령이 언급한 '성인의 언어'가 '에비'의 눈치를 보지 않고(유아 언어로부터 벗어나) 그 자신의 '의식'의 동일성을 구성해나가는 것이라 한다면,[12] 김수영이 언급하고 있는 '유아 언어'는 사회·상징적 체계에 대한 동일시로부터 비켜간 언어이자 비순응적 언어에 해당하는 것이다. 이러한 맥락에서 유아 언어, 예술의 본질에 가 닿는 언어는 무엇일까. 김수영이 마치 부수적으로 덧붙이듯 꺼내 든 단어가 바로 '불온'이다. 부수적이라는 것은 첫 번째 핵심인 '에비(금제의 힘)'와 내용상 직접적으로 대응하는 층위에 놓인 단어가 아니라는 의미이기도 하다.[13] 이 지점에서 김수영이 사

---

12) 오문석은 정치권력의 에비, 상업주의의 에비, 대중의 에비를 명확히 구분해 나가는 이어령의 서술이 철저한 분업의 정신을 배경으로 하고 있다고 지적한다. 정치·경제·사회·문화가 각각의 독자성을 유지하면서 다른 영역을 침입하지 않는 '고전적 자율성'의 정신이 짙게 배어 있는 것이다. 이어지는 부분을 옮기면 다음과 같다. "이 '고전적 자율성'의 정신은 '자기동일성'의 원리를 철칙으로 여기는데, 예컨대 '문화는 문화일 뿐이다' 혹은 '문학은 문학일 뿐이다'의 표현이 그것이다. 자기동일성의 특성상 그 정신은 분열을 두려워한다."(오문석, 「김수영의 시론 연구」, 연세대학교 박사학위논문, 2002. 109쪽.)

13) 그렇기에 이 논쟁이 마치 '불온'이라는 단어의 덫에 걸려들 듯이 '불온시' 논쟁으로 번진 것은 일종의 오류에 의한 것이라고 볼 수도 있을 것이다. 박연희는 이러한 지

용하는 이 어휘는 '닭이 먼저냐 달걀이 먼저냐'의 악순환과는 거리가 먼 지점에 있다. 그의 '불온'은 어느 쪽에 원인이 있는가를 따지는 것이 아니라, 정치와 문화 사이의 관계성 이전의 지대에 위치한다. 이러할 때 '불온'은 적어도 김수영에게 본질적으로 미학적 영역에 있는 것이기도 하다. 그러나 문제는 '불온'이 이러한 '본질'의 문제에 그치지 않는다는 데에 있다.

"불온한 시가 아무 거리낌 없이 발표될 수 있는 사회"가 되어야만 현대 사회라고 김수영은 강조한다. '서랍 속의 불온시'라는 구절 자체가 알리듯이, 불온한 시가 서랍 속에 있지 않고 발표되어야만 한다는 것이 문제적인 지점이다. 예술의 본질이 불온한 언어라는 영역에 있다면, 그것이 진정 예술이 되기 위해서는 '발표 가능성'이 문제시된다는 것이다. 이제 불온은 내용의 문제가 아니라 진정으로 형식의 문제가 된다. 사회의 승인이라는 형식적 문제의 문턱에 있는 것이다. 이 발표 가능성(공개성)은 예술 작품으로서의 상징적 등록을 의미하거니와, 이 지점에서 역설이 발생한다. '상상적 강박에서 벗어나지 않은 유아 언어'로서 사회·상징적 동일시로부터 비켜간 언어로 제시된 것이면서, 동시에 바로 그 상징적 공간에 통합되어야만 하는 것이 김수영의 '불온'인 것이다.

이 점은 '불온'이라는 것, 또는 '불온한 시'라는 것의 형태에 대해 짐작해 보게 한다. 그것은 한편에서는 창작과 발표를 통해 예술품으로 승인을 받는 일련의 과정에 있어서 걸림돌이 되는 하나의 장애물로 기능하고, 상징

점을 이어령이 김수영의 반론의 핵심을 '불온시=참여시'로 오독한 것이라 지적하면서, 이러한 오독에는 당시 이어령의 담론적 입장이 깊이 연관되어 있다는 견해를 제시한다. 김수영이 「지식인의 사회참여」에서 함께 언급한 「우리 문화의 방향」에서 드러나는 동백림 사건에 대한 이어령의 태도는 김수영과의 논쟁에서 드러낸 태도와 충분히 연계성을 갖는 것이기도 하다. 그렇기에 '문학사적 상식에서 벗어나 「우리 문화의 방향」을 중심으로 김수영의 글을 재독'해야 한다는 제안은 검토해볼 만하다.(박연희, 「『청맥』의 제3세계적 시각과 김수영의 민족문학론」, 『한국문학연구』 53, 동국대학교 한국문학연구소, 2017. 306-309쪽.)

적 체계에 통합되지 않는 잔여물로서 '서랍 속'에 남겨지도록 기능하는 것이다. 다른 한편에서는 바로 그러한 상징적 비기능성이야말로 "문학과 예술의 영원한 철칙"[14]으로서, '예술의 본질'[15]에 필수적인 것이다.[16] 이 점은 불온의 장애물이라는 기능적 측면과 동시에 필수적인 요소라는 점에 주목해 보도록 한다.

요컨대 '불온'은 장애물—상징적 체계(김수영의 언어로는 '기존의 문학 형식'과 '기성사회의 질서')에 위협을 가하는 것으로서 기능하는 것이면서, 동시에 예술의 본질로서의 불온을 완수하기 위해서는 상징체계에 등록되어야만('거리낌 없이 발표'되어야만) 하는 것이다.[17] 기존의 질서와 관련

---

14) 논쟁의 두 번째 글에서 김수영은 다음과 같이 쓴다. "모든 진정한 새로운 문학은 그것이 내향적인 것이 될 때는 기존의 문학 형식에 대한 위협이 되고, 외향적인 것이 될 때에는 기성사회의 질서에 대한 불가피한 위협이 된다는, 문학과 예술의 영원한 철칙".(김수영, 「실험적인 문학과 정치적 자유」, 『조선일보』, 1968. 2. 27. (『전집2』, 303—304쪽.)

15) 논쟁의 첫 번째 글에서 언급한 '예술의 본질'에 대해 김수영은 두 번째 글에서 다음과 같이 덧붙인다. "모든 전위 문학은 불온하다. 그리고 살아 있는 문화는 본질적으로 불온한 것이다. 그것은 두말할 것도 없이 문화의 본질이 꿈을 추구하는 것이고 불가능을 추구하는 것이기 때문이다." 김수영, 위의 글. (『전집2』, 304쪽.)

16) 김수영이 드러내는 이러한 예술관은 미학적 전위의 지점, 아방가르드 미학의 지점에서 이해되는 것이기도 하다. 이를 다룬 글들로는 이승훈, 김승희, 박현수의 글 등이 대표적이며, '불온'이라는 개념에서 아방가르드 미학을 고찰하는 신지연의 글도 참고할 만하다. (이승훈, 「우리시에 나타난 전위성」, 『현대시』, 1993년 9월호 ; 김승희, 「시의 혁명과 시적 혁명: 심미적 아방가르드와 '온몸의 시'로서의 아방가르드」, 『한국시학연구』 20, 한국시학회, 2007. ; 박현수, 「김수영 시론에 있어서 전위성의 성격과 기원」, 『어문논총』 60, 2014. ; 신지연, 「김수영의 아방가르드 메타포 연구」, 『한국어문교육』 36, 한국언어문학교육학회, 2016.)

17) 그렇기에 형식으로서의 불온은 그 내용면에서 보자면 추상적이고, 오로지 그 형식적 기능을 통해서 의미를 획득한다. 앞서 미학적 전위나 아방가르드의 관점을 언급했거니와, 이 추상적인 속성은 사실상 근대 예술의 속성이라 해야 할 것이다. 이 점은 아도르노가 고찰한 근대 이래의 '새로움'이라는 예술 형식의 추상성과 맞닿아 있다. 새로움이 하나의 폐쇄된 영역으로서, 텅 빈 것이라는 아도르노의 지적은 김수영의 '불온'에도 적용된다. 다만 그것의 형식이 가진 기능이 문제시되는 것이다. 그것은 기존의 것들에 대한 부정이라는 관점에서 전위의 형식을 띠고, 사회적 승인

하여 장애물이면서 필수적인, 특수한 형식적 기능을 하는 대상을 지시하는 바로서의 불온은, 시적 형식에서 '선취'되어 있는 지점[18]으로부터 출발할 수 있을 것이다.

3. 「나가타 겐지로」와 「"김일성만세"」의 간극

앞서 불온시 논쟁의 발단에서부터 정초되어 있던 김수영 식 '불온'이 어떠한 논리적 관계성 속에서 그 위치가 드러나는가를 정리하고 그것의 역설적인 형식적 측면을 살펴보았다. 그런데 이처럼 산문을 통해 '시를 논하는' 일은 예술 형식의 무의식의 측면과 함께 보았을 때, '시를 쓰는' 일에 결코 앞서지 않는 일이라는 점을 또한 서론에서 확인한 바 있다. 이러한 바탕에서, 불온시 논쟁을 앞질러 시의 형식으로서 먼저 출현하는, 시 텍스트 속에서 무의식적 형식으로서 드러나는 '불온'을 고찰하고자 한다.

김수영이 '발표한' 시들 가운데 가장 '불온'한 시가 있다면, 그리고 가장 증상적인 시가 있다면 바로 「나가타 겐지로」일 것이다. 이 작품은 어떠한 긴장의 생성과 해소의 순간을 묘사하고 있는데, 주목할 만한 것은 그 결정적 순간들이 '신의 장난'과 '신의 꾸지람'으로 표현된다는 점이다.

을 필수적으로 요구한다는 점에서 창작의 자유와 관계하는 김수영 특유의 공개성의 형식을 띤다.(T. W. 아도르노, 홍승용 옮김, 『미학이론』, 문학과 지성사, 1997. 40−46쪽.)

18) "시라는 선취자가 없으면 그 뒤의 사색의 행렬이 따르지 않는다."라는 그의 언급에서 '사색'은 맥락상 독서를 일컫는 것이지만, 시에 대한 사유로 보아도 크게 다르지 않을 것이다. 사유에 앞서는 시라는 선취자, 불온성에 대한 사유 이전에 미리 새겨진 시적 형식에 대한 김수영의 1968년의 발언은 1960년대 초반 무렵의 작품들에서 먼저 읽힌다. (김수영, 「반시론」, 『전집2』, 509쪽.)

모두 별안간에 가만히 있었다
씹었던 불고기를 문 채로 가만히 있었다
아니 그것은 불고기가 아니라 돌이었을지도 모른다
신은 곧잘 이런 장난을 잘한다

(그리 흥겨운 밤의 일도 아니었는데)
사실은 일본에 가는 친구의 잔치에서
이토츄[伊藤忠] 상사(商事)의 신문광고 이야기가 나오고
곳쿄노 마찌 아야기가 나오다가
이북으로 갔다는 나가타 겐지로 이야기가 나왔다가

아니 김영길이가
이북으로 갔다는 김영길이 이야기가
나왔다가 들어간 때이다

내가 나가토[長門]라는 여가수도 같이 갔느냐고
농으로 물어보려는데
누가 벌써 재빨리 말꼬리를 돌렸다……
신은 곧잘 이런 꾸지람을 잘한다
　　　　　　　　— 「나가타 겐지로」, 『민국일보』, 1961. 2. 27.[19])

　친구들과 모인 자리에서 긴장이 생성되는 것은 당시에는 금기였던 '북'
에 관련된 이야기가 나왔다 들어갔기 때문이다. 모두들 "불고기가 아니
라 돌"을 입에 문 것처럼 얼어붙은 긴장의 순간—정지의 순간에 개입된
것은 실제로는 그 자리에 존재하지도 않지만 영향력을 행사하고 있는 시
선 때문이다. 이 시선은 수년 후 '불온시 논쟁'에서 김수영이 '가장 명확한

---

19) 『연세문학』 2호에 게재하면서 1960년 12월 9일로 탈고일 표시. 본 논문에서 인용
　하는 김수영의 시는 모두 『김수영 전집1』, 민음사, 2018에서 인용하며, 발표 지면
　은 별도로 표시한다.

금제의 힘'이라 일컫게 되는 대타자의 시선이기도 하다. 이렇게 촉발된 긴장 상태를 두고 '신의 장난'이라 일컬었으니 이는 당대 사회의 억압이나 내면화된 금기에 대한 반어법적 명명이라 할 수 있을 것이다. 물론 이 반어에는 김수영 특유의 '히야까시'가 섞여 있음에 틀림없다. "그리 흥겨운 밤의 일도 아니"었던 특별하지 않은 때, 아주 자연스럽게 일상에 침투해 있는 '금제의 힘'들은 어떠한 위기의 국면이나 정치·역사적 거대 담론 앞에서가 아니라 번번이 이토록 사소하고 허망한 방식으로 작동된다는 사실, 이 통찰에 섞인 자조와 조롱이 '신의 장난'이라는 표현에 압축되어 있다.

이처럼 의도치 않게, 소박한 한마디로 인해 생긴 긴장을 깨뜨리는 방식은 이 시에서 두 가지로 제시된다. "누군가"로 지칭된 한쪽의 방식은 "재빨리 말꼬리를 돌"리는 것이다. "이북으로 갔다는 김영길" 이야기로부터 가능한 멀리 맥락을 옮겨놓음으로써 상황은 무마될 수 있다. 이 시의 정황이 결국 일상으로 돌아갈 수 있도록 역할을 하는 '말꼬리 돌리기'는 사실상 금기의 영역으로부터 가장 빠르게 벗어날 수 있는 방식에 해당할 것이다. 다른 한쪽에서 '나'의 방식은 "나가토라는 여가수도 같이 갔느냐고/ 농으로 물어보"는 것이다. 전자의 경우가 화제 전환의 방식이었다면 이 경우는 화제 자체는 끝까지 밀어붙이되 '농담'으로 우회하는 방식을 취한다. 그런데 이 농담은 이 시 안에서 던져지지 못하는데, 이는 결국 농담이 일상에 상징적으로 통합되지 않는 지점으로서 남아 있음을 의미한다. 이 시가 증상적이라 할 수 있는 것은 이 때문이다.

이 장면의 '나의 장난(농담)'은 '신의 장난'과 대비된다. 신의 장난이 일상적 금제의 시선에 대한 표현이었다면 '나의 장난'은 바로 이러한 '신의 장난'에 응수하는 방식에 해당한다. '나'의 농담이 가로막힌 것은 '나'의 의지보다도 정황에 의한, 누군가의 말 돌리기에 의한 것이며, 그러므로 이 실패는 한편으로는 이 상황을 여전히 주도하는, 보이지 않고 실체는 없지만 영향력을 행사하는 그 힘에 의한 것이다. 그렇기에 나의 농담이 가로막힌 이 상황을 두고 '신의 꾸지람'이라는 표현이 가능해진다.[20] 즉 '신의 장난'이 내면화된 타자의 시선의 지배력을 칭하는 것이었을 때 '나의 장난'은 그 응시에 대한 훼방 놓기에 해당하며, 이 지점에서 이 시는 '불온'하다. 신의 응시에 비순응적인 태도로써, 아무것도 모른다는 듯이 화제를 밀어붙임으로써 대타자의 시선에 균열을 내기 때문이다.

그런데 「나가타 겐지로」의 이 '불온성'은 사실상 급작스럽게 불거진 것이 아니다. 68년의 논쟁에서 언급하듯 김수영은 '서랍 속'에 두고 발표하지 못한, 사회 통념상 불온하다고 비추어질 수밖에 없는 일련의 작품들을 늘 만지작거리고 있었을 것이다. 그 실체를 확인하기는 물론 어려운 일이지만 68년에 언급한 문제의 그 '서랍 속의 불온시'가 세상에 몇 편쯤 남아있을지 모를 일이다. 「나가타 겐지로」와 두 달 상간으로 쓰였지만 미 발표작으로 남은 「"김일성만세(金日成萬歲)"」를 이즈음 생각해 볼 일이다.

> "김일성만세"
> 한국의 언론 자유의 출발은 이것을
> 인정하는 데 있는데
>
> 이것만 인정하면 되는데
>
> 이것을 인정하지 않는 것이 한국

---

20) 여기서 '꾸지람'이라는 단어가 '처벌'이라는 단어를 연상시키는 것은 우연이 아니다. 앞서 '금제의 힘'이 그러했듯이 처벌 또한 실제적인 것보다도 처벌의 효과가 더욱 강력하게 내면화되어 작동하고 있는 순간과 관계하기 때문이다. 이러한 처벌의 효과로서의 내면화된 감시체계에 대해 김수영은 산문을 통해서도 드러낸 바 있는데, 「창작 자유의 조건」에서 글을 쓰면서 느끼는 불안을 토로한 글을 두고 임유경 역시 '실제적 처벌' 없이도 발생할 수 있는 '처벌의 효과'를 지적한 바 있다. (임유경, 앞의 글, 437쪽.)

언론의 자유라고 조지훈이란
시인이 우겨 대니

나는 잠이 올 수밖에

"김일성만세"
한국의 언론 자유의 출발은 이것을
인정하는 데 있는데

이것만 인정하면 되는데

이것을 인정하지 않는 것이 한국
정치의 자유라고 장면이란
관리가 우겨 대니

나는 잠이 깰 수밖에

　　　　　　　　— 「"김일성만세"」, 1960. 10. 6. 미발표

　　김수영은 이 작품을 1960년 10월 6일 무렵에 완성했다. 그런데 그는 탈
고 후에도 두 달을 넘기는 기간 동안 작품에 대해 지속적으로 고민하고 있
었다. 주된 문제는 발표할 지면을 구하는 일과, 그것을 구한 후에도 어디
까지 타협할 것인가에 관한 것이었다. 이 작품이 끝내 발표되지 않은 것은
그가 어느 지점에서 결국 타협하지 않았음을 의미한다.21) 실제로 「"김일

---

21) 김수영은 다음과 같이 적는다. "시 「잠꼬대」를 ≪자유문학≫에서 달란다. 「잠꼬대」
라고 제목을 고친 것만 해도 타협인데, 본문의 '金日成晚歲'를 '김일성 만세'로 하자
고 한다./ 집에 와서 생각하니 고치기 싫다. 더 이상 타협하기 싫다./ 하지만 정 안 되
면 할 수 없다. ' ' 부분만 언문으로 바꾸기로 하지./ 후일 시집에다 온전하게 내놓기
로 기약하고./ 한국의 언론 자유? Goddamn이다!"(1960년 10월 18일) "시 「잠꼬대」
는 무수정으로(언문 교체 없이) 내밀자."(10월 19일) "「잠꼬대」는 발표할 길이 없다.
지금 같아서는 시집에 넣을 가망도 없다고 한다."(10월 29일)(김수영, 「일기초2」, 『전

성만세"」의 경우 「잠꼬대」로 제목을 바꾸는 타협에도 불구하고 여러 차례 지면을 옮겨가면서 수정을 요구받게 되고 결국 "무수정"을 결심하며 "발표할 길이 없다"고 적게 된다.

흥미롭게도 이 고민이 이어지던 시기에 "퇴짜"를 맞은 또 다른 작품이 바로 「나가타 겐지로」다.[22] 이 작품이 "또" 퇴짜를 맞았다고 12월에 썼으니, 발표의 어려움이 "「김일성만세"」와 다르지 않았음을 확인시켜준다. 이 시기 일기를 통해 확인할 수 있는 첫 번째 것은 「잠꼬대」로 수정했던 작품 제목을 원래의 것으로 되돌렸다는 점이다. 12월의 일기에서 「ㅇㅇㅇㅇㅇ」로 표기한 것은 이 시의 제목을 비로소 '金日成萬歲'로 확정했음을 의미하고, 이는 더 이상의 타협 없음을 의미하기도 한다. 두 번째는 「나가타 겐지로」와 "「김일성만세"」를 하나의 지면에 싣고자 했다는 것[23], 즉 두 작품이 어떠한 방식으로든 연관성이 있음을 뜻한다고 볼 수 있다.

일기로부터 살필 수 있는 요소들을 통해 우리는 이 두 편의 시를 나란히 놓을 수 있거니와, 둘 모두 발표 지면을 얻기에는 어떠한 지점에서 유사한 문제를 안고 있었음을 확인할 수 있다. 그 문제가 구체적으로 어떠한 것이었는가에 대해 단정하기 어렵지만 발표와 미발표의 차이와 관련하여 추론할 수 있는 것은 발표되지 못한 "「김일성만세"」 쪽이 「나가타 겐지로」에 비해 당대 사회의 이데올로기에 직접적으로 반하는 것처럼 보였기에 더 문제적이었으리라는 사실 정도일 것이다.

그런데 "「김일성만세"」에서 표면적으로 드러난 '김일성만세'라는 언표는 의미론의 영역에서 보자면 당대의 반공주의 이데올로기에 반하는 것

집2』, 722-724쪽.)
22) "「나가타 겐지로」, ××신문에서 또 퇴짜를 맞다."(12월 11일)(김수영, 위의 글, 725쪽.)
23) "「나가타 겐지로」와 「ㅇㅇㅇㅇㅇ」를 함께 월간지에 발표할 작정이다."(12월 25일) (김수영, 위의 글, 같은 쪽.)

으로 비추어지기에 더욱 강렬하게 다가오지만 실제로는 텅 빈 언어라는 사실을 금방 알 수 있다. 바로 뒤에 이어지는 구절에서 "한국의 언론 자유의 출발은 이것을/ 인정하는 데 있는데"라 하였으니 사실상 이 강렬한 언표는 "언론 자유"가 가능한 가장 극단적인 지점은 어디인가에 대한 언어적 사례로써 제시된 것이라 할 수 있다.

물론 여기서 김수영과 사회주의 사이의 약한 고리를 간과할 수 없다. 전쟁 전 일본 유학 시절에 사회주의 사상의 영향을 받은 미즈나 하루키 연극연구소에서 연극을 배운 경험이나 문학가동맹에 속한 이력 등의 생애사적 사실이 이를 우선 확인시켜 준다. 뿐만 아니라 김수영의 (소설 「의용군」 및 미발표 시들을 포함한) 작품들에는 '사회주의'나 '이북'과 같은 단어가 적잖이 등장하기도 한다. 그렇지만 이러한 정황들이 시 텍스트 속에서 바로 그 이데올로기적 발언으로서 기능하고 있는가를 묻는다면, 이와 관련하여 인식을 달리할 필요가 있을 것이다. 오히려 김수영은 그러한 어휘들을 "단 하나의 이데올로기"[24)]에 대한 하나의 제스처로 사용하는 경우가 훨씬 많다. '김일성만세'는 바로 그러한 맥락에서 하나의 제스처이며, 일종의 맥거핀이다. 화려하고 강렬한 이데올로기적 상징을 지닌 이 언표를 취함으로써 단번에 시선을 사로잡지만, 그 강렬함은 전혀 다른 맥락에서 활용되고 기능하게 될 뿐이다. 이러한 언어 사용의 형식에 또한 이 작품의 불온성이 있다고 할 수 있을 것이다.

'김일성만세'라는 언표는 또한 「나가타 겐지로」에서 발화되지 않은 '농담'과 그 성질이 닮아있다. 금기시되는 화제를 밀어붙이지만, 그것은 화제에 대한 집중이나 금기에 대한 순수한 저항의 방향이라기보다 또 다른 효

---

24) 김수영은 문화를 정치 사회의 이데올로기와 동일시하는 것보다도, "문화를 단 하나의 이데올로기와 동일시하는 것"이 "무서운 것"이라고 썼다. (김수영, 「실험적인 문학과 정치적 자유」, 『조선일보』, 1968. 2. 27. (『전집2』, 305쪽.))

과를 낳는 농담이자 거짓말이기도 한 것이다. 게다가 그 농담이 결국 말로 뱉어지지 않은 것과 나란하게 「"김일성만세"」 역시 발표되지 못했다는 점을 짚어볼 필요가 있다. 김수영 자신은 '함께 발표하고 싶었던' 이 두 작품의 간극에는 발표/미발표의 차이보다 훨씬 더 큰 공명이 있어 보인다. 「나가타 겐지로」에서 발화되지 않은 '나의 농담'이 김수영 문학에서 (발표되지 않은) 「"김일성만세"」라는 작품으로 새겨져 있다는 점이 그것이다.

김수영의 상징적 우주 속에서 통합되지 않는 지점으로서의 「"김일성만세"」는 「나가타 겐지로」의 형식 속에 새겨져 있다. 이 상징적으로 등록되지 않은 말들의 공간을 '불온'이라 할 수 있다. 이러한 불온은 앞선 2장에서 확인한 바 '상상적 강박에서 벗어나지 않은 유아 언어', 상징적 질서에 의해 관할되지 않는 언어라는 의미와 닿는다. 즉 상징적 통합을 방해하는 기능을 하는 측면으로서의 불온이 「나가타 겐지로」의 텍스트 내적 형식 및 「"김일성만세"」와의 관계성 속에 새겨져 있는 것이다. 이렇게 본다면 이 두 작품은 절묘하게도 서로를 완성하는 형식을 취하고 있는 셈이다. 이러한 지점을 또한 김수영이 언급한바 '예술형식의 무의식', 김수영 시의 형식에 새겨진 무의식이라 할 수 있을 것이다.

4. '진실한 거짓말'이라는 형식으로서의 언어와
'불온'의 공개성

앞서 읽은 두 작품이 모두 표면적인 발화 내용이나 의미만으로는 거느릴 수 없는 형식적 차원을 지닌다는 점에 집중해본다면 여기서 김수영의 특유의 언어관에 대해 논해볼 필요가 있을 것이다.

가령, 「나가타 겐지로」에서 '나가 던지지 못했던 농담, '나가토라는 여가수도 같이 갔느냐라는 구절에서 우리가 읽을 수 있는 것은 이 질문이 실제로는 전혀 답을 요구하는 것이 아니라는 점이다. 말 그대로 '농'으로 묻는 것이지만, 다른 한편 이 질문은 기존의 질문과 화제를 이어가는 기능을 수행한다. 즉, 의미 차원에서의 진실성은 결여되어 있지만 형식적·기능적 차원에서는 진실성을 거느리는 셈이다. 「"김일성만세"」에서 "김일성만세"라는 구호는 어떠한가. 얼핏 보기에는 당대의 반공주의에 대한 일말의 반항적 외침으로 읽히지만, 앞서 살폈듯 이 역시 하나의 속임수와 같은 역할을 한다. 그것은 이 극단적인 외침, 이 극단적으로 실험적인 시도조차도 언론과 사회가 받아들일 수 있는가에 대한 어떠한 한계 실험의 수단으로서 기능하고 있는 것이기 때문이다.[25]

　요컨대 의미 차원에서의 비진실성과 형식적 차원에서의 진실성이 충돌하고 모순을 일으키고 있다. 이럴 때 내용의 진실성은 형식의 진실성을 위해 '농담'을 하거나 '텅 빈 구호'를 외치는데, 이를 진실성이 결여되어 있다는 의미에서 '거짓말'이라 이름 붙여볼 수 있겠다. 한편, 형식의 편에서는 내용이 '거짓말'을 해준 덕분에 진실성을 얻는데, 이 형식이 기능을 제대로 수행한다면 '거짓말'의 형식은 '진실한' 것이 된다. 즉, 김수영의 발화 방식이 '진실한 거짓말'[26]의 형식을 지니고 있는 것이다.

---

25) 이 작품과 관련하여 "金日成萬歲!"라는 외침이 "상징성을 파괴하거나 그 의미를 확인하는 것이 아니라, 상징과 의미를 가지고 발화 행위의 가능성, 즉 그 가능성의 임계를 실험해 보는 일"이라 분석한 임유경의 글은 참고할 만하다. 그러나 임유경의 글에서 김수영의 '불온'은 당시 학생들의 혁명적 시위들과 함께 다루어지기도 하는 등 정치적 행위의 범주에 초점이 맞추어져 있기에, 본 논문의 관점과는 맥을 달리하는 지점이 있다. (임유경, 앞의 글, 소명출판, 2017. 454—455쪽 참조.)

26) 슬라보예 지젝은 언어 그 자체의 본질에 내재한 가장인 것들의 영역—텅 빈 제스처로서의 상징적 교환—에 집중하며, "진심어린 거짓말들sincere lies"이라는 용어를 사용하는데, 이 글에서는 형식의 진실성(truthfulness)에 집중하여 '진실한 거짓말 truthful lies'로 변주하여 사용한다.(슬라보예 지젝, 『분명 여기에 뼈 하나가 있다』, 정혁현 옮김, 인간사랑, 2016. 99쪽 참조.)

여기서 떠올리지 않을 수 없는 것은 「시여, 침을 뱉어라」의 다음과 같은 구절이 될 것이다.

> '내용'은 언제나 밖에다 대고 '너무나 많은 자유가 없다'는 말을 해야 한다. 그래야지만 '너무나 많은 자유가 있다'는 '형식'을 정복할 수 있고, 그때에 비로소 하나의 작품이 간신히 성립된다. '내용'은 언제나 밖에다 대고 '너무나 많은 자유가 없다'는 말을 계속해서 지껄여야 한다. 이것을 계속해서 지껄이는 것이 이를테면 38선을 뚫는 길인 것이다.[27]

다소 불친절하기는 하지만 내용과 형식의 관계에서 이보다 더 명료한 설명은 또한 없을 것이다. 김수영은 자신의 시적 형식에 새겨진 것들을 의식하지 못했을 것임에도 불구하고 마치 그것들을 해설하듯이, 내용의 급진성을 주장하고 형식의 정복을 주장한다. 이때 내용의 급진성이란 '자유 없음'에 항거하듯이 돌진하는 방식이다. 가능한 멀리 가보는 것, 그것은 언제나 '너무나'의 지점, 필요 이상의 지점을 요구해야만 하는 것이고, 이는 달리 말하면 어떤 지점은 필요하지 않음에도 불구하고 마치 그러한 것처럼 '가장해서' 말해야 하는 것이기도 하다. 이 언어에 본질적으로 내재하는 특성으로서의 가장성을 우리는 '거짓말'이라 규정했다. 한편 '너무나 많은 자유가 있다'고 외치는 형식은 정복의 대상이다. 이는 형식의 비급진성에 대한 정복일 것이다. 이처럼 내용이 끊임없이 가장함으로써 형식의 급진적 기능을 추동하는 것을 김수영은 "38선을 뚫는 길"이라 표현하고 있다. 이때의 38선이나, 사회주의에 대한 호의적 언술들은 문자 그대로가 아니라 그것이 기능하는 바를 읽을 때에야 명료해진다. "38선을 뚫는 길"이 내용과 형식에서의 자유를 강조하기 위해서 사용된 표현이듯 말이다.

---

27) 김수영, 「시여, 침을 뱉어라」, 1968. 4. 13.(『전집2』, 500쪽.)

의미의 비진실성과 형식의 진실성이 충돌하는 시의 언어들이 오히려 '더 믿을만한 것'으로 읽힐 때, 그 원리를 이해하는 방식으로서의 언어적 형식을 다루고 있는 와중에, 또 한 번 주목해 볼만한 텍스트가 있다. 「죄와 벌」을 살펴보기로 한다.

> 남에게 희생을 당할 만한
> 충분한 각오를 가진 사람만이
> 살인을 한다
>
> 그러나 우산대로
> 여편네를 때려눕혔을 때
> 우리들의 옆에서는 어린놈이 울었고
> 비 오는 거리에는
> 40명가량의 취객들이
> 모여들었고
> 집에 돌아와서
> 제일 마음에 꺼리는 것이
> 아는 사람이
> 이 캄캄한 범행의 현장을
> 보았는가 하는 일이었다
> ─아니 그보다도 먼저
> 아까운 것이
> 지우산을 현장에 버리고 온 일이었다
>
> ───「죄와 벌」, 『현대문학』, 1963. 10.

이 시의 제목을 참조점으로 한다면 첫 연은 '죄와 벌'에 대한 것을 다루고 있다고 볼 수 있다. '희생을 당할 만한 각오'를 가진 사람만이 '살인'을 한다는 이 구절을 명제화하자면 '벌을 받을 각오가 있는 사람만이 죄를 저지른다.'가 될 것이다. 그런데 "그러나"라는 역접어가 지시하듯 2연에서 묘사되는 상황은 이 명제에 반하는 것이다. '여편네'를 때리는 죄를 저지른 사람은 희생은커녕(그는 '지우산 하나 조차 희생당할 생각이 없다), 누군가에게 들키는 일조차 꺼리기 때문이다. 1연의 명제를 변주하여 2연을 정리하면 '벌을 받을 아무런 각오 없는 사람도 죄를 저지른다'가 될 것이다. 여기에는 물론 어떠한 자기 폭로의 지점이 있다.[28] 그러나 이 자기 폭로의 지점에서 더 나아가 볼 필요성이 있는 것은 몇 가지 두드러지는 효과와 더불어 이 시의 독특한 구조 때문이다.

2연의 상황에서 읽는 이를 충격에 빠뜨리는 두 요소는 "마음에 꺼리는 것"(범행 현장의 목격자가 있는가)과 "아까운 것"(지우산을 버리고 온 일)이라는 표현이다. 이것은 도덕적 타락을 넘어서 인간으로서 지니는 최소한의 양심이나 인격성을 배반하는 것이기에 더욱 충격적이다. 그러므로 이 두 요소는 '캄캄한 범행의 현장'을 심리적으로 극대화시키는 기능을 수행한다. 그리고 이 기능은 결코 우연이 아니다. 1연에서 이미 정명제를 제시해 놓았기에 2연의 상황 속에서의 이 요소들은 이 명제를 더욱 극적으로 배반하기 위한 장치라 할 수 있다. 즉 이 시가 드러내는 충격적인 상황에 대한 폭로는 위악이 아니라 하나의 장치다. 이 장치를 우리는 앞서 '가장성', 즉 '진실한 거짓말'이라 이름붙인 바 있다.

그런데 이처럼 죄가 극대화되어야 하는 데에는 이유가 있다. 2연이 기능하는 바, '나'의 죄를 극대화하여 노출함으로써 이 죄와 관련된 모든 책임을(비인간성, 타락한 윤리성 등등) 덮어쓰도록 하는 것, 그렇게 함으로써 '나'의 형편없는 인간성을 구성해내는 것이 바로 2연의 구조적 목표

---

28) 김영희는 이 시의 메커니즘이 보여주는 것이 "자신의 윤리적 타락에 대한 자기폭로"이며, "표면의 잔혹하고 무도한 목소리와 이면의 소심하고 자학적인 목소리 사이에서 발생하는 아이러니, 그 과정에서 작동하는 중층의 혐오"라 분석한다. (김영희, 「페미니즘으로 김수영의 시를 읽을 때」, 『창작과 비평』 45, 2017년 가을호. 396-397쪽.

이기 때문이다. 2연은 그러므로 '캄캄한 범행의 현장'을 적나라하게 보여준다는 사실 자체로써 '나'에게 형벌을 가한다. '목격자'와 '지우산'은 그러므로 발화자인 '나'가 '죄의 현장'에 사후적으로 심어놓는 알리바이다.

여기서 감당해야 하는 윤리적 무게를 버티고 있는 것은 2연이 기능하는 '공개성'이다. 이 공개성으로 말미암아 '나'는 인격에 대한 환영을 제거하고 '벌'을 감당한다. 이 시의 구조는 그리하여 일종의 엠블럼 형식을 취하고 있다고 할 수도 있다. 제목(「죄와 벌」), 그림(2연), 그리고 텍스트—경구(1연)로 이루어진 구조로서 본다면 말이다.

앞서 서랍 속의 불온한 시가 '발표'되었을 때에라야 불온이 완성된다고 읽었던 점을 상기한다면 이 시의 구조가 드러내는 공개성은 불온의 형식 자체를 구조화하고 있다고 말할 수도 있을 것이다. 그러므로 이 시를 독해하는 분석어에 있어서 '자기 폭로'만으로는 충분히 불온하지 않다. 불온한 시를 '발표'해야만 하는 것과 나란하게, 죄를 '공개'하고 '인증' 받아야만 하는 것, 이것이 김수영 식 불온의 완성일 것이다.

5. 불온한 것의 정치성과의 조우

지금까지 이 글은 김수영을 따라, '정치적 불온성'이라는 한정된 개념으로부터 탈피해 가려는 시도로서 '불온'의 형식을 살펴보았다. 불온시 논쟁에서 '불온'은 문학인의 소심증과 권력의 탄압이라는 두 원인 간의 악순환을 탈피하는 지점에서 예술의 본질로서 제시된 것이자, '발표'라는 형식을 통해 사회적 승인을 완료함으로써 완성되는 것이다. 이때 불온은 하나의 형식을 지시하는 언어이다. 즉, 상징적 체계에 위협을 가하는 장애물이면서도 동시에 바로 그 상징체계에 등록됨으로써만 예술작품의 위상을 얻는 형식적 기능을 일컫는 것이다. 시론을 통해 도출된 불온의 형식적 특성이 시 텍스트에 새겨진 무의식적 형식으로서는 어떻게 앞서 구현되었는지 구체적으로 살펴보고자 했다.

「나가타 겐지로」와 「"김일성만세"」의 간극에서 발견되는 것은 「나가타 겐지로」의 형식 속에서 발견되는 증상적 지점이, 「"김일성만세"」라는 텍스트로서 구현되고 있다는 사실이다. 뱉어지지 못한 '나의 농담'과 발표되지 못한 「"김일성만세"」는 상징적으로 통합되지 못한 잔여물이라는 점에서 동일한 위상을 갖는다. 뿐만 아니라 이 두 작품에서 사용되는 언어들은 의미 차원에서는 진실성을 결여하지만, 형식의 차원에서는 진실성을 갖는 형태를 취하고 있는데, 이를 '진실한 거짓말'이라는 형식으로 규정하였다. '불온'을 이러한 언어 사용 방식을 통해 이해할 때 「죄와 벌」이 지니는 위악적 어조를 구조적 장치라는 관점에서 분석할 수 있으며, 그 독특한 구조 또한 온전히 이해할 수 있다. 이러한 방식의 분석은 '가장성'의 영역에서 새롭게 읽는 방식이기도 하며, '김수영식 불온'의 완성으로 이해될 수 있는 것이기도 하다.

그러나 불온한 것을 예술의 본질이자 미학적인 범주에서 바라보고, 또한 언어 형식의 범주에서 바라본다 해도, 불온한 것은 '정치적인 것'이다. 이때 '정치적인 것'이란 현실 정치나 정치적 권력의 자장과 관련한 태도—김수영이 끝까지 그 범주를 재규정하고 싶어 했던 정치적 불온성이라는 한계—의 측면에서 이해되는 것이 아님은 물론이다. 랑시에르를 따라, "감각적 경험의 정상적 정보들을 중지시키는 것"[29]으로서의 예술의 정치, 또는 상징체계에 대한 균열을 통해 끊임없이 활로를 모색하는 행위가 될 수도 있을 것이다. 이 행위는 예술의 창작 원리이기도 하고, 오늘날 윤리라 부르는 것과도 맞닿아 있다.

---

29) 자크 랑시에르, 『미학 안의 불편함』, 주형일 옮김, 인간사랑, 2008, 56쪽.

그러나 이러한 차원의 정치성은 문학 텍스트에서 어떠한 심급으로서 나타날 뿐, 그 자체로서 명료한 해석의 길을 안내하기는 어려운 일이다. 어쩌면 필요한 것은 문학 작품의 정치성 그 자체로부터 시작할 것이 아니라, 우회하여 다다르는 정치성과의 '조우'에 대한 인식일 것이다. 이 글에서 시도한 김수영의 불온에 대한 탐구가 그러한 정치성과 조우하는 길을 모색하는 데에 방향성을 함께 하기를 기대한다.*

---

* 출처: 「김수영 문학의 '불온'과 언어적 형식」, 『한국시학연구』 55, 한국시학회, 2018.

김수영 시에 나타난 감정 전유의 논리
—「사랑의 변주곡」을 중심으로

신동옥

---

1. 김수영 시의 균열지점들

아우어바흐에 따르면 '현대의 작가들은 총체적인 외적 연속체가 아니라 생활 그 자체를 다루며, 완전한 형상으로 재현하기 불가능한 외부적 질서를 생활에 부과하기를 꺼린다.'[1] 해방기를 기점으로 근대시와 현대시를 구분하는 중요한 준거 가운데 하나로 생활의 반영 논리를 꼽을 수 있는 이유 또한 여기에 있을 것이다. 일제 강점기의 근대시가 피식민자의 위치에서 현실을 재단하는 다양한 형태를 입안하기 위한 고투였다면, 그것은 생

---

[1] Kracauer, Siegfried, 『역사: 끝에서 두 번째 세계』, 김정아 옮김, 문학동네, 2012, 280쪽 재인용.

활을 발명하는 동시에 반영해야하는 과제를 동시에 풀어야 할 아포리아로 받아 안은 결과일 것이다. 해방기의 정치사회적인 난맥상 속에서 비로소 토대로서 우리의 생활을 건립해야할 과제를 떠안는다. 민족이라는 심성구조와 맞갖는 삶이 생활의 의미망에 더해진다. 해방기에 시단에 등장한 김수영의 경우에도 예외는 아니어서 '동묘'와 '거리'를 한데 거닐며 초기의 작품 세계를 선보였다.

김수영의 시적 주체는 초기부터 사건으로서의 역사와 그것을 인식하는 주체의 성립 조건으로서의 역사성 사이에서 진동하고 있었다. 김수영의 '공자'는 대문자 역사 그 자체라는 의미에서 전통으로 해석되지만은 않는다. 김수영이 '나는 바로 볼 것이다'라는 선언적인 '수행문'을 덧대는 순간 역사는 후경으로 물러나고 주체의 내부에서 자라나오는 역사성에 대한 인식이 전경화되기 때문이다. 이미지의 세계와 역사의 세계를 비교 연구한 크라카우어는 역사의 내러티브를 총체적으로 구성하고자하는 통사에 대한 요구가 사라진 지점에서 더불어 사라진 것들을 꼽은 바 있다. "오늘날 통사를 공격하는 비판들이 주로 겨냥하는 것이 바로 이런 강박적인 아버지 찾기(recherche de la paternité), 곧 기원, 광범위한 전개, 종방향적 영향 등을 지나치게 중시하는 태도이다."[2] 자기 기원으로서의 아버지의 이름을 부여하기, 그것을 기원으로 명명하고 중심에 놓은 다음 세계를 포함하는 시각을 전유하기, 마지막으로 그렇게 만들어낸 흐름을 위계적인 계보학으로 정립하기가 바로 통사의 자기 서술 방식이다. 김수영은 이러한 흐름과는 상반되는 자리에서 줄곧 자기 세계를 갱신해나갔다. 자기의 모순과 균열 지점으로서의 아비—되기의 고투, 기원이 아니라 소음과 속도의 세속성을 껴안고서야 비로소 유연한 세계, 일관된 흐름이 아니라 혁명과 혼란으로 격절되는 자유와 사랑의 세계가 김수영 시 세계의 주제였다.[3]

---

2) 위의 책, 281쪽.

최근에는 김수영이 모순을 봉합하는 시적 인식의 균열 지점에 대한 천착이 연구사의 주된 세목을 이루고 있다. 김수영의 시에 나타나는 아포리아와 난해성, 애매성, 돌출성에 대한 천착과 해명을 연구의 주된 과제로 설정한 결과다. 김수영 시의 '세계 술어'를 찾는 작업은 난해성과 애매성과 언어 표현의 구조적인 상동성에 주목하는 논지로 귀착되기도 한다. 김영희는 알레고리적인 특성을 그 원리로 꼽고 파편화된 역사적인 경험과 이미지를 봉합하는 논리를 천착했다.[4] 강웅식은 김수영 시의 예술성이 객체 중심의 사물시에서 주체 중심의 발화시로 이동하는 논리에 주목했다.[5]

---

3) 예를 들어, 2005년 출간된 『살아 있는 김수영』(김명인·임홍배 엮음, 창비)에서는 김수영 시에서 불연속과 불가능에 대한 통찰을 읽는다든지(정남영, 「바꾸는 일, 바뀌는 일 그리고 김수영의 시」, 13−31쪽), 산문과 시적 질서 사이를 자유롭게 오가는 확장성에 주목한달지(강연호, 「'위대의 소재(所在)'와 사랑의 발견」, 32−58쪽), 국가의 논리가 아니라 개인의 논리를 세계 이해의 초석으로 놓고 혁명을 궁구하는 양상을 논증한달지(박수연, 「국가, 개인, 설움, 속도−1950년대 시를 중심으로」, 59−84쪽) 모순에 기반한 사유의 운동과 이행에 주목하는 논지들을 발견할 수 있다. 같은 책에 실린 유성호의 「김수영의 문학 비평」이나 김명인의 「급진적 자유주의의 산문적 실천」 역시 김수영 비평과 시론이 겨냥하는 현실인식의 내부에 자리한 도저한 모순의 동력에 주목하고 있다. 김수영 연구가 주제론적으로 확장된 근래의 결과를 반영한 『김수영의 온몸시학』(박덕규·이은정 편저, 푸른사상, 2013)에서 역시 비슷한 양상을 확인할 수 있다. 김상환 「김수영과 시적 이행의 문제」)을 필두로 하는 이 책은 탈식민주의, '시선'과 주체, 젠더 정치의 문제를 연구주제에 포함하고 있다. 2015년 간행된 『김수영 연구의 새로운 진화』(연구집단 '문심정연', 보고사)는 김수영 시에 나타난 이중언어적인 상황과 자의식을 면밀히 천착하며 그것을 정치성에 대한 논의로 확장하고 있다. 혼성성(김용희, 「김수영 시의 혼성성과 다중언어의 자의식」), 언어 이민자의 자의식과 그 심급(강계숙, 「김수영은 왜 시작 노트를 일본어로 썼을까?」), 이중언어 상황에서 상상하는 모어와 타자 인식(한수영, 「'상상하는 모어'와 그 타자들」) 등의 주제는 '자코메티적 발견'(정과리의 「김수영과 프랑스 문학, 그리고 자코메티적 변모」, 조강석의 「김수영 시의식의 변모 과정 연구」, 강계숙의 「김수영 문학에서 '이중언어'의 문제와 '자코메티적 발견'의 중요성」)이라는 핵심으로 이어지며 이후의 연구사에 하나의 힌트를 제공했다.

4) 김영희, 「김수영 시의 알레고리 연구: 시어의 다의성과 발화의 비인과성을 중심으로」, 『비교한국학』 24권 2호, 국제비교한국학회, 2016.08, 11−51쪽.

5) 강웅식, 「김수영 시의 예술성에 관한 연구」, 『상허학보』 51, 상허학회, 2017.10, 269−314쪽.

김홍수는 인지의미론의 관점에서 김수영의 산문에 나타나는 인칭 전환의 문제를 추적했다.[6] 오형엽은 김수영 시에서 반복과 변주가 언술의 구조적인 특징이며, 그러한 언술 구조를 통해 미적 상승과 고양의 효과를 창출한다고 논파했다.[7] 이근화는 김수영 시에서 한자의 노출이 관념적인 난해함을 초래하기도 하지만, 한자어가 가지는 구상성이 언어의 추상성과 현실의 구체성을 연결하는 핵심인자라고 주장했다.[8] 김수영의 시는 항용 정치적인 내용의 층위와 미적인 태도와 형식을 일치시킨 데서 현재성을 부여받곤 한다. 이혜원은 지배 질서와 문화에 균열을 일으키는 감각의 자유를 김수영 시가 내장한 미학적 정치성을 핵심으로 꼽았다.[9] 조연정의 「'번역 체험'이 김수영 시론에 미친 영향」[10], 임동확의 「현대성의 구현 방식과 양가감정의 수사학: 김수영의 시세계」[11], 임지연의 「1960년대 김수영 시에 나타난 국가/법의 의미」[12]는 언어의 층위와 주체화과정을 밀착시켜서 해석한 글들이다. 각각 이중언어 주체로서 시인의 내러티브 구성에 드러난 체험적 양상, 감정적인 층위에서 발생하는 수사의 애매성, 그리고 그것들을 강제하는 법과 상징계에 대한 반동을 천착한 논문들로 읽힌다. 김수

---

6) 김홍수, 「김수영 산문에서 1인칭 대명사와 필자 관련 지칭어의 표현 양상」, 『국어국문학』 49, 국어국문학회, 2010.08, 5─37쪽.

7) 오형엽, 「김수영 시의 반복과 변주 연구」, 『한국언어문화』 51, 한국언어문화학회, 2013.08, 57─80쪽; 오형엽, 「김수영 시의 언술과 구조화 원리 연구」, 『한국시학연구』 43, 한국시학회, 2015.08, 231─260쪽.

8) 이근화, 「김수영의 한자어 사용 양상 연구」, 『한민족문화연구』 53, 한민족문화학회, 2016.02, 267─292쪽.

9) 이혜원, 「김수영 시의 동시대성과 중단의 미학」, 『현대문학의 연구』 53, 한국문학연구학회, 2014.06, 137─171쪽.

10) 조연정, 「'번역 체험'이 김수영 시론에 미친 영향」, 『한국학연구』 38, 고려대학교 한국학연구소, 2011.09, 459─490쪽.

11) 임동확, 「현대성의 구현 방식과 양가감정의 수사학: 김수영의 시세계」, 『한국언어문화』 31, 한국언어문화학회, 2006.12, 329─351쪽

12) 임지연, 「1960년대 김수영 시에 나타난 국가/법의 의미」, 『겨레어문학』 50, 겨레어문학회, 2013.06, 283─315쪽.

영의 시에서 균열, 틈, 허방(void)에 대한 천착이 사후적으로 구성되는 '김수영적 실재'에 접근하는 첩경이라는 것을 알 수 있다.

김수영의 시에서 인식과 존재를 매듭짓는 거멀못 가운데 가장 도드라지는 표현은 '설움'으로 표현된 바로 그 감정에 있다.[13] 1인칭으로 표현되는 감정어를 술어로 채택할 때 객체와 주체를 둘러싼 관계는 변화한다. 변화된 관계가 외시되는 양상은 일종의 시나리오 형식을 띨 것이기 때문이다. 시나리오 속에서 연극적인 아이러니가 도드라질 때 주체와 객체 사이에서 '안다/모른다'의 변증법적인 간극이 드러나기도 한다. 감정은 언어로 표현되기 이전에 생각을 변화시키며 언어로 결정되지 않는 잉여를 남기면서 주체의 서사를 탈구시킨다. 감정을 통해 일어나는 변화는 시적 자아의 자기 탐색과 행로 변경에 고스란히 드러난다. 황현산은 김수영이 '설움'과 '비애'를 복합적인 감정어로 사용하고 있다고 지적한 바 있다. 황현산에 따르면 슬픔의 감정은 김수영이 자주 쓰는 은유의 원형이다. 황현산은 김수영에게 은유는 기술적인 장치를 넘어서서 생생한 현실이자 체험과 같다고 정리했다.[14] 강웅식은 김수영 후기시의 수행적 발화의 근거를 추적했다. 강웅식에 따르면 1960년대 중반에 이르러 김수영 시에서 언어의 서술의 층위는 진술이나 확언을 넘어서는 양상을 보이기 시작한다. 강웅식은 오스틴의 언어 이론에 근거하여 '진위문(constative)'과 '수행

---

13) 비교적 최근의 논문을 꼽아보면 다음과 같은 성과들이 있다. 박군석, 「김수영 초기 시에 나타난 '우울'의 양상」, 『한국시학연구』 38, 한국시학회, 2013.12, 33−65쪽; 손종업, 「김수영 시에 나타난 주체와 환대의 양상」, 『국어국문학』 169, 국어국문학회, 2014.12, 223−247쪽; 엄경희, 「김수영 시에 내포된 자발적 소외와 '설움'의 정념」, 『한민족문화연구』 53, 한민족문화학회, 2016.02, 201−231쪽; 이현승, 「김수영 시의 감정어 연구」, 『어문논집』 42, 중앙어문학회, 2009.11, 387−406쪽; 임동확, 「근본기분으로서 "설움"과 "절망"의 변주곡」, 『국제한인문학연구』 21, 국제한인문학회, 2018.02, 107−136쪽; 전병준, 「김수영 초기시의 감정 구조와 그 의미」, 『우리어문연구』 37, 우리어문학회, 2010.05, 483−522쪽.

14) 황현산, 「시의 몫, 몸의 몫」, 김명인·임홍배 엮음, 앞의 책, 118−119쪽.

문(performative)' 사이에서 발화가 진동한다고 정리했다.[15] 진동하며 그리는 원의 중심에 감정어가 잠복한다.

이 글에서는 김수영의 시에서 감정어들이 시적 담론의 술어 역할을 담당하는 동시에 시적인 전환의 핵심 인자로 자리하고 있다는 사실을 천착할 것이다. 진위문이나 수행문으로도 갈음되지 않는 '이모티브(emotive)'를 제안한 이는 윌리엄 M. 레디다. 레디에 따르면 모든 체제는 특정한 이모티브를 부여함으로써 감정을 통제하려 한다. 이것은 시대의 감정 체제(emotional regime)로 드러난다. 이 글에서는 김수영이 스스로 부여한 '감정(고통)'이 시행에서 어떠한 방식으로 기능하는지 「사랑의 변주곡」을 중심으로 논의할 것이다. 감정사나 감정동학의 쟁점이[16] 아니라 레디가 제안한 이모티브를 통한 시적 자아의 전유 과정을 톺아보는 것이 논의의 핵심이다. 감정문을 통한 자아의 번역 과정을 통해 주체가 자신을 '탈고유화하는 방식으로 고유화'한다는 것이 이 글의 결론이다.

2. '이모티브(emotive)'와 전유의 논리

우선 연구를 위한 개념틀을 정리할 필요가 있다. 이 글에서 원용하는 중심 개념은 구문과 발화의 층위에서 '이모티브', 주제적인 층위에서 '탈고유화하는 고유화' 즉 전유의 논리다. 먼저 이모티브의 논리다.

---

15) 강웅식, 앞의 글, 290쪽.
16) 이 글의 목적은 거시적인 역사학이나 사회학의 쟁점을 상대화 또는 보편화해서 적용하는 데 있지 않다. 감정사회학의 주제에 관해서는 박형신, 「감정자본주의와 사랑: 에바 일루즈의 짝 찾기의 감정사회학」, 『사회사상과 문화』 30, 동양사회사상학회, 2014, 39-82쪽을 참조할 수 있다. '감정적 전회'를 다루며 감정사 일반에 대해 정리한 논문으로는 문수현, 「감정으로의 전환(Emotional turn)'?: 감정사 연구 성과와 전망」, 『서양사론』 96, 한국서양사학회, 2008.03, 259-281쪽을 참조할 수 있다.

1) 감정문 또는 '이모티브(emotive)'

오스틴은 기술적인 진술(descriptive statement)의 경우 발화를 둘러싼 여러 가능성에 따라 오류에 봉착할 수 있다는 사실을 지적했다. 이른바 기술주의적 오류(descriptive fallacy)다. 그러나 참이나 거짓으로 판명되는 모든 '진술'이 기술일 수는 없다는 사실에 근거 '진위문(眞僞文, constative)' 이라는 개념을 제안한다. 진술이나 발화가 '기술'일 수 있느냐와 무관할 수 있는 비문법적인 발화, 무의미한 발화, 의도를 비껴가는 발화에 대한 혼란을 벗어날 수 있다는 면에서 이 개념은 이후 '언어 행위' 일반을 다루는 개념적인 전거로 확장된다. 진술이나 진위 판단은 문법적인 오용이나 무의미와 관계되는 것으로 여겨진다. 그러나 '사실을 가장'하는 발화를 분석하기 위해서는 다른 개념이 필요하다. 기술하지도 진술하지도 않으며, 일상적인 행위 내지는 주의주장과 관계되는 발화가 있기 때문이다. 오스틴은 이것을 '수행문(performative)'이라고 명명한다.[17]

오스틴은 언어 행위를 음성행위(phonetic act), 형태 행위(phatic act), 의미 행위(rhetic act)로 나눈다. 오스틴에 따르면 형태 발화는 무의미하고 의미가 없다. 의미 발화는 언어 운용의 단위이지만 모호하고 공허하거나 애매하다. 진위문에서는 이러한 층위의 문제가 해결되지 않는다. 오스틴은 발화 행위(locutionary act)를 수행하는 것은 자체로 발화수반행위(illocutionary act)를 수행하는 것이라고 결론짓는다. 수행문은 언어가 가지는 '발화수반력'(illoctiionary forces)에 관계된다. 오스틴에 따르면 수행되는 것은 발화행위(Locution), 발화수반행위(Illocution), 발화효과행위(Perlocution) 가운데 하나다. 발화수반행위가 가지는 힘이 수행문과 관계된다면, 발화효과행위가 가지는 힘은 기술문 내지는 진위문과 관계된다.[18]

---

17) Austin, J.L.,『말과 행위』, 김영진 옮김, 서광사, 1992, 21-28쪽.

그러나 의미 행위가 발화 행위 주체가 명시적으로 드러나지 않은 상태에서 발화될 때, 오스틴이 말하는 수행문의 규정을 벗어난다. 이러한 모호성은 오스틴 스스로 제시한 1인칭 현재시제 감정문과 관계된다. 감정사에 관한 연구를 수행한 레디가 제안하는 것은 '감정문(emotive)'이다. 감정에 대한 진술은 애초에 진위나 수행으로 규정할 수 있는 범위를 벗어나기 때문이다. 감정 표현은 기술도 묘사도 재현도 아니다. 레디에 따르면 1인칭 현재시제 감정문에는 세 가지 효과가 나타난다.

1. 기술적 형태, 감정어는 개인의 상태를 기술하는 문장의 술어부에 사용된다. "욕망이여 입을 열어라"는 (나는) "그 속에서/사랑을 발견하겠다"라는 발화에 수반되는 힘과 관계된다. 그러나 "왜 이렇게 벅차게 사랑의 숲은 밀려닥치느냐"와 같이 감정문의 형태로 발화 효과가 귀결될 때, 문장 자체는 독립적인 검증의 범위를 넘어선다. 발화를 둘러싼 태도, 맥락 등 지각의 범위를 벗어나는 차원에 대한 검토가 필요해진다. 시적 주체는 무의식적 주체이기 때문이다. 2. 관계적 의도, 감정에 대한 진술은 관계가 만드는 시나리오와 행동의 연쇄 속에서 발생한다. 감정 표현과 감정의 상관성이 불명확하기 때문이다. 관계를 고쳐 쓰고 갱신하는 과정 속에서 진술은 이어진다. 3. 자아―탐색 및 자아―변경 효과, 감정은 생각의 재료를 복잡하게 증폭하여 언어를 통한 '번역'의 층위를 초과하는 상태를 초래한다. 언어의 미결정성으로 인해 감정 표현은 실패하고, 이러한 이유로 감정을 표현하려는 시도는 다시 생각의 원자료에 영향을 미친다. 감정 표현은 발화된 감정을 확인, 부인, 강화, 약화한다.

레디는 1인칭 현재시제 감정문과 같이 수행적이지도 기술적이지도 않은 발화 행위를 "이모티브(emotive)"라고 명명한다. 레디는 1인칭 과거시제 감정문, 1인칭 장기지속 감정문(현재 또는 미래 완료형과 관련), 어조

---

18) 위의 책, 123―138쪽.

와 제스처 및 단어 등 비언어적 신호들, 화자의 상태에 대한 표현들, 2인칭 및 3인칭 감정문을 이모티브에 포함한다. 레디는 2인칭 3인칭 감정문이 발화당사자에게 미치는 영향을 '현전 효과'로 명명한다. 부재하는 3자에 대한 발화가 이모티브가 되려면 3자가 알아야 한다. 감정문을 통해 진실의 기미를 언뜻 '현전'하는 효과가 일어난다. 레디는 진실을 드러내는 효과의 제한성이 정치적으로 중요한 문제라고 논의를 정리한다.[19]

김수영 시에서 '설움'과 '절망' 등의 어사는 1인칭 주체를 드러내는 역할을 한다. 동시에 시가 진행되며 주체의 상태를 진술하는 과정을 드러내 보인다. 이것은 항용 세계에 대한 태도로 확장된다. 김수영 시에 드러난 산문성은 이러한 면모를 예시하는 것으로 읽을 수 있다. 1인칭 주체가 알아가는 과정을 드러내면서 인유나 전달로 드러나는 인물들의 '앎'을 연극적인 아이러니로 드러내는 시들에서는 이런 양상이 도드라진다. 김수영의 작품에서는 대부분 인물이나 인유가 등장하며 이것은 때때로 알레고리의 형태로 메시지를 직접 전달하면서 '독자'의 인식의 변화를 추동하는 '수행문'과 같은 효과를 겨냥하기도 한다. 이러한 양상이 드러나는 보기는 「달나라의 장난」(1953)에서부터 「그 방을 생각하며」(1960.10.30), 「거대한 뿌리」(1964.2.3)를 거쳐 「사랑의 변주곡」(1967.12)이 이르기까지 김수영의 시작 전반에 걸쳐 나타난다. 김수영이 발화외부적인 요인을 전경화하는 '비시적인' 방법을 동원하면서까지 주체가 놓인 맥락을 탈구시키고 변주시키는 까닭은 무엇일까? 김수영 시에서 이러한 양상은 전유의 논리로 갈음해볼 수 있다.

2) 전유 또는 '탈고유화하는 고유화'

후기 하이데거는 '고유화'로 번역되는 전유(Eignen, appropriation)의 논

---

19) Reddy, William M., 『감정의 항해: 감정 이론, 감정사史, 프랑스혁명』, 김학이 옮김, 문학과지성사, 2016, 152−173쪽 참조.

리를 세련화하는데 심혈을 기울였다. 염려를 근본조건으로 하는 현존재는 바로 그러한 방식으로 선사하고 또 선사하는 방식으로 선사함의 고유한 방식으로 현성한다. 현존재(Dasein)는 이렇게 현성하는 존재라는 의미에서 존재자(das Wesende) 개념으로 변화한다. 하이데거가 제안하는 근본적인 구조는 바로 사방세계이다. 이 세계는 땅과 하늘, 신적인 것들과 죽을 자들이 동시에 머무는 세계이다. 또한 사방세계는 생기(Ereignis, 사건 또는 생기—사건으로 번역된다)의 터이다. 이 터에서 모든 현전하는 것들은 앞서서 도래하고 '하나의 유일한 사방'에 하나로 포개진다. 하이데거는 이것을 '사방 세계의 거울—놀이'라고 명명한다. "넷의 각각은 그들의 고유화 안에서 하나의 고유함에로 탈고유화된다. 이러한 탈고유화하는 고유화가 사방의 거울—놀이이다."[20] 하이데거는 『강연과 논문』에 수록한 「사물」에서 생기사건과 고유화의 논리에 대해 더욱 자세하게 부연한다.

하이데거가 말하는 탈고유화하는 고유화(expropriative appropriation)는 단순히 자기의 핍진성을 옹호하고 그것으로 진정성 내지는 본래성(Eigentlichkeit)을 옹립하는 '자기 전유(Self expropriation)'와는 거리가 멀다. 자아 속에 있는 타자성을 탈취하고 그 나머지를 자기로 이해하는 것이 아니라 "타자의 시각에서 자아의 궁극적 고유성을 황홀하게 재발견하는 것"이다.[21] 의미를 받아들이고, 자기 존재가 가려지고 사라지고 세계 속에 선사되는 순간을 경험하고 긍정한다는 의미이다. 카자 실버만은 이러한 하이데거의 논리를 라캉의 문장과 덧대어 해석한다. 자기 전유가 "내가 책을 먹었을 때, 책이 살이 된 만큼 내가 책이 되었다."라면, 탈고유화하는

---

20) "우리는 땅과 하늘, 신적인 것들과 죽을 자들의 하나로 포개짐이 일어나는 거울—놀이를 세계라고 이름한다." Heidegger, Martin, 「사물」, 『강연과 논문』, 이기상 옮김, 이학사, 2008, 232쪽.
21) 이상 하이데거에 대한 논의는 Heidegger, Martin, 이기상 옮김, 위의 책, 220—235쪽 참조.

고유화는 "말하자면 책이 내가 된 것이다."라는 라캉의 문장과 통한다는 것이다.[22] 백상현에 따르면, '책을 먹는다'는 표현은 마지막 말, 즉 마지막 기표를 체화하는 실천과 같은 의미를 지닌다. 기표를 먹음으로써 내가 기표가 되고 기표가 내가 된다는 것, 즉 책이 내가 된다는 것이다. 실버만이 탈고유화하는 고유화로서의 생기사건과 연관 지은 대목은 바로 이 부분이다. 유일한 하나로서의 본래성을 선취하는 것이 아니라 개방하고 해방하고 선사함으로써 그것 자체가 됨으로써 스스로 존재를 몰수하고 타자가 되는 방식으로 자기를 전유하는 방식이다. 백상현은 이것을 "기표를 먹음으로써 그것 자체가 된다는 것은 기의에 사로잡힌 신체, 또는 엄밀한 의미에서 기의 그 자체라고 말할 수 있는 신체를 사건적 기표에 개방하는 것"이라고 요약한다.[23] 하이데거가 천착한 존재의 생생한 사건(Ereignis)은 전유와 몰수의 특성이 연결될 때 오롯해진다. 진정성이라고 이해되곤 했던 '고유성'의 개념을 '어떠한 잠재적인 전유의 제안에서도 벗어나게 하는 것'이 그것이다. 사건은 전유하고 몰수하고 양도하고 선사하면서 제 의미를 드러내기 때문이다.[24]

사건이 비롯되는 순간 이항대립은 무화된다. 범주와 시간성이 무화되는 이때 존재는 황홀하게 스스로 자신을 재발견한다. 자신 안에 신과 죽을 자로서 집합적인 인간의 운명과 하늘과 땅이 공속한다. 하이데거는 어울리고 포개지면서 빚어지는 둥근 원의 반짝임으로 '탈고유화하는 고유화의 세계'를 설명했다.[25] 사건의 한복판에 서기 위해서 존재는 자신의 고유성

22) Silverman, Kaja, 『월드 스펙테이터: 하이데거와 라캉의 시각철학』, 전영백과 현대미술연구회 옮김, 예경, 2010, 80−81쪽.
23) 백상현, 『라캉의 인간학, 『세미나 7』 강해』, 위고, 2017, 368−371쪽.
24) Vattimo, Gianni, 『근대성의 종말: 탈근대 문화의 허무주의와 해석학』, 박상진 옮김, 경성대학교 출판부, 2003, 126쪽.
25) Heidegger, 앞의 책, 235쪽.

을 몰수하고, 그 터 한가운데 주어진 '존재의 진리'를 열어 밝히고, 거기서 비롯된 염려와 사랑을 세계의 몫으로 선사한다. 황홀의 순간이다.

정리해보자. 감정표현은 이모티브로 표현된다. 이모티브는 인칭과 시간성을 넘나들며, 언어적 표현과 비언어적 표현의 경계를 아우르며 관계의 시나리오를 만든다. 감정은 사유와 인식을 되비춘다. 순간 진실이 언뜻 현전한다. 자아가 비아를 비춘다. 탈고유화하는 고유화의 순간이다. 황홀이다. 김수영의 시에서 감정어를 드러내면서 1인칭이 전면화 되곤 한다. 이러한 양상은 그의 시작 생활 전반에 걸쳐 나타나는 특징 가운데 하나다. 감정어를 드러낼 때 주체는 고유한 내면으로 침잠하지 않고, 오히려 세계를 향해 태도나 제스처 또는 정조를 발산한다. 무제약적인 고유성을 선취하는 것이 아니라 자신을 벗어던지는 방식으로 진짜 자신에게 다가선다. 탈고유화하는 고유화는 하이데거가 천착한 '전유(appropriation)'의 의미맥락이다. 감정문이 유발하는 효과를 통해 시인은 부재하는 인칭들을 끌어 모은다. 시적 주체는 부재하는 인칭의 참여를 통해 시행을 닫는다. 주체와 타자를 매개하는 '앎의 변증법' 속에서 시적인 현전효과가 태동한다. 진실의 기미가 전해지는 황홀한 순간이다.

이 글은 「사랑의 변주곡」에 주목한다.

3. 「사랑의 변주곡」 : 사랑의 고유화와 진실의 현전효과

김인환은 「사랑의 변주곡」에서 '단단하고 고요한 행동'이 형상화되는 방식에 주목한 바 있다. 더불어서 복사씨의 '桃仁'과 살구씨의 '杏仁'의 논거를 맹자의 '仁者人也'에서 찾아내기도 했다. 김인환은 김수영이 노래한 '사랑의 논리'가 삶의 핵심을 보여주며, 이 작품은 시인 스스로 생활을 투과하여 인간으로 성숙해간 행로를 고스란히 반영한다고 정리한다.26) 유종호는 「사랑의 변주곡」을 "우리 말로 씌어진 가장 도취적이고 환상적이며 장엄한 행복의 약속"으로 읽었다. 김수영은 '생활인의 설움'을 삶의 현실적인 세목들을 반복하고 중첩시키는 방식으로 나열하면서 '언어의 경제와 압축'을 일축한다. 유종호는 "사랑의 민주적 이상에 의해서 실현된 정의로운 평화와 행복"의 날에 대한 기대를 읽어내기도 한다.27)28)

제목은 「사랑의 변주곡」이다. 임지연은 「1960년대 후반 (소)시민 개념에서 "사랑"의 의미」를 통해 당대에 '사랑'의 개념이 문학적인 외연을 획득해나가는 양상을 추적한다. 임지연에 따르면 1960년대에 이르러 사랑은 타자성을 발견하려는 인식적인 요구와 접합된다. 폐쇄적인 소유관계, 왜곡된 이자구도를 벗어난 '시민적 사랑의 비전'을 제시한 이는 김수영이었다. 김수영의 경우 이분법적인 대립항이 무화되고, 위계를 벗어나면서도 통합을 추동하는 힘을 잃지 않는 동력을 보여준다.29) 사랑은 현실적인 타자와 상상화된 자기를 동시에 소유하는 일이다. 타자와 자기의 관계를

---

26) 김인환, 「한 正直한 人間의 成熟과정」, 황동규 편, 『金洙暎 全集 別卷; 金洙暎의 文學』, 민음사, 1983, 220쪽.

27) 유종호, 「詩의 自由와 관습의 굴레」, 황동규 편, 위의 책, 255−256쪽.

28) 「사랑의 변주곡」을 중점적으로 다룬 연구 성과는 다음과 같은 글을 꼽을 수 있다. 강연호, 「김수영의 시 「사랑의 변주곡 (變奏曲)」 연구」, 『현대문학이론연구』 12, 현대문학이론학회, 1999.12, 177−202쪽; 권혁웅, 「현대시에 나타난 리듬의 변주: 「사랑의 변주곡」(김수영)을 중심으로」, 『현대문학의 연구』 56, 한국문학연구학회, 2015.06, 335−367쪽; 오연경, 「김수영의 사랑과 도래할 민주주의」, 『민주주의와 인권』 13권1호, 전남대학교 5·18연구소, 2013.04, 81−110쪽; 이경수, 「김수영 시에 나타난 남성성과 '아버지'」, 『돈암어문학』 32, 돈암어문학회, 2017.12, 31−74쪽; 장석원, 「'프로조디, 템포, 억양'을 통한 새로운 리듬 논의의 확대: 김수영의 「사랑의 변주곡(變奏曲)」을 중심으로」, 『국제어문』 52, 국제어문학회, 2011.08, 231−259쪽; 조강석, 「보편성과 심미적 가상 그리고 공동체: 백석과 김수영의 시에 나타난 "사랑의 현상학"을 중심으로」, 『민족문화연구』 69, 고려대학교 민족문화연구원, 2015.11, 465−486쪽.

29) 임지연, 「1960년대 후반 (소)시민 개념에서 "사랑"의 의미」, 『어문논총』 68, 한국문학언어학회, 2016, 341−367쪽.

트는 일은 '욕망'에서 시작된다.

　　　욕망이여 입을 열어라 그 속에서
　　　사랑을 발견하겠다 도시의 끝에
　　　사그러져 가는 라디오의 재잘거리는 소리가
　　　사랑처럼 들리고 그 소리가 지워지는
　　　강이 흐르고 그 강 건너에 사랑하는
　　　암흑이 있고 삼월을 바라보는 마른 나무들이
　　　사랑의 봉오리를 준비하고 그 봉오리의
　　　속삼임이 안개처럼 이는 저쪽에 쪽빛
　　　산이

　　　사랑의 기차가 지나갈 때마다 우리들의
　　　슬픔처럼 자라나고 도야지우리의 밥찌끼
　　　같은 서울의 등불을 무시한다
　　　이제 가시밭, 덩쿨장미의 기나긴 가시 가지
　　　까지도 사랑이다

　　　왜 이렇게 벅차게 사랑의 숲은 밀려닥치느냐
　　　사랑의 음식이 사랑이라는 것을 알 때까지

　　　난로 위에 끓어오르는 주전자의 물이 아슬
　　　아슬하게 넘지 않는 것처럼 사랑의 절도(節度)는
　　　열렬하다
　　　간단(間斷)도 사랑
　　　이 방에서 저 방으로 할머니가 계신 방에서
　　　심부름하는 놈이 있는 방까지 죽음 같은
　　　암흑 속을 고양이의 반짝거리는 푸른 눈망울처럼
　　　사랑이 이어져가는 밤을 안다
　　　그리고 이 사랑을 만드는 기술을 안다
　　　눈을 떴다 감는 기술—불란서혁명의 기술
　　　최근 우리들이 4·19에서 배운 기술
　　　그러나 이제 우리들은 소리 내어 외치지 않는다

복사씨와 살구씨와 곳감씨의 아름다운 단단함이여
고요함과 사랑이 이루어놓은 폭풍의 간악한
신념이여
봄베이도 뉴욕도 서울도 마찬가지다
신념보다도 더 큰
내가 묻혀 사는 사랑의 위대한 도시에 비하면
너는 개미이냐

아들아 너에게 광신을 가르치기 위한 것이 아니다
사랑을 알 때까지 자라라
인류의 종언의 날에
너의 술을 다 마시고 난 날에
미대륙에서 석유가 고갈되는 날에
그렇게 먼 날까지 가기 전에 너의 가슴에
새겨둘 말을 너는 도시의 피로에서
배울 거다
이 단단한 고요함을 배울 거다
복사씨가 사랑으로 만들어진 것이 아닌가 하고
의심할 거다!
복사씨와 살구씨가
한번은 이렇게
사랑에 미쳐 날뛸 날이 올 거다!
그리고 그것은 아버지 같은 잘못된 시간의
그릇된 冥想이 아닐 거다
　　　　　　<1967.2.15>, <『현대문학』1968.8, 死後 발표>
　　　　　　　　　　　　　　　—「사랑의 변주곡」 전문30)

　작품은 "욕망이여 입을 열어라"라는 당시로서는31) 조금은 생경한 구절

---

30) 이영준 엮음, 『김수영 전집 1, 시』, 민음사, 2018, 358—360쪽.
31) 1960년대 후반은 근대화, 산업화, 도시화가 막 진행되던 무렵이었다. 제1차 경제개
　　발 5개년 계획이 막 종료된 이 시기에는 전통과 현대, 서구와 동양, 계몽과 미몽의
　　상태가 일상적으로 충돌하던 상황이었다. 문화적으로는 이제 막 '개인성'을 획득한
　　소비 대중의 욕망이 폭발하기 시작했지만, 그것을 충족시키고 향유할 수 있는 토대

로 시작된다. 「사랑의 변주곡」은 욕망의 발화를 강제하는 수행문으로 모두(冒頭)를 열고 느낌표를 동원한 예언적인 단언으로 끝맺는다. 시는 시종일관 고양된 정조와 태도를 유지하고 있다.[32] 이 시의 구문과 담화에 주목한 논자들이 공통적으로 지적하는 점은 불규칙한 행갈이를 통해 속도감과 리듬감을 고양하고 있다는 것이다. 수식어와 피수식어, 작인(agency)과 목적인을 분절하고 접합하는 요인을 시의 구문에서 발견할 수 있다. 동일한 문투를 반복하면서 이질적인 문형을 삽입하고 병렬하는 형태도 엿보인다.[33] 이 글에서 주목하는 핵심은 3연 1행 "왜 이렇게 벅차게 사랑의 숲은 밀려닥치느냐"(필자 강조)를 중심으로 일어나는 감정의 강화와 확인 및 변화의 양상이다. 이것은 화자의 상태에 대한 표현으로 이어지기 때문이다. 저 발화 이전의 문투가 진위문과 수행문에 가까웠다면, 이후의 발화들은 화자의 상태를 중심으로 관계의 시나리오를 재편해가는 이모티브에 기대고 있는 것으로 여겨진다. 3연 이후에 시적 공간이 재편되고, 국면 바깥에 있는 인칭과 대상이 불러들여지며, 직접 수신자가 특정되는 동시에 어조가 변화하기 때문이다.

와 구조가 전무에 가까운 상태였다. 김창남, 「1960년대 한국 대중문화의 비극적 감정 구조」, 『대중음악』 17, 한국대중음악학회, 2016.05, 31−58쪽 참조.

32) 김수영 시의 음악적인 구조를 리듬의 차원에서 고구한 장석원은 이 시에서 "고양되고 격앙된 정서의 표출"에 주목한다. 장석원은 시적 발화를 거치며 다양한 구문 변주를 통해 감정이 고조되고, 주제 차원의 변주를 통해 안정감을 얻는다고 부연한다. 장석원이 시를 지배하고 있는 요소로 지적한 '감정'은 이 글에서 제언한 '이모티브'를 통해 전환과 연쇄 및 변경 내지는 변이의 효과로 확장될 수 있을 것이다. 장석원, 「'프로조디, 템포, 억양'을 통한 새로운 리듬 논의의 확대: 김수영의 「사랑의 변주곡(變奏曲)」을 중심으로」, 『국제어문』 52, 국제어문학회, 2011.08, 231−259쪽 참조.

33) 강연호는 이런 특성을 바탕으로 어휘소가 담론을 만들어낸다고 지적한 뒤, 이러한 특징으로 인해 시 전체의 주제어들이 일견 이항대립으로 보이지만 이것은 모순으로 드러나고 결국은 더 큰 의미장으로 귀착되는 구조로 정리했다. 그것은 '사랑의 역사'다. 강연호, 「김수영의 시 「사랑의 변주곡(變奏曲)」 연구」, 『현대문학이론연구』 12, 현대문학이론학회, 1999.12, 177−202쪽 참조.

연구사 검토에서 드러나듯, 「사랑의 변주곡」에 드러난 불균질한 구문과 주체의 시선을 연결 짓는 논지는 대개 시적 정조와 태도의 층위 또는 구문의 인식론적 층위에서 분석되곤 했다. 이모티브의 논리를 덧대자면 두 층위에서 발생하는 낙차를 봉합하기는 한결 수월해진다. 감정이라는 원자료가 무의식적 주체를 투과해가는 양상을 추적할 수 있는 근거를 확보할 수 있기 때문이다. 일례로, 한국전쟁 이후 '우리가 아는 김수영 시의 전모'가 드러나기 시작하는 「달나라의 장난」에서도 이모티브는 지배소로 기능하는 것을 확인할 수 있다. '남의 살림'을 보며 '그릇된 명상'에 잠긴 화자는 팽이가 도는 모양을 보고 종국에는 이렇게 의미를 부여한다. "생각하면 서러운 것인데/ 너도 나도 스스로 도는 힘을 위하여/ 공통된 그 무엇을 위하여 울어서는 아니 된다는 듯이/ 서서 돌고 있는 것인가/ 팽이가 돈다"(「달나라의 장난」, 필자 강조) 시의 말미에 드러난 '서러움'이라는 감정 술어는 시의 이모티브로 기능하면서 '나'와 '너' 사이에 가로놓이는 앎의 질서를 탈고유화하고 전치하는 역할을 한다. 이 구절로 인해 시인이 언뜻 본 진실은 '너'로 명명된 2인칭의 감정 구조 속에 안착한다. 김수영은 이렇듯 감정동학을 동원해 발화주체와 발화 행위주체와 독자의 심성구조 사이에 맞갖는 '거울'을 배치하는 것으로 해석할 수도 있는 대목이다. "혁명은 안 되고 나는 방만 바꾸어 버렸다"로 시작되는 「그 방을 생각하며」 역시 "이제 나는 무엇인지 모르게 기쁘고/ 나의 가슴은 이유 없이 풍성하다"로 끝맺는다. '기쁨과 환희'의 아이러니는 이모티브를 통해 드러난다. 시인은 알고 독자는 모르는 상태를 가정하는 아이러니의 구도 속에서도 감정문의 이모티브는 하나의 시적 모멘텀으로 기능한다. 「거대한 뿌리」에서 '괴롭지 않다', '황송하다'라는 이모티브는 곧장 "역사는 아무리/ 더러운 역사라도 좋다/ 진창은 아무리 더러운 진창이라도 좋다"라는 무제약적인 자기긍정의 언술로 전환된다. 「사랑의 변주곡」은 「거대한 뿌리」와 더불어 김수영이 시를 통해 가닿은 미학성과 정치성의 극점을 보여주는 작품 가운데 하나로 손꼽힌다.

「사랑의 변주곡」 이전에 「사랑」(1960.1.31)이 있었다. 「사랑」은 사랑을 발견하는 시야를 틔워준 "너의 얼굴"을 바라보는 시선으로 구조화되어 있다. "너"는 '어둠/불빛'이라는 이항대립을 초월할 수 있는 근거로서의 사랑을 가르쳐준 존재다. 그럼에도 "너의 얼굴"은 어둠에서 불빛으로 이월하는 찰나에 명멸하고 있다. 표정이나 눈빛이 아니라 얼굴이라는 존재의 정면이 "꺼졌다 살아났다". 즉 죽음에 근접했다가 소생했다. 김수영은 "너의 얼굴은 그만큼 불안하다"라고 썼다. 불안의 이모티브를 투과하면서 "너의 얼굴"은 진실이 언뜻 드러나는 현전의 장소가 된다. '번개처럼 금이 간 얼굴'은 불안한 황홀을 체현하는 얼굴이기 때문이다. 바로 이 아슬아슬한 불안의 황홀이 체험으로 육박해온 사건은 1960년 봄과 1961년 봄에 일어난 역사적인 결절점일 터다.[34]

김수영은 일찍이 창작의 자유가 억압될 때 '감정이나 꿈의 위축'이 일어나며, 그렇게 움츠러든 상태를 받아들이는 것은 죄악이라고까지 썼다.[35] 거꾸로 풀어쓰면 김수영의 '창작'은 꿈의 확장과 감정의 발산에 최상의 가치를 부

---

34) 조강석은 「사랑」과 「사랑의 변주곡」으로의 이행을 면밀하게 검토하면서 김수영이 문제 삼은 주제가 '주체의 자기전복 가능성'이며, 자기를 타기한다는 것은 공동체를 지향하는 정념으로 드러난다고 썼다. 조강석은 「사랑의 변주곡」에서 '자기를 죽이고 타자가 되는 자세 바로 그 작업으로서 사랑'을 읽어낸다. 논의의 결과 과정이 다르지만, 이 글에서 제안한 개념으로 바꾸어 쓰자면 "탈고유화하는 고유화"로서의 사랑이다. 조강석, 「보편성과 심미적 가상 그리고 공동체: 백석과 김수영의 시에 나타난 "사랑의 현상학"을 중심으로」, 『민족문화연구』 69, 고려대학교 민족문화연구원, 2015.11, 가운데 5장 '무위와 미완의 공동체, 그리고 사랑의 변주와 시의 영구혁명', 479-483쪽 참조.

35) 김수영, 「창작 자유의 조건」(1960.11.10), 이영준 엮음, 『김수영 전집 2, 산문』, 민음사, 2018, 243쪽. 이 글의 발표 시기는 이전 전집까지는 1962년으로 특정되어 있었으나, 3판에서 『동아일보』에 4·19 이후에 발표된 것으로 정정되었다. 시점이 이렇게 바뀌었음을 감안하고 읽으면 글의 문맥이 달라지는 것은 물론이다.

여했다고 쓸 수 있다. 그렇지만 현실적인 조건은 그렇지 않았다. "욕망이여 입을 열어라"는 사랑을 요구하는 언어(demand for love)로 고쳐 읽을 수 있다. 모두 토로하고 난 뒤에도 남는 "금"(「사랑」), 즉 간격이 바로 욕망의 지점이기 때문이다. 미만한 욕구는 '사랑에의 요구'를 낳는다. 입을 열어서 삼키고 또 발화하는 행위는 '언어화'하는 일이자 체화하는 일이다. 요구의 언어는 미결 정상태의 잉여를 남긴다. 현실의 집합적인 타자의 입을 열어서 '나의 사랑'을 발견하겠다는 선언은 이렇게 의미를 획득한다.

사랑의 발화는 '욕망의 언어'를 통해 충동을 번역하는 방식으로 완결되지 않는다. 시에서 욕망을 대리발화 하는 것들은 1인칭 주체를 둘러싼 '관계적인 의도가 만드는 연쇄적인 시나리오'[36] 속에 자리하고 있다. 구체적으로 "라디오의 재잘거리는 소리" 그리고 그 소리가 '접합'하는 암흑 속에서 강이 흐르는 소리, 또 '삼월의 마른 나무에서 봉오리가 맺는 소리'가 '우리의 욕망'을 사랑으로 대리발화 한다. 시에서 자아를 탐색하고 감정 구조가 변경되는 양상은 '자연물'들의 의미망이 연쇄적으로 달라지는 시나리오로 이어진다. 2연에서는 '우리들의 슬픔이 서울의 등불을 무시할 때, 가시밭 장미 가시마저도 사랑이다'라는 언술을 낳기에 이른다. 사랑의 언어는 봉오리에서 가시로 은유되며, 3연 첫 행 "왜 이렇게 벅차게 사랑의 숲은 밀려닥치느냐"로 귀착된다.

이 시에서 줄곧 반복되고 있는 자연물의 은유에 주목할 필요가 있다. 황현산의 지적대로 이것은 단순한 시적 장치로 선택된 것이 아닐 테다. 현실을 조화롭고 완전한 전체로 규정하는 것은 환상이다. 현실은 주체와 마찬

---

36) 물론 이 시나리오는 이모티브의 효과로 드러나는 연쇄 구조다. 권혁웅은 시의 전반부를 욕망의 "경계"에서 발원하는 사라짐─나타남의 변증법적인 운동으로 해석했다. 이 운동은 사랑의 최종적인 심급인 "폭풍"으로 귀착된다. 폭풍의 간악함은 아름다운 단단함과 통하고, 이 사랑은 광신마저 포함하며 넘어서는 사랑이라는 논리다. 권혁웅, 「현대시에 나타난 리듬의 변주: 「사랑의 변주곡」(김수영)을 중심으로」, 『현대문학의 연구』 56, 한국문학연구학회, 2015.06, 335─367쪽 참조.

가지로 구성된다. 초월적인 시선을 점유하는 위치는 마치 '겨자씨처럼' 은 폐되어 있다. 중심으로부터 벗어나면서 중심을 재정초하는 탈구의 힘이 작동하기 때문이다. 여기까지의 이어진 흐름 속에서 '미지칭의 현실적인 타자 ― 1인칭 주체의 발화 요구 ― 1인칭 복수 주체의 공감 가능성 ― 1 인칭 주체의 감정고통'으로 귀착되는 양상을 확인할 수 있다.

　3연에 이르기까지 발화의 주체는 숫제 작은 싹과 같은 '실재로서의 자연'들이다. 자연화(naturalization)는 통속 심리에 길들여지고 지배적인 질서가 강요하는 의미에 종속된 상태를 가리킨다. 그럴듯한 가능성이라는 상식의 논리 속에서 핍진성은 작동한다. 그것은 "도야지우리의 밥찌끼"와 같다. "도야지우리의 밥찌끼"는 전락한 형이하학적 배설물로서의 자연이다. 시의 초반부에서 '사랑의 변이태'로 명명되는 실재로서의 자연으로 육박해 들어가는 시선의 움직임이 도드라진다. 여기에서 핵심적인 '전환사'의 역할을 담당하는 것은 1인칭 현제시제 감정문이다. 무규정적인 주체의 욕망을 사랑의 발화로 고유화하는 이모티브는 '슬픔'과 '벅차오르는 정조'로 구체화되기 때문이다. 감정 표현은 언표된 시적 감정을 재확인하고 강화하는 데 이바지한다. 3연은 "사랑의 음식이 사랑이라는 것을 알 때까지"로 고양되며 닫힌다. "사랑의 음식"은 현실과 생활 속에서 탈구되고, 소음과 유연하고 작은 '자연의 발화'에 귀 기울이는 순간 '선사'된다. 37)

---

37) 야니 스타브라카키스는 자연이 의미의 수준에서 사회적으로 구성된다는 점에서 자연을 하나의 '기표'로 규정한 바 있다. '자연의 절정'이라는 생태체계적인 관점은 극단적인 재현론에 기댄 관념론에 불과하다. 스타브라카키스는 '발화행위 과정은 발화내용을 전복하며, 그러한 전복의 실상을 확인할 수 있는 위치는 메타―언어'라는 초기 지젝의 주장을 인용한다. 스타브라카키스는 '현실로서의 자연'과 '실재로서의 자연'을 구분한다. 사회적인 언어로 재구성된 자연이 현실로서의 자연이라면, 그러한 구성물의 바깥에 있으면서 한계를 드러내고 또 구성 자체의 기도를 탈구하는 자연이 바로 실재로서의 자연이다. 스타브라카키스는 에버른덴(Evernden)의 용어를 빌려 전자를 대문자 자연(Nature), 후자를 소문자 자연(nature)으로 규정한다. 문명은 길들여진 자연이거나 전락한 형이하학이라는 의미에서 물질로서의

4연에서는 지각 이후에 새로운 의식으로 돌아본 '관계와 시나리오'를 등장시킨다. 4연의 지배적인 이모티브는 '아슬아슬함'과 '안타까움'이다. 사랑은 현실로부터 배제된 외부에서부터 현실로 되돌아온다. 자연에서 인공으로, 교외에서 도시의 불빛을 거쳐 방안으로 육박해온다. "사랑이 이어져가는 밤"이다. '심부름하는 놈'과 '할머니'과 '고양이'는 시의 외부에서 불려온 3인칭들이다. 이들은 모두 시 바깥에 부재하고 있지만, 시인이 '발견한' "사랑을 만드는 기술"을 알고 있다. 감정의 논리를 번역하는 번역자로서의 시인의 위치는 이 지점에서 빛을 발한다. 시인은 사랑의 기술의 원저자를 호명하는 동시에 그것을 부재하는 3인칭으로까지 확장한다. (꿈과 같이) 무언가 불명료한 의미는 "일인칭으로부터 유래하는 것이 아니라, 이인칭이나 삼인칭의 소외된 형태 속에서 '스스로' 말해질 수 있다."[38] 소외된 인칭을 발견하여 스스로 말하게 하는 것은 바로 현전효과와 관련될 수 있을 것이다. '우리는 안다'라는 선언 그리고 '우리는 알지만 외치지 않는다'는 안타까움은 시적 국면에 균열을 가져온다. 시적 국면 바깥에 있는 자들(시에서는 할머니와 고양이와 심부름하는 놈)까지 경험적으로는 아는데 실천적으로는 모르는 상태의 모순에 동참시키기 때문이다.

경험은 마음에서 비롯되는 감정 및 정념과 의식 사이의 모순을 극복하기 위해서 객관과 주관 사이를 중재한다. 정신과 물질 사이에서 이질적으로 배가되는 물질의 운동을 정지시키고 정리하는 것이 경험의 작용이다.

자연일 수도 있다. 결국 자연에 대한 반영적인 재현은 대문자 자연에 불과하며 문명화 과정은 대문자 자연을 역사화한 결과다. 자연은 자연을 반영하지 않는다. 자연의 실재는 소문자 자연 속에서 드러난다. 현실과 생활 속에서 상징화로부터 배제된 외부가 드러나는 순간이다. 이 순간 대문자 자연이라는 구성물은 허위에 봉착하고 탈구된다. Stavrakakis, Yannis, 『라캉과 정치』, 이병주 옮김, 은행나무, 2006, 140-178쪽 참조.

38) Coward, Rosalind & Ellis, John, 『언어와 유물론: 기호론과 주체이론의 발전』, 이만우 옮김, 백의, 1994, 171쪽.

경험은 물질을 구성하고 세계에 질서를 부여하는 방식으로 자기현전을 확립한다. 이렇게 만들어진 경험적 주체성은 세계를 일관된 질서 즉 조작된 총체성으로 받아들이게 한다. 실천 텍스트는 경화된 경험을 타파하고 투사하고 축출하는 방식으로 주체의 시야에 이동성을 부여한다. 이때 이질적인 모순들이 탄생한다. 모순 속에서 주체는 투쟁하고 그러한 방식으로 사회가 변형되는 과정, 그 이행에 참여한다.39)

"최근에 우리들이 4·19에서 배운 기술"은 5연의 "복사씨와 살구씨와 곶감씨의 단단한 아름다움"으로 이어진다. '기술=단단한 아름다움=행위=미래'로 이어지는 연결은 비약이 아니라 일종의 번역으로 읽힌다. 번역하는 자는, 즉 재해석하며 전달하여 말하는 자는 부재하는 대상을 가정하고 발화하며, 전언이 아닌 해석을 발화한다. 번역은 발화 주체와 발화 행위주체가 균열되는 지점에 놓인다. 시공간, 가능성, 인칭 지시의 측면에서 번역자는 국면을 균열시킨다. 화자와 청자가 직접 1인칭과 2인칭으로 마주서는 상황에 균열을 일으키기 때문이다. 번역은 말하는 나와 말 속에서 의미를 전유하는 나 사이에 건널 수 없는 거리를 들여온다. 그러나 번역을 통한 발화 이후에야 사후적으로 간극이나 균열이 표상된다. 그리고 그러한 틈새가 통약불가능한 질서가 아닐 수도 있다는 가능성을 재규정할 수 있게 된다. 즉 '주체와 실체 사이에 표상된 차이'를 한정적으로 보지 않을 수 있다.40) 사랑의 발화는 이모티브를 동원해 자아의 경로를 바꾼다. 주체

---

39) 크리스테바는 실천 텍스트(practice texts)와 경험 텍스트(exprience texts)를 구분한다. 이 단락에서 '경험'과 '실천'의 논리는 위의 책, 267-269쪽을 참조했다.

40) 사카이 나오키는 번역자와 원저자와 독자(듣는이)의 관계 속에서 선언적인 분리(disjunction)가 일어난다고 말한다. 번역자는 원텍스트의 발화 공간에 함께 놓일 수 없으며 상상적인 타자로서의 청중이나 독자와 함께 존재할 수도 없다. 원저자와 번역자와 청자는 동시에 인격을 전유할 수 없다. 주도권은 발화의 인칭체계를 혼란시킨다. 사카이 나오키는 이러한 특성을 일러 '번역에서의 인격의 진동 또는 비한정성'이라고 규정한다. 보다 자세한 논의는, 酒井直樹, 『번역과 주체: '일본'과 문화적

화과정을 통해서 1인칭 주체는 인격의 건널 수 없는 거리를 넘어선다. 스스로 자신을 탈각하면서 의미의 '비한정성'에 자신을 내맡긴다.

5연에서 6연으로 이동에서 읽을 수 있는 것은, 경험 텍스트를 통해서 스토리와 플롯을 허구로 엮는 것이 아니라, 실천 텍스트로서 유연한 소문자 자연을 발견하는 것 그러한 자연이 되는 것을 고스란히 보여주는 '행동의 은유'다. 그렇다면 5연의 "고요함과 사랑이 이루어 놓은 폭풍의 간악한/ 신념"은 어떻게 해석할 것인가? 부르는 말을 문형으로 취한 "복사씨와 살구씨와 곳감씨의 아름다운 단단함"과 "고요함과 사랑이 이루어놓은 폭풍의 간악한/ 신념"은 동일한 의미망에서 해석할 수 있다. 이 은유의 놀이 속에는 예속된 언어가 자리 잡고 있다. '간악함', '술수'와 같은 어사가 바로 그것이다. 이것은 "기술"과 반대항인가? "폭풍의/ 간악함"은 사랑을 통해 해석된 '노예 상태'의 다른 이름이다.[41] 예속을 자각하는 순간 언어는 '감정적 언어'로 돌변한다. 감정적 언어는 반(半)침묵 상태와 유사하다. 감정어는 발화하는 침묵, 또는 침묵하는 발화와 같은 심급으로 이해되기 때문이다.[42]

「사랑의 변주곡」은 이렇게 끝난다.[43]

국민주의』, 藤井たけし 옮김, 이산, 2005, 59—67쪽 참조.

41) 라쿠 라바르트와 낭시는 라캉 텍스트 속에 있는 '은유의 놀이'의 특성을 언어의 예속으로 설명한 바 있다. 해석된 은유를 통과할 때, 진술은 어떤 상태를 함의한다. 해석을 통해 재구성한 '상태' 내지는 국면은 한 언어를 다른 언어에 예속시키면서 표현된다는 의미에서 '노예 상태'와 같을 수 있다. Lacoue—Labarthe, Philippe & Nancy, Jean—Luc,『문자라는 증서: 라캉을 읽는 한 가지 방법』, 김석 옮김, 문학과 지성사, 2011, 28쪽 참조.

42) 감정적인 언어를 침묵 상태로 놓고, 그것을 행동의 은유로 해석할 수 있는 근거는 김수영이 쓴 다음 글에서 찾을 수 있을 것이다. "새싹이 솟고 꽃봉오리가 트는 것도 소리가 없지만, 그보다 더한 침묵의 극치가 해빙의 동작 속에 담겨 있다. 몸이 저리도록 반가운 침묵. 그것은 지긋지긋하게 조용한 동작 속에 사랑을 영위하는, 동작과 침묵이 일치되는 최고의 동작이다." 김수영, 「해동」(1968.2), 앞의 책, 209쪽.

43) 오연경은 이 작품을 정지와 운동을 반복하는 역사의 리듬을 주조하는 기술로 읽었다. 사랑이 자기를 전개하면서 전환하는 양상은 마침내 도래할 미래를 향하여 끝없이 변주를 거듭하는 내용—형식, 즉 도래할 민주주의의 척도 없는 리듬이다. 오연

아들아 너에게 광신을 가르치기 위한 것이 아니다

사랑을 알 때까지 자라라

인류의 종언의 날에

너의 술을 다 마시고 난 날에

미대륙에서 석유가 고갈되는 날에

그렇게 먼 날까지 가기 전에 너의 가슴에

새겨둘 말을 너는 도시의 피로에서

배울 거다

이 단단한 고요함을 배울 거다

복사씨가 사랑으로 만들어진 것이 아닌가 하고

의심할 거다!

복사씨와 살구씨가

한번은 이렇게

사랑에 미쳐 날뛸 날이 올 거다!

그리고 그것은 아버지 같은 잘못된 시간의

그릇된 冥想이 아닐 거다

김수영은 「시여, 침을 뱉어라」에서 자유를 사랑의 동의어로 간주했다. 자유의 과잉은 혼돈이다. 혼돈과 혼란이 자유의 동의어라면, 사랑의 동의어는 "광기"일 것이다. 사랑의 과잉은 혼돈 내지는 혼란으로서의 광기와 통하기 때문이다.[44] 마지막 연에 이르러 청자로서의 '아들'이 특정된다. 그리고 시의 어조는 예언적이고 선언적인 확신으로 고조된다. 6연은[45] 1연에서

경, 「김수영의 사랑과 도래할 민주주의」, 『민주주의와 인권』 13권1호, 전남대학교 5·18연구소, 2013.04, 특히 4장 '크라토스(kratos)와 사랑의 기술', 96-104쪽 참조; 이경수는 김수영 시에서 '아버지 주체'의 목소리를 세분해서 분석하는 가운데 이 작품에서 마침내 극복해야 할 대상으로서 아버지가 스스로 자신의 목소리로, 사랑과 혁명의 의미를 예언적인 전언으로 발화하는 목소리를 읽어냈다. 이경수, 「김수영 시에 나타난 남성성과 '아버지'」, 『돈암어문학』 32, 돈암어문학회, 2017.12, 특히 4장 '아버지-아들로 이어지는 역사의 전망', 65-68쪽 참조.

44) 김수영, 「시여, 침을 뱉어라」(1968.4), 앞의 책, 499쪽.

45) 정한아는 '잘못된 시간의 명상'이 니체의 『반시대적 고찰(Die Unzeitgemäßen)』의

5연까지의 연금술적인 '자아—탐색 및 자아—변경'의 과정이 넘치는 감정을 주체하지 못하는 사랑의 언어를 모두 번역하는 언어였음을 재확인 하는 것으로 끝난다. 여기서 '아들'이라는 최후의 수신자는 시를 이끌어온 발화자가 스스로 자신의 온몸을 들여다볼 수 있는 '거울'과 같은 구실을 한다. 아들을 대하는 아버지의 너그러움의 기원은 자기의 몸을 다른 사람이 보듯이 자신을 보고, 자신의 시를 볼 수 있는 마음의 자세와 이어지기 때문이다.[46]

2인칭과 3인칭의 경계에서 있는 아들의 존재로 인해 시적 국면은 전환된다. 자신의 몫으로 주어진 도취와 황홀의 시간을 견뎌내고, 미증유의 미래를 모두 소모한 다음에 아들이 배우게 될 "도시의 피로"는 어떤 의미인가? 김수영은 '나만 바쁘다는 것은 세상에 미안한 일이고 모두 다 바쁘다는 것은 사랑을 낳는다.'[47]고 쓴 적이 있다. 「사랑의 변주곡」을 쓴 직후에는 "미국의 오늘의 모든 폐해는 이 피곤을 모르는 데 있다고 말하는 사람들이 있다. 미국 흉내를 내기 시작한 지 얼마 안 되는 우리들은 언제 피곤을 배울까."[48]라고 쓰기도 했다. "도시의 피로"는 바로 모두 바빴으므로, 바쁨을 견뎌냈음으로 초래되는 육탈 상태일 것이다. 피곤의 끝 간 데에 이르러 사랑의 거소(居所)인 몸을 모두 '소진해버린[exhausted]' 상태일 것이다. 시인은 아들이 '아는지/모르는지'를 미결정 상태로 남겨둔다. 아들에게 사랑의 진리가 현전하는 날이 올 것이라는 강력한 확신의 이모티브는

영역판인 캠브리지대학교 출판부 판본의 영역본 제목 'Untimely Mediations'에서 연유한 것이라고 추중한 바 있다. 정한아, 「잘못된 시간의, 그릇된 명상이 아닐」, 연구집단 '문심정연', 앞의 책, 418쪽.

46) 김수영은 「반시론」에서 자기의 몸을 보듯 자기의 시를 볼 수 있는 너그러움이야말로 "새로운 시를 개척해 나가는 무한한 보고"라고 썼다. 김수영, 「반시론」(1968), 앞의 책, 510쪽. 「시여, 침을 뱉어라」에서는 "시인이 자기의 시인성을 깨닫지 못하는 것은, 거울이 아닌 자기의 육안으로 사람이 자기의 전신을 바라볼 수 없는 거나 마찬가지이다."라고 썼다. 김수영, 「시여, 침을 뱉어라」(1968.4), 같은 책, 499쪽.

47) 김수영, 「장마 풍경(1964.7.21)」, 위의 책, 125쪽.

48) 김수영, 「이 거룩한 속물들」(1967.5), 위의 책, 192쪽.

올곧이 시적 자아의 몫으로 남는다.

이 시의 최후의 전언은 '내가 사랑이 되는 날이 올 것이다'로 요약된다. 사랑은 어떠한 잠재적인 전유의 제안에서도 벗어나는 '선사와 선물'의 행위다. 김수영은 "인간이 없는 정치, 사랑이 없는 정치, 시가 없는 사회는 중심이 없는 원이다. (중략) 진정한 시는 자기를 죽이고 타자가 되는 사랑의 작업이며 자세인 것이다."[49]라고 썼다. 타자가 되는 일은 성별과 위계를 초월한다. "나의 여자는 죽음 반 사랑 반이다. 나의 남자도 죽음 반 사랑 반이다. 죽음이 없으면 사랑이 없고 사랑이 없으면 죽음이 없다."[50]라는 말을 덧붙이자면, 이모티브를 통해 '사랑의 상태'마저 전유될 수 있다는 것을 알 수 있다.

사랑의 사건은 '미쳐 날뛰며' 자신의 존재를 몰수하고 세계에 양도하고 선사하면서 전모를 드러낸다. 사랑의 문법은 탈고유화의 문법이다. 탈고유화 문법 속에서 주체는 세계의 '세계로 됨'에 참여한다. 인식하고 사유하며 붙잡을 수 없이 스스로 현성하는 세계의 한복판에서 시인은 명상을 잠긴다. 모든 존재하는 것이 '미쳐 날뛰며' 앞서서 도래한다. '미쳐 날뛴다'는 말은 아들의 시간과 아비의 시간이, "복사씨"의 질서와 "살구씨"의 질서가 한데 포개진다는 말일 터이다. "아버지 같은 잘못된 시간의/ 그릇된 명상은 아닐 것이다"라는 발화는 아들을 향하고 있다. 이 마지막 시구 속에서 시인은 죽을 자로서 자신을 보고, 다가올 유연한 세계를 예감한다. 타자이자 자신의 분신인 아들의 시각에서 '자신의 궁극적 고유성'을 사랑의 이름으로 황홀하게 재발견하는 것이다. 「사랑」에서 표현된 불안의 황홀은, 이 시에 이르러 아슬아슬한 미래가 선사하는 가슴 벅찬 예기와 기대 또는 파국의 예감이 선사하는 (희)비극의 황홀로 확장된다. "아름다운 단단함", "폭풍의 간악한/ 신념", '광신과 피로'는 파국과 예기를 동근원적으

---

49) 김수영, 「로터리의 꽃의 노이로제: 시인과 현실」(1967.7), 위의 책, 280쪽.
50) 김수영, 「나의 연애시」(1968), 위의 책, 221쪽.

로 바라볼 수 있는 "사랑을 만드는 기술"이다. 사랑을 통해 주체는 고유성을 벗어던지는 방식으로 자신을 고유화하기 때문이다.

사랑의 기술은 '눈을 떴다 감는 기술'로 정리된다. 기술이 발명되고, 행동을 투과해 '앎'이 되는 순간은 저 프랑스 혁명에서 4·19에 이르기까지 '역사'로 고착된 체험의 순간들이다. 김수영이 「사랑의 변주곡」을 쓸 무렵에 4·19는 되살려야 할 '경험의 의미'가 아니라 '기념식'의 오브제로 전락해가고 있었다. 「사랑의 변주곡」은 바로 그 사랑의 기술을 경험으로 현재화하는 영원한 현재의 순간에 대해 쓰고 있는 셈이다. 하이데거는 기념[An—denken]하고 회상하는 사유 속에서 진리가 작동한다고 썼다. 회상하는 사유는 언뜻 현전하는 진리의 순간을 체험으로 받아들이는 찰나에 비롯된다. 바로 그 찰나에 존재는 스스로 붕괴하고 몰락하는 약한 존재가 되며, 몰락을 받아들이며 역사[Geschick, 역운]를 경험한다.

4. 김수영 시와 주체화과정의 논리

최근 김수영 연구의 동향은 그의 시의 난해성의 근저에 있는 '아포리아'의 매듭을 풀려는 다양한 시도들로 나타나고 있다. '자코메티적 발견'의 모티브, 이중언어와 주체화 과정의 모티브 등은 대표적인 표지 가운데 하나일 것이다. 연구사 검토에서 확인할 수 있듯, 대다수의 연구자들은 김수영은 상징 세계와 법의 권위에 저항하고, 그 질서를 탈취해서 시적 주체를 강화하는 대항논리를 일방향적으로 투사하는 논리에서 벗어나고 있다는 사실에 동의한다. 기원을 찾는 인식론이 아니라 기원으로 명명된 세계를 부분으로 해체하는 논리가 도드라지기 때문이다. 이것은 김수영의 시에서 산문의 질서, 트리비얼리즘에 가까운 자잘한 세목의 나열로 드러난다. 이러한 방식으로 김수영은 대문자 역사라는 메타 언어의 위계적인 흐름 바깥에 있는 자신을 발견하고, 그러한 방식으로 존재하는 세계의 질서를 호명하는 방식을 취한다. 우리는 이것을 김수영 시의 주제로 정리되곤 해왔던 '혼란', '소란', '자유', '사랑', '속도와 세속주의', '소음'과 같은 개념들로 정리할 수 있을 것이다.

김수영의 시에서는 사유가 운동하는 과정이 고스란히 노출되고, 시적 주체가 봉착한 모순이 더 큰 모순으로 전환되는 과정이 때로는 아이러니 때로는 알레고리로 드러난다. 김수영의 시 속에는 대개 1인칭 현재형 화자로 등장하는 발화행위 주체의 내러티브가 잠복하고 있으며, 시적 서사는 단순히 아포리아, 난해성, 일방성, 돌출성으로 명명하기 꺼려지는 '모멘텀'을 전유한다. 김수영이 온몸시론을 통해 명명한 '힘'의 논리가 그것이다. 이 글에서는 김수영의 시에 드러나는 '감정'(고통)에 착목하여 논의를 이끌었다. 김수영의 시에서 발화를 장악하는 화자는 '감정어'를 통해서 논리를 확보하고는 한다. 김수영은 감정어를 통해서 대상 세계를 기술하는 '세계 술어'를 발견하는 과정에서 봉착하는 심리적인 상태를 드러낸다. 김수영의 시적 주체는 감정고통을 매개로 인식과 존재를 투과하는 번역의 언술을 선보인다. 감정어를 술어로 채택할 때, 시적 발화에 사후적으로 수반되는 확인, 부인, 승화의 시나리오가 동반된다. 김수영의 시적인 발화가 기술이나 진술에 기대는 경향이 많음에도 진위문이나 수행문 사이에서 '진동하는 주체'를 보여주는 이유는 여기에 있다.

이 글에서는 이러한 양상을 설명하기 위해 윌리엄 레디의 '이모티브(emotive)'라는 개념에 주목했다. 다시 요약하자면 1인칭 현재시제 감정문이 보여주는 기술적인 형태를 드러내기, 관계적인 의도를 노출하기, 그렇게 마련되는 시나리오 속에서 애초의 '앎'을 초과하고 갱신하면서 변형되고 변경되는 자아를 탐색하고 드러내기가 '이모티브'를 통해 수반되는 발화 효과들이다. 이러한 효과들은 물론 2인칭 3인칭 발화에서도 드러나고,

시제를 넘나들기도 한다. 더불어 비시적인 정조나 태도에서도 그 효과를 선취한다. 레디는 발화자가 맞갖는 인칭들이 발화의 내러티브를 아느냐의 여부에 따라 '현전효과'가 나타난다고 말한다. 바로 이 현전효과의 수행성으로 인해 '진실'은 언뜻 드러난다. 김수영의 시적 발화를 통해 살필 수 있는 '굴절 내지는 전유'의 모멘텀 역시 이러한 현전효과를 수행하는 것으로 여겨진다.

이 글에서는 「사랑의 변주곡」을 해석하면서 이러한 발화를 통해 시인이 보여주는 '탈고유화하는 고유화'의 문법을 톺아보았다. 요컨대, 김수영은 '이모티브'를 동원하면서 주체를 탈고유화하고 있는 것이다. 일찍이 알튀세르는 '주체화과정(assujettissement)'이라는 개념을 제시, 과정으로서의 주체를 강조했다. 이데올로기의 호명을 통해서 주체의 거울상을 확립한다. 주체의 형식을 부과되는 이 순간, 주체는 지배 이데올로기가 강제하고 주입한 이행의 원인이자 결과로 드러난다. 주체의 형식과 위치는 끊임없이 자기 파괴의 과정을 거치면서 성립된다. 주체의 형식과 위치를 부과하는 문제 설정의 구도가 더욱 중요해지는 이유이다. 「사랑의 변주곡」에서 '변주'의 의미는 바로 그 '주체화과정'을 겨냥하는 것으로 읽어도 무방할 것이다. 자신을 '고유하고 단일한 주체'로 가정하는 일원론적인 논리가 아니라, 탈고유화하면서 세계에 자신을 내어주고 선사하는 방식으로 귀착되는 고유화가 바로 그 과정이다. 사랑은 '타자의 시각에서, 타자에게 자신을 선사하고 양도하는 방식으로, 자아의 궁극적인 고유성의 터를 황홀하게 재발견'하는 것일 터이니 말이다.*

---

* 출처 : 「김수영 시에 나타난 감정 전유의 논리―「사랑의 변주곡」을 중심으로」, 『현대문학의 연구』 66호, 한국현대문학연구학회, 2018.10.

김수영의 시 「미농인찰지」에 나타난 주체 의식

이은실

1. 김수영 시의 현재적 독법 요청

우리는 한국문학사에서 김수영이 "자유와 변혁이 주요 기조가 되는 초현실주의의 세례를 가장 깊숙이 받은 시인"[1]으로 호명되고 있음을 알고 있다. 그는 초현실주의가 지향하는 '자유'의 개념을 투철하게 이해했고, 이를 바탕으로 삶과 세계의 변혁의 의미를 추구한 시인이다. 그에게 있어 초현실주의는 정신의 지향점이며, 그를 향한 시적 개진과 의미적 인접성을 갖는다. 이러한 맥락에서 김수영에게 시쓰기는 자신을 완전히 투신하는 행위이며, 그가 추구했던 '자유'를 확인하는 행위이다. 특히 4·19 이후

---

1) 김윤식·김현, 『한국문학사』, 2007, 민음사, 445쪽.

그의 시에서 자주 등장하는 '혁명'이라는 기표 또한 상투화에 저항하는 태도의 소산이라고 할 수 있다. 그는 완전한 세계를 향한 부단한 비판과 자기 부정에 따라 '혁명'이 완수될 수 있다는 신념을 실천한 시인이다. 자유'와 '혁명'에 대한 이러한 입장은 현실과의 타협을 불허하는 인식과도 연관된다.

잘 알려져 있듯 그의 참여 시론의 논리적 근거 또한 시인의 윤리적 태도에 기인한다. 여기서의 핵심은 현실과 타협하지 않는 비판과 자기 부정이 참여시의 골자를 이룬다는 점이다. 그는 비판과 자기 부정을 통해 그의 정신의 투철함을 시적 형상화를 보여준다. 이 과정에서 그는 현실과 타협하고 하고 있는 것은 아닌지 끊임없이 자신을 돌아보며, 타협을 요구하는 상황적 조건에 대해 비판하는 양상을 보인다. 이러한 내용을 참조점으로 할때, 자기 부정의 시적 언술은 생활과 관련된 무력감, 패배감, 체념 등이 발생하는 상황을 제시한 후, 그것을 극복하려는 노력으로 이어진다. 그렇기때문에 고백적 문장을 사용하는 경우를 자주 찾아볼 수 있다.[2]

위의 내용에서 나아가 황현산은 김수영 시의 특수성과 현재의 관점에서의 보편적 가치 획득 여부 그리고 그에 대한 동력의 원천 등을 살펴본바 있다.[3] 그는 이 글의 서두에서 김수영 시세계를 (비)문학적 이데올로기의 환치 혹은 외연만 넓은 용어들 속에 포진시키는 시각의 무의미함에 대해 지적한다. 나아가 김수영 시의 현재적 영향력과 그 행사의 원인을 다름아닌 시세계의 규정 불가능성에 있다고 설명한다. 그는 이런 측면에 대해 김수영의 시의 언어적 특질과 형식적 기법이 갖는 차별성을 검토하고, 그의의를 숙고하는 일이 최선의 방법이라고 말하면서도 자신의 글이 그 일을 완수하기는 어렵다는 점을 밝히고 있다.[4] 그럼에도 불구하고 그는 결

<hr />

2) 김윤식 · 김현, 위의 책, 445−448쪽 참고.
3) 황현산, 「김수영의 현대성 혹은 현재성」, 『잘 표현된 불행』, 문예중앙, 2012, 296−314쪽 참고.
4) 황현산, 위의 글, 297쪽 참조.

론에 다다르며 김수영 시의 현재적 의미에 대해 다음과 같이 서술한다. 김수영은 현실을 살아가는 것으로 다른 삶을 실천하였으며, 이 삶의 그림으로 현실의 밖을 그려낸 시인이라는 것이다. 덧붙여 그가 현실을 직설하였지만, 그의 시적 언어에는 심정의 특별한 깊이가 있다는 것과 용기와 활력이 있음을 강조한다. 그러면서 "진정한 초월이 거기 있으며, 김수영의 진정한 현대성이 거기 있다."[5]는 점을 강조한다. 이처럼 그는 김수영의 시가 우리 시에 용기를 주었다는 평가를 내리고 있는데, 시적 응전력 측면에서 '용기'는 동력 기제이자 새로운 세계로 이항하는 매개적 질료이기 때문이다. 그러한 의미에서 그의 시는 과거와 현재의 교차 지점에 놓여 있기도 하다.[6]

그러한 맥락에서 볼 때 김수영은 "시적으로 된 말을 모은 것이 아니라 모든 말이 시적 힘을 지니도록 시를 썼으며, 이 점에서 그는 자유시의 이상을 실천했다"는 황현산의 평가는 우리에게 김수영 시의 언어와 기법에 대한 새로운 상상을 제안한다. 보다 구체적으로 살펴보면 그는 김수영의 시세계 내에서 일상 언어와 시적 언어의 경계의 이월이라는 시적 성과를 언급한다. "일상의 대화나 나날의 일기, 신문기사와 술자리의 흥분된 토론에서 거두어들인 것 같은 시의 말들은 하나같이 사물의 속내를 짚어"내고 있다는 설명도 이어진다. 이를 통해 인간의 감정이 맺는 관계를 예민하게 드러냄과 동시에 의문, 욕망, 성찰, 전망을 개진함으로써 강력한 시적 정서를 형성한다는 데 의의가 있다고 서술한다.

---

5) 황현산, 앞의 글, 310쪽 참조.
6) 이와 관련해서는 다음과 같은 문장을 참조할 수 있다. "그가 펼쳐 보인 세계가 하나의 고정된 의미로, 하나의 문학사적 가치로, 하나의 합의된 평가로 박제되지 않기 때문이다. 이때 박제되지 않는다는 것은 두 가지 의미에서인데, 우선은 김수영에 대한 평가와 자리매김이 하나의 지점으로 합치되지 않는다는 의미이고 또 다른 차원에서는 그가 당대에 한 일이 당대의 시간 안에 머물지 않고 현재로 넘쳐 온다는 의미이기도 하다."(오연경, 「김수영, 신화인가 현재인가」, 『모:든시』, 2018, 가을호, 68쪽.)

이처럼 김수영이 견지한 시어와 일상어에 대한 미학적 가능성을 확장하는 의미에서 우리는 대화, 일기, 신문기사, 토론 등의 시적 전유에 '편지'라는 항목을 추가적으로 기입하고자 한다. 이와 같이 '편지' 항목을 추가적으로 기입할 때, 주목에 값하는 텍스트가 바로 「미농인찰지(美濃印札紙)」[7](1967. 8. 15)이다. 이 텍스트는 '편지'와 관련된 정황을 담고 있으며, 형식 또한 '편지'에 가깝다고 볼 수 있기 때문이다. 이 텍스트를 구체적으로 분석하는 데 유효한 보조적 텍스트가 되어줄 글은 바로 산문 「민락기」(民樂記)(1967. 9)이다. 시기적으로 매우 인접하며, 관련 정황 역시 강릉 여행이라는 동일한 경험에 기인하고 있기 때문이다.[8] 이렇게 두 텍스트를 토대로 하여 우리는 김수영에게 "시가 현실을 현실로 발견하는 일이자 그것을 정신화하는 일이었고, 현실의 확장이자 그 전복"이었다는 것을 다시 한 번 상기하게 된다. 나아가 "현실을 시적으로 처리하는 것이 아니라, 현실에서 시를 추출하고, 현실로 시를 끌어올리는 이 능력은 곧바로 우리 문학에서 모더니즘과 사실주의를 연결시키는 힘"[9]이 되었음을 부정할 수 없다. 여기서 우리가 주목하려는 지점은 현실에서 시를 추출하고, 현실로 시를 끌어올리는 이 능력에 대한 고찰일 것이다.

김수영 시의 선행 연구사를 살펴볼 때, 「미농인찰지」에 대한 개별 텍스

---

7) 미농지(美濃紙)는 닥나무 껍질로 만든 질기고 얇은 종이이고, 인찰지(印札紙)는 흔히 공문서를 작성하는 데 쓰이는 괘선지를 말한다. 시에서는 '미대사관에서 쓰는 타이프 용지'라고 지칭되고 있다.(김수영, 「미농인찰지(美濃印札紙)」, 이영준 엮음, 『김수영 전집 1』, 민음사, 2018, 370−371쪽. 이하 시 인용시 이 전집에서 인용됨.)

8) 김수영 시인은 1967년 여름, 강릉에 살고 있는 여동생 내외의 초대를 받는다. 시와 산문의 탈고 시기와 견주어 볼 때 김수영이 지칭한 여름은 7월일 가능성이 높다. 7월에 강릉 여행을 다녀온 후 8월 15일날 시 (김수영, 「미농인찰지(美濃印札紙)」 탈고했으며, 그로부터 한 달 뒤인 9월에 산문 「민락기」(民樂記)를 쓴다.(김수영, 「민락기」, 이영준 엮음, 『김수영 전집 2』, 2018, 198쪽 참조.(이하 산문 인용시 이 전집에서 인용됨)

9) 황현산, 앞의 글, 301−311쪽 참조.

트 분석은 이루어지지 않았다. 해당 텍스트에 대한 구체적인 분석은 아니지만, 크게 세 가지 층위에서 부분적으로 진행된 바 있다. 부분적으로 진행된 연구사를 간략하게 살펴보면, 먼저 김수영 시의 근대적 자아의 고백이라는 측면에서의 조명이다. 이미순[10]은 김수영의 고백체 시가 근대 문학에서 보여주었던 고백문학과는 다른 새로운 지평을 열었다고 평가한다. 김수영은 개인의 기질적 특징과 시대사적인 배경 등으로 문학 활동을 시작하면서부터 고백체의 글쓰기를 지향하고 있었다는 것이다. 김수영의 고백체 시가 시인의 뚜렷한 방법론적 자각 속에서 나왔다고 보고 있다. 특히 그것은 시적 화자가 청자에게 고백하는 형식으로 되어 있는 시로서, 개인의 자서전적 체험에 바탕을 둔 시를 지칭하고 있다. 그는 김수영 고백체 시의 양상 중 고백을 통한 탈주적 주체의 예시로 「미농인찰지」를 들고 있음을 확인할 수 있다.

다음으로 김수영 시의 자본주의 비판과 자유 지향 측면에서의 연구가 있다. 박순원[11]은 김수영 시에 나타난 돈의 양상을 살펴보기 및 돈 관련 어휘의 목록을 작성하고 이를 바탕으로 그 양상과 의미를 밝히는 것을 목적으로 연구를 전개하였다. 논문은 김수영이 돈 자체를 천착하고 있는데 이를 통해 화폐 자체가 사물들의 가치관계의 기계적인 반영이며, 화폐거래 속에서 모든 개인들은 동등한 가치를 갖게 되는 화폐의 무특징성이 드러나고 있음을 포착한다. 그러나 이러한 맥락 아래 「미농인찰지」에서 동일한 화폐의 양이 재산 정도에 따라 의미의 차이를 보여주고 있다는 점에 주목한다. 이 논문은 화자가 강릉에서 부자인 매부에게 대접을 잘 받고 돌아와 자신의 현실 주변의 현실 그리고 매부가 누리고 있는 부의 의미를 되

---

10) 이미순, 「김수영의 고백체시 연구」, 『한국현대문학연구』, 29권, 한국현대문학회, 2009, 441-479쪽 참조.
11) 박순원, 「김수영 시에 나타난 "돈"의 양상 연구」, 『어문논집』, 62권, 민족어문학회, 2010, 253-277쪽 참조.

짚어 보는 상황에 집중한다. 곧 돈의 소유자를 둘러싼 상황이 돈을 사용할 수 있는 기회와 자유에 깊이 관여하는 양상에 대해 분석한 것이다.

나아가 김수영 시의 전위성과 부정성의 측면에서의 연구가 있다. 장석원[12]은 김수영 시의 새로움이 일상생활에서 시의 소재를 채택하여 시에 비속함과 진솔함과 부정에 대한 정열을 쏟아 붓고 더 나아가 자기 부정에 다다른 것에 있다고 본다. 그는 일상인은 자신의 소유물·재산·안락 속에 갇혀 있으나 가끔 그것을 유감으로 생각한다고 말하며 「미농인찰지」를 일상생활의 단순한 계기가 불러온 작은 깨달음의 원인과 정황을 지루할 정도로 길게 서술하고 있어, 그 지루할 정도의 길이 때문에 오히려 자기 부정의식의 강렬도를 확인할 수 있는 시로 언급한다. 특히 구어체 화법은 시적인 포즈를 거부하기 위해 시인이 의도적으로 도입했으며 이는 생활의 솔직함을 잘 드러내게 하는 방법적 장치라고 할 수 있다는 점을 주목한다.

최근의 연구로는 김수영 시의 비종결성과 대화의 시학과 관련된 성과가 있다. 김영희[13]는 김수영의 시를 '타자와의 대화' 과정으로 이해할 수 있다고 말한다. 자기의식의 확인이나 확대로서의 자기와의 대화가 아니라, 자기의식과 대립하는 타자와의 대화가 김수영 시를 구성하는 보다 본질적인 요소이다. 대결의식과 대화주의는 다음과 같이 연결된다. 논문은 김수영에게 시를 쓴다는 것은 자아의 동일성을 확인하고 심화하는 것이라기보다는 타자의 이질성과 갈등하고 대결하며 대화한다는 점에 주목한다. 「미농인찰지」는 경험의 구체성과 갈등의 구상성을 토대로 가장 사적인 에피소드를 통해, 자본과 현실의 날카로운 일면을 사유하게 한다. 매부의 세계도, 식모의 세계도 '나'에게는 이질적인 것이며, 화자가 경험한 타자의

---

12) 장석원, 「김수영 시의 '새로움' 연구 : 전위 의식과 부정 의식을 중심으로」, 『한국시학연구』, 8권, 한국시학회, 2003, 233-269쪽 참조.

13) 김영희, 「김수영 시의 비종결성과 대화의 시학 : 연극성과 알레고리를 중심으로」, 고려대학교 국어국문학과 대학원, 박사학위 논문, 2016, 45-49쪽 참조.

시간과 그들과의 내면적인 갈등이 시의 핵심을 이루고 있기 때문이다.

위와 같이 「미농인찰지」는 김수영의 부정 정신과 관련하여 매우 중요한 텍스트임에도 불구하고 "지극히 일상적인 에피소드의 나열일 뿐이라고 평가되며 별다른 주목을 받지 못했던 시"[14]이다. 앞에서 언급한 바와 같이 우리의 과제는 황현산이 김수영 시의 특별함이라고 말한 현실에서 시를 추출하고, 현실로 시를 끌어올리는 능력과 관련하여 시 「미농인찰지」를 문제적 텍스트를 정립해야 한다. 나아가 시 「미농인찰지」를 자세히 읽기 위해 산문 「민락기」를 교차적으로 살펴볼 것이다. 시와 산문은 공통적인 경험을 바탕으로 하고 있지만, 일종의 의미적 균열을 내장하고 있는데, 여기서 가장 중요한 지점은 바로 시에 나타나 있는 주체 의식을 밝히는 것이다. 이를 위해 2장에서는 편지의 수신인과 '미농인찰지'라는 기표에 대해 살펴볼 것이다. 편지 쓰기 행위와 관련하여 매부라는 대타자에게 시적 주체 의식의 공백을 가리고자 하는 베일로 기능하고 있는 '미농인찰지'의 실패를 살펴보고자 한다. 이를 통해 편지 쓰기 행위와 매부 그리고 '미농인찰지'가 갖는 가상적 지위를 살펴본다. 또한 대립물처럼 보이는 '밀용인찰지'가 주체의 생활이며 동일성을 갖게 되는 측면 그리고 그것을 인식하는 과정에 대해 알아본다. 다음으로 3장에서는 편지 쓰기의 중단과 시적 개진의 교차 지점을 살펴볼 것이다. 여기서는 시적 주체가 편지 쓰기를 중단할 수밖에 없는 심층의 원인에 대해 알아본다. '꽉 막히는 이것'의 기원 즉 여행에서 돌아오는 길에 대면하는 '노동의 참경' 및 식모가 갖는 타자성을 살펴보고 이에 대한 시적 주체의 의식을 분석한다. 끝으로 4장에서는 시적 주체가 타자 즉 '식모'를 부르는 행위와 관련하여, 그 무엇도 미안하지 않지만 식모를 부르는 단호한 목소리에 대해서는 미안하다고 언급하는 시적 주체를 통해 역설적 반성의 지점을 살펴보고자 한다. 편지는 완

---

14) 김영희, 앞의 논문, 46쪽 참조.

성 중이며 끊임없이 마침표가 지연되는 상황을 통해 결국 편지의 진정한
수신인이 시적 주체 자신이라는 것을 밝히고자 한다.

2. 편지의 수신인과 '미농인찰지'라는 기표

시와 산문 그리고 번역 글에는 자본주의와 현대성에 대한 김수영의 첨
예한 인식이 담겨 있다. 그의 여러 산문에서 확인할 수 있듯이, 그는 다양
한 분야의 책들을 탐독했다. 경제 분야의 책과 파르티잔 리뷰 등의 외국
잡지와 문학, 예술뿐 아니라 사회과학 전반에 걸친 번역 작업은 현대 자본
주의에 대한 이해와 비판에 적지 않은 영향을 주었다. 혁명 이후, 60년대
시에서는 '돈'이 소재와, 주제적 측면에서 자주 등장하기도 하는데, 생활
과 자본주의 이데올로기가 김수영 문학의 유의미한 한 축을 형성하고 있
다고 할 수 있다. 그는 현대사회에서 개인의 행복이 상품과 소비의 문제와
연결되어 있으며 물질적 부가 쾌락의 가능성을 담보한다는 사실을 선명
하게 인지하고 있었다. 이러한 맥락 아래 우리는 산문 「민락기(民樂記)」
(1967. 9)의 내용을 통해 부에 대한 김수영의 의식을 추측해볼 수 있다.[15]
산문에는 시와 산문의 배경이 되고 있는 여행에 대한 언급이 나온다. 여행
시기를 살펴보면, "올 여름에 강릉으로 놀러가서"라고 제시되어 있다. 정
리하면 1967년 여름 강릉 여행을 다녀와 시를 쓰고, 그 뒤 한 달이 지나 산

---

15) 김수영의 산문 제목인 「민락기」는 양명문 시인의 시 「민락기」의 제목에서 가져온
    것이다. 산문 「민락기」의 마지막 문단에 보면 다음과 같이 문장이 나온다. "이런
    경험(강릉 여행ㅡ인용자)을 한 끝이라, 나는 이달의 신문에 쓴 시월평을 쓰느라고
    잡지에 난 작품들을 들추어 보다가, 양명문 씨의 「민락기」*(민락(民樂)은 해운대
    근처에 있는 작은 어촌명.ㅡ원주)라는 시를 읽고 내 나름의 해석을 붙여 가면서 몇
    번씩 반복해 느껴 보았다. 내 나름의 해석이란 이 시가 행동의 경이와 포만감과 불
    안감을 읊은 작품이라고 생각한 것이다."(『김수영 전집 2』, 2018, 198쪽 참조.)

문을 쓴 것이다.16) 아래 인용문은 그에 대한 정황이 드러나 있는 산문 내용이다.

　돈이나 권력이 있는 사람들이 24시간 침묵만 지키고 있는 것이 아니다. 이들도 돈 없고 권력 없는 사람들의 경우처럼 수다를 떠는 때가 많다. 그러나 전자의 경우에는 그것이 어쩐지 힘이 안 들어 보인다. 나의 친구 중에 그런 사람이 하나 있는데, 나는 그의 반 시간이나 한 시간 동안의 장광설을 듣고 나서 "당신이 아무리 그럴싸하게 이로정연(理路整然)하게 떠들어 대도 결국 당신은 아무 말도 하지 않은 것이오."하고 비꼬아 준 일도 있었다.
　이런 경험을 나는 올여름에 강릉에 놀러 가서 손아래 매부한테서 느꼈다. 결혼식 때 보고 나서 근 10년 만에 처음 만나는 이 매부는, 10년 전에 비해서 체중이 한두 배는 늘었을 것이다. 그가 맥주를 따라 주면서 나한테 이런 얘기 저런 얘기를 들려주는데, 그의 태도는 틀림없는 강자(强者)나 장자(長子)의 태도다. 목에 핏대를 세우면서 지껄이는 나의 말은 번번이 사사오입을 해 듣고, 자기의 얘기를 마냥 태연스럽고 자신있게 늘어놓는데, 나는 그의 장황한 얘기는 끝까지 정성스럽게 들어야 한다. 나는 그들 부부가 그야말로 돈을 물같이 쓰면서 나를 환대해 주는 데 야코가 죽은 터이라, 얘기가 한 시간이 아니라 하루 동안을 계속해도 절간에 간 색시처럼 숨소리를 죽이면서 얌전히 듣고 있었을 것이다.17)

---

16) 김수영의 강릉 여행 계기는 다음과 같은 내용을 참조할 수 있다. "그 무렵 김수영은 서울을 벗어나 지방으로 돌아다니고 싶은 흔적을 여러 곳에 남기고 있다. 아마도 서울을 벗어난다는 것은 욕심에서 벗어나는 것이었을 터이고, 허위로부터, 책들로부터, 말로부터 벗어나는 일이었을 터이다. 그런 '벗어남'에의 갈증을 강릉에 사는 누이가 풀어주었다. 적당히 사회적 안정을 누리고 사는 듯한 둘째 누이(수연)는 오빠가 최근 신문에 자주 이름이 오르내리기 때문인지 혈육의 정 때문인지 언니와 함께 꼭 한 번 다녀가라고 소식을 전해왔다. 김수영은 모처럼 양복을 다려입고 중절모를 쓰고 열차를 타고 강릉으로 떠났다."(최하림, 『김수영 평전』, 실천문학사, 2001, 343쪽 참조.)
17) 김수영, 「민락기」, 『김수영 전집 2』, 2018, 197-199쪽 참조.

위의 산문에서 김수영은 강릉에 사는 누이동생 부부에게 놀러가서 받았던 충격에 대해 이야기하고 있다. 중요한 점은 매부의 태도에 대한 김수영의 발언이다. 그는 "그의 태도는 틀림없는 강자(強者)나 장자(長子)의 태도다. 목에 핏대를 세우면서 지껄이는 나의 말은 번번이 사사오입을 해 듣고, 자기의 얘기를 마냥 태연스럽고 자신있게 늘어놓는데, 나는 그의 장황한 얘기는 끝까지 정성스럽게 들어야 한다."고 말하고 있다. 왜 김수영은 매부의 말을 경청해야 했을까. 우선적으로 그 이유는 물질적 환대에 기인한다. 그리고 나아가 그것은 일종의 부와 사치와 쾌락의 세목을 실감한 데서 오는 충격이었던 것이다.[18] "그야말로 돈을 물같이 쓰면서" 자신을 환대해주는 동생 부부의 모습에서 시인은 모종의 경이와 불안감이라는 상이한 감정을 동시에 느낀 것이다.[19] 이제 김수영의 이러한 인식이 시에서

---

18) 김수영은 산문 「<낭독반(朗讀盤)>의 성패(成敗)─1967년 9월 시평」에서도 양명문 시인의 시 「민락기」에 대해 다음과 같은 평가를 남기고 있다. "이달의 작품에서는 양명문의 「민락기(民樂記)」(동서춘추), 황명걸의 「Seven days in a week」(세대), 신동엽의 「우리가 본 하늘」(현대문학), 김재원의 「못 자고 깬 아침」(자유공론), 이탄의 「소등24」(현대문학), 김춘수의 「부두에서」(현대문학)가 눈에 띄었다. (…) 양명문(楊明文)의 「민락기」도 그의 본령이 유감없이 발휘된 생기에 찬 원숙한 경지를 과시한 작품으로서 이달의 귀중한 수확임에 틀림없다."(『김수영 전집 2』, 2018, 663쪽 참조.)

19) 양명문의 시 「민락기」(1967.9)에서도 이러한 양가 감정을 확인할 수 있다. 먼저 시 전문은 다음과 같다. "예수가 아닌 내가/푸른 파도 위를 걸어간다./'괜찮을까……'// 터무니없는 이 기적/함부로 저질러놓는/이 무시무시한 기적들.//점심에 광어회를 먹었더니/더 잘 뜨는가, 바다 한가운데를 파도를 차던지며 걸어나간다.─파도에서 파생되는 시간의 미끼들은/─갈매기의 순수한 양식이라는데/─이 치들은 사념의 알을 낳는다는데.//바닷가 푸른 언덕 소나무 그늘쯤서/새김질하던 누우런 소들도/근심스레 나를 바라본다.//그래도 나는 신이 난다./모두 내 세상 같아 우쭐해진다./'괜찮을까……'//부질없는 이 기적/번개질 치는 현란한 <이마주> 속에/무수히 날아드는 색채언어군(色彩言語群).//물결에 취했는가 멀미가 난다./그만 풀썩 주저앉는다./그래도 둥둥 떠 있는 나./중천엔 해가 너털웃음을 치는 하오./내 발밑에 밟히우는 실재의 모래./모래의 허망한 감촉.//지친 나는 맥이 빠져버린다./갑자기 남의 세상 같아 서글퍼진다./'괜찮을까……'"
이와 같이 어촌을 여행하는 시적 주체는 여행이 선사한 긍정적인 감정과 그 긍정

어떠한 주체 의식으로 나타나는지 살펴보자. 이 시에서 김수영이 일상생활을 시의 제재로 삼는 양상을 파악할 수 있다. 시는 여행에서 돌아와 환대를 받은 답례로, 매부에게 편지를 쓰기 위해 식모에게 미농인찰지를 사오라고 했던 이야기를 구어체로 서술하면서 시작된다.

> 우리 동네엔 미대사관에서 쓰는 타이프 용지가 없다우
> 편지를 쓰려고 그걸 사오라니까 밀용인찰지를 사왔드라우
> (밀용인찰지인지 밀양인찰지인지 미룡인찰지인지
> 사전을 찾아보아도 없드라우)
> 편지지뿐만 아니라 봉투도 마찬가지지 밀용지 넉 장에
> 봉투 두 장을 4원에 사가지고 왔으니 알지 않겠소
> 이것이 편지를 쓰다 만 내력이오—꽉 막히는구려[20]

1연의 첫 문장은 "우리 동네엔 미대사관에서 쓰는 타이프 용지가 없다"는 문장으로 시작된다. 시적 주체가 식모[21)]에게 "편지를 쓰려고 그걸 사

적인 감정에 따른 불안감을 가지고 있다. 이러한 양가 감정을 사이에서 시적 주체는 "괜찮을까"라는 질문을 반복한다. 양가 감정의 한 층위는 "터무니 없는" "근심", "허망한", "부질 없는" 등의 표현과 연관된다. 반대편의 층위는 "기적", "우쭐해진다", "신이 난다", "현란한" 등의 표현과 관련된다. 이러한 양가 감정은 시의 결말에 이르러 모래의 감촉을 매개로 "맥이 빠"지는 쪽으로 귀결된다. "갑자기 남의 세상 같아 서글퍼"졌기 때문이라는 진술에 이어 마지막으로 "괜찮을까"라는 질문이 등장한다. (『김수영 전집 2』, 2018, 198—201쪽 재인용.)

20) 『김수영 전집 1』, 민음사, 2018, 370—371쪽.

21) 식모로 지칭되고 있는 이 인물에 관해서는 김수영의 아내 김현경의 다음과 증언을 참조할 수 있다. "순자는 <미농인찰지>에도 나오는 아이다. 밀양에서 올라와 수영이 떠난 이듬해까지 집안일을 거들었는데 어린 나이 같지 않게 살림꾼이었다. 계모의 구박을 피해서 가출을 한 순자에게 수영은 각별한 연민을 느꼈던 것 같다. 아무것도 갖지 못한 순자의 눈을 바라보면 자신이 자꾸만 부끄러워진다는 말을 한 것도 같다. 나는 그런 수영의 마음을 헤아려 순자 앞으로 적금을 하나 들어주었다. 집을 떠날 때 혼수 비용이라도 마련해주고 싶었던 것이다. 그런데 2년쯤 지난 뒤 순자의 아버지가 찾아왔다. 순자는 떠나지 않으려고 발버둥을 쳤으나 내가 어찌할 수 없는 노릇이었다. 이 땅 어디엔가 살아 있다면 순자도 벌써 환갑이 지났겠다. 뭔가

오라니까 밀용인찰지를 사왔"다는 것이다. 이러한 상황에서 시적 주체는 사전의 도움을 받아보려 했지만 '미농인찰지'가 '밀용인찰지'인지 '밀양인찰지'인지 '미룡인찰지'인지를 분간할 수 없다며 짐짓 핵심을 피해간다.[22] 특히 종이를 지칭하는 몇 가지 기표 중에서 '밀양인찰지'는 식모의 고향인 밀양에 대한 기표로 읽힐 수 있으며[23], 시적 주체가 4연에 이르러 고백하는 식모를 부르는 단호한 소리와도 연결되어 있다.

또 하나 주목할 점은 편지의 수신인을 밝히고 있지는 않지만, 시적 주체는 수신인이 자신의 말을 듣고 있다는 상황을 가정한 상태에서, 청자를 앞에 두고 대화하듯이 시를 전개시키고 있다는 것이다. 우리는 특히 종결어미인 "없다우", "사왔드라우"에서 수신인이 매제라는 것을 발견할 수 있다.[24] 평전의 내용으로 미루어 짐작에 보면 편지의 수신인을 매제로 가정

약간 겁에 질린 듯한, 그 맑고 깨끗한 눈을 생각하면 수영의 모습도 함께 내 눈앞에 아른거린다."(김현경, 『연인』, 책읽는오두막, 2013, 124-125쪽 참조.)

22) 시의 도입부에서의 종이 기표와 관련된 말장난은 의미심장하다. 이러한 시적 주체의 언어적 전략은 다음과 같은 맥락과 닿아 있다."언어의 중의성은 물론 다양한 용도로 활용할 수 있다. 그러나 무엇보다 가장 중요한 용도는 다름 아닌 방어다. (⋯) 따라서 프로이트가 말하는 "유사음, 언어적 중의성 또는 우리가 농담이나 말장난을 할 때 사용하는 연상 작용"(SE 5, p. 530) 등에는 검열을 피해 무의식이라는 존재가 숨어 있다. 결론적으로 농담은 대단히 심각한 것이다. 시가 그렇듯이 농담도 감각 (sense)에 주의를 집중하기보다는 소리와 리듬에 더 집중하게 만든다. 위트 있는 말은 그냥 들어서는 안 된다. 그 뒤에 또 다른 의미가 숨어 있다. (⋯) 위트란 대화 속에 중의성을 슬쩍 띄워 넣어 정확성과 투명성이 흐려지도록 만드는 행위다."(조시 코언, 최창호 옮김, 『HOW TO READ 프로이트』, 웅진지식하우스, 2007, 77-78쪽.)

23) 김현경, 앞의 책 『연인』, 124쪽 참조.

24) 시에서 등장하는 매부에 관한 내용을 다음과 같은 문장을 참조할 수 있다. "그날 김수영 부부와 누이 부부는 상당히 오랫동안 열심히 이야기를 나누었다. 김수영은 문학과 세상 돌아가는 이야기를 했고 매제는 강릉 이야기들을 했다. 누이와 김현경은 호호호 웃으며 듣는 편에 속했다. 함경도 태생인 매제는 함경도와 강원도 사투리가 혼합된 강릉 특유의 굴곡이 심한 말씨로, 강릉의 세태 속에 자신의 이야기를 섞어 넣었다. 이야기 솜씨가 있었다. 장자(長者)다운 데가 있다고 생각하면서 귀를 기울였다. 귀를 기울여야만 했다. 그날 매제는 산으로 바다로 식당으로 그들을 데리고 다니면서 물같이 돈을 쓰고 환대했다. 서울의 때가 껍질까지 벗겨지는 기분이었

했을 때, 그가 함경도 태생으로 함경도와 강원도 사투리가 섞인 굴곡이 심한 말씨를 사용했다는 것을 알 수 있다. 그러므로 김수영은 지워져 있는 편지의 수신인을 드러내는 방식으로 그가 평소에 사용하지 않은 "~다우", "~드라우" 등의 종결어미를 사용하고 있는 것이다. 이는 표면적으로 보면 매제의 말투에 대한 모방 즉 존중의 의미로 읽히기도 하지만, 짐짓 평소에 사용하지 않는 말투를 과장되게 드러내는 방식에서 대결 의식의 맥락도 포함하고 있다. 이는 우리에게 시적 주체와의 관계적 측면에서 바라본 대타자의 가상적 지위를 포착하게 만들어준다.

정리해보면 1연은 시적 주체가 수신인에게 편지를 쓰려다가 그만두게 된 사정에 대한 간략한 서술이다. 이처럼 편지를 쓰지 못하는 이유에 대해서는 자세히 말하지 않았지만 1연의 마지막에서 "꽉 막히는구료"라며 자신의 심경을 토로하고 있다.[25] 이처럼 시적 주체가 편지쓰기를 실패한 표면적 이유는 편지지의 문제이다. 편지지 심부름을 갔던 식모가 시적 주체가 원했던 '미농인찰지'가 아니라 '밀용인찰지'를 사왔기 때문이다. 봉투까지 모두 합쳐도 고작 4원인, 질기고 얇은 밀용인찰지는 미농인찰지보다 값싸고 거친 종이였던 것이다. 강릉 여행에서 보여준 매부의 친절과 물질적 호의에 고마움을 전하는 편지를 쓰려고 "미대사관에서 쓰는 타이프 용지"를 사오라고 했는데, 밀용인찰지를 사온 것이다. 그 순간 화자는 뭔가 "꽉 막히는" 기분이 들었다. 그리고는 이내 이 편지를 못 쓰겠노라고 반복

다."(최하림, 앞의 책, 343−344쪽 참조.)

25) 시적 주체의 편지 쓰기가 수행되지 못하는 이유는, 시적 주체 내부에서 의례적인 답례의 말들이 아니라, 암호화된 메시지가 생성 중이기 때문이라고 추측할 수 있다. 지젝은 이와 관련하여 "이것은 프로이트가 말한 증상의 의미와 똑같지 않은가?"에 대해 질문하며 다음과 같은 설명을 덧붙인다. "프로이트에 따르면 어떤 증상이 형성될 때 우리는 자신의 가장 은밀한 비밀, 자신의 무의식적 욕망과 외상(trauma)에 관한 암호화된 메시지를 형성하는 것이다."(슬라보예 지젝, 박정수 옮김, 『HOW TO READ 라캉』, 웅진지식하우스, 2007, 22쪽.)

해서 말한다. 이 시에서 편지의 수신인으로 호출되고 있는 '매부'라는 대타자는 시적 주체 전제라는 위상 속에서 비실체적, 혹은 문자 그대로 가상적(virtual)이며 파괴되기 쉬운 성격으로 자리한다. 대타자는 시적 주체가 마치 그것이 존재하는 것처럼 행위하는 한에서만 존재하기 때문이다.[26]

이를 바탕으로 볼 때, 앞서 살펴보았던 산문 「민락기」의 인용문과 같이 김수영은 "돈이나 권력이 있는 사람들"을 이야기하며 예로 들었던 친구에 관한 발언을 주목해보자. 김수영은 "나는 그의 반 시간이나 한 시간 동안의 장광설을 듣고 나서 "당신이 아무리 그럴싸하게 이로정연(理路整然)하게 떠들어 대도 결국 당신은 아무 말도 하지 않은 것이오."하고 비꼬아 준 일"에 관해 떠올린다. 이 대목에서도 이를 확인할 수 있다.[27] 더욱 직접적으로는 "나는 그들 부부가 그야말로 돈을 물같이 쓰면서 나를 환대해 주는데 야코가 죽은 터이라, 얘기가 한 시간이 아니라 하루 동안을 계속해도 절간에 간 색시처럼 숨소리를 죽이면서 얌전히 듣고 있었을 것"[28]이라고 추측한 대목이다. 매부를 대하는 김수영의 태도는 "돈을 물같이 쓰면서 나를 환대해"주었기 때문이며, 다른 이유는 없다. 그러므로 매부가 갖고 있는 위상은 시적 주체 전제라는 위상 속에서 비실체적 혹은 문자 그대로 가상적(virtual)이며 파괴되기 쉬운 성격으로 자리한다. 매부는 시적 주체가 그 가치를 인정하는 한에서만 존재하기 때문이다.

---

26) 시에서 '매부'로 지칭되는 대타자의 위상은, 대의의 위상과 동일한 층위에서 작동된다. 이에 대해서는 다음과 같은 발언을 참고할 수 있다. "대타자의 위상은 공산주의나 민족 같은 이데올로기적 대의의 위상과 같다. 그것은 자신이 대타자 속에 있다는 것을 인정하는 개인들의 실체적 토대이며, 개인들의 존재적 기반이며, 삶의 의미를 제공하는 참조점이다. 그것을 위해서는 자신의 생명을 바칠 준비가 되어 있지만, 존재하는 것은 개인들과 그들의 행위뿐이다."(슬라보예 지젝, 박정수 옮김, 앞의 책, 21쪽 참고.)

27) 김수영, 「민락기」, 『김수영 전집 2』, 2018, 197-198쪽 참고.

28) 김수영, 위의 글, 198쪽 참고.

그러나 시적 주체는 자신의 생활의 시초인 '밀용인찰지'라는 대립물을 통한 실재의 대면을 통해, 의례적인 답례 편지를 쓰지 않게 된다. 상황이 이러할 때 시적 주체의 심경은 단순히 편지지 때문에 "꽉 막히는" 것이 아니라, 핵심은 다른 차원에 놓여 있다. 시적 주체의 의도는 편지지로는 최고급 용지라고 할 수 있는 "미대사관에서 쓰는 타이프 용지"를 구해서 매부에게 나의 생활을 적당히 치장하고 싶었던 것이다. 여기서 '미농인찰지'는 시적 주체에게 자신의 생활의 결여, 일종의 공백을 감추는 대상 즉 '베일'로 기능한다.[29] 여기서 시적 주체가 만들어낸 '베일' 즉 '미농인찰지'는 매부에게 자신의 생활을 가릴 수 있는 도구가 된다. 그러나 '미농인찰지'라는 도구를 구하는 일에 실패했음과 동시에 자신의 동네에서 파는 '밀용인찰지'를 보게 되었을 때, 이 에피소드는 시적 주체 스스로가 자신의 실상을 확인하는 시간으로 이어진다. 그러므로 원하는 편지지를 구하지 못했다는 사실은 '베일'의 실패와 연관된다.

그러나 흥미로운 지점은 실제 경험 층위에서 편지 쓰기가 멈춘 순간 시는 출발하게 된다. 이러한 상황 아래, 만약 식모가 시적 주체의 심부름을 완수하여 '미농인찰지'를 사왔다면 상황은 어떻게 되었을까. 시적 주체는 '미농인찰지'에 편지 쓰기를 수행할 수 있었을까. 문제는 식모의 심부름 수행여부가 이미 결정되어 있다는 사실이다. 즉 시적 주체가 식모에게 심부름을 시키기 전에는 몰랐던 사실 즉 "우리 동네엔 미대사관에서 쓰는 타이프 용지"를 판매하는 곳이 없다는 사실 때문이다. 식모가 심부름을 다녀

---

29) 여기서의 '베일'은 실재와의 대면을 가능하게 하는 통로와 관련된다. 허울을 의미하는 상블랑은 일종의 가면과도 같다. "상블랑(semblance)에 대한 핵심적인 무의 가면이라는 것이다. 물론 여기서 물신과의 연관성은 저절로 나타난다. 물신 또한 공백을 감추는 대상인 것이다. 상블랑은 베일과도 같다. 그것은 아무것도 없음을 감추는 베일이다.─베일 아래 무엇인가 감추어져 있다는 환상을 만들어내는 것이 그것의 기능이다."(슬라보예 지젝, 조형준 옮김, 『헤겔 레스토랑』, 새물결, 2013, 100쪽 참조.)

와 '미농인찰지'가 아닌 '밀용인찰지'를 건넸을 때, 비로소 시적 주체는 "우리 동네엔 미대사관에서 쓰는 타이프 용지"를 파는 곳이 없다는 것을 알게 된다. 그러니까 시적 주체의 '매부에게 편지 쓰기'라는 행위는 '밀용인찰지'라는 대립물 앞에서 중지되고 만다. 동시에 '미농인찰지'의 대체물인 '밀용인찰지'를 보고 자신의 실재와 대면하게 되어 시적 주체의 심경이 "꽉 막히"게 된 것이다. 정리하면 '밀용인찰지'라는 편지쓰기의 대립물은 곧 시적 주체의 실재를 드러내는 사물이다.

3. 편지 쓰기의 중단과 시적 개진의 교차 지점

우리는 여기서 매부에게 편지를 쓰기 전에 '미농인찰지'를 구하고자 했던 시적 주체의 의식을 보다 구체적으로 살펴볼 필요가 있다. 아래 인용문의 내용을 살펴보면, 김수영은 강릉 여행에 관한 시쓰기를 구상하기 전 여동생 내외가 보여준 '힘의 마력' 아래 한동안 머물렀던 것으로 보인다. '행동의 마력'이 보여주는 '순수한 매력' 때문이었다. 그 정도를 짐작할 수 있게 하는 것은 "나의 이성은 화덕 위에 떨어진 고드름 조각처럼 너무나 맥없이 녹아 버린다"는 문장이다. 그가 시쓰기에 치열하게 매진할수록 "말에 진력이 나"고, "가난에 너무 쪼들"릴 수밖에 없기 때문이다. 그러므로 동생 내외가 보여준 '힘의 마력'은 '나'의 실상을 반증한다.

> 그들에게서 받은 힘의 마력은 서울에 돌아오고 나서도 한참 동안 풀리지 않았다. 힘의 마력, 그것은 행동의 마력이다. 시의 마력, 즉 말의 마력도 원은 행동의 마력이다. 그러나 그것은 시의 원리상의 문제이고, 속세에 있어서는 말과 행동은 완전히 대극적인 것이다. 말에 진력이 나서 그런지, 가난에 너무 쪼들려서 그런지, 간혹 이런

행동인들의 힘을 보면 그 순수한 매력에 나의 이성은 화덕 위에 떨어진 고드름 조각처럼 너무나 맥없이 녹아 버린다.[30]

이러한 내용에 따라 1연의 마지막에서 시적 주체는 "이것이 편지를 쓰다 만 내력이"라는 것을 알린다. 시적 주체는 이러한 사태를 "꽉 막히는구려"라는 문장으로 드러낸다. 그러나 사태는 여기서 멈추지 않는다. 여기까지 살펴보면, 시적 주체의 편지 쓰기는 '미농인찰지'라는 '베일'의 실패와 '밀용인찰지'라는 '대립물'을 통한 실재와의 대면을 드러내는 것처럼 보이지만 실상은 한층 복잡하다. 2연은 사실 "꽉 막히는 이것이 나의 생활의 자연의 시초"라는 고백으로 시작된다.

그는 산문에서 "나는 누이동생인 그녀의 부(富)를 내 부처럼 느껴 보고, 그녀가 취하고 있는 근원에 대해서 생각해 보고, 그녀가 돈을 벌려고 남편과 함께 겪은 고생을 생각하고, 또한 그녀가 겪고 있는 불안을 생각하고, 그리고 그녀가 그 불안을 직시하면서 굴치 않고 있는 것을 생각하고 이만하면 취할 자격이 있다고 생각했다. 이만하면 남의 말을 반 토막씩 들어도 된다고 생각했다."라고 말한다. 하지만 그의 이러한 발언은 다분히 의식적이다. 이를테면 시적 주체의 다음과 같이 언술에서 우리는 실제 경험과 시의 의미적 균열 및 단락을 읽어낼 수 있다.

꽉 막히는 이것이 나의 생활의 자연의 시초요
바다와 별장과 용솟음치는 파도와 조니 워커와
조크와 미인과 패티 김과 애교와 호담(豪談)과
남자의 포부의 미련에 대한
편지는 못 쓰겠소 매부 돌아오는 길에
차창에서 내다본 중앙선의 복선공사에 동원된

---

30) 김수영, 「민락기」, 『김수영 전집 2』, 민음사, 2018, 197-199쪽 참조.

갈대보다도 더 약한 소년들과 부녀자들의
노동의 참경(慘景)에 대한 편지도 못 쓰겠소 매부

이어지는 2연에서 시적 주체는 "꽉 막히는 이것이 나의 생활의 자연의
시초"라고 말한다. 애초의 의도였던 '미농인찰지'라는 베일을 통해 가리고
자 했던 생활은 '밀용인찰지'로 드러난다. 여기서 비로소 편지의 1차적 수
신인인 매부라는 기표가 드러난다. 그러니까 시적 주체는 사실 "꽉 막히는
이것이 나의 생활의 자연의 시초"임을 인정하게 된다. 이는 강릉 매부의
"바다와 별장과 용솟음치는 파도와 조니 워커와/조크와 미인과 패티 김과
애교와 호담(豪談)과/남자의 포부의 미련"과 정반대의 위치에 놓인다.[31]

시적 주체와 매부 사이에서 발생하고 있는 시적 긴장은 우리에게 대타
자의 붕괴를 떠올리게 한다. 대타자의 붕괴는 대타자의 가상적 지위에 대
한 붕괴이기도 하다. 모든 대타자의 붕괴의 지점에서 발견되는 공통된 특
징은 전적인 예측불가능성에 있다. 실제로는 특별한 그 어떤 일도 발생하
지 않았지만, 주체의 내부에서 유지되고 있었던 대타자의 지위를 의심하
게 된다. 이러한 과정 이후로는 대타자와 관련된 그 무엇도 전과 같지 않
으며, 그 이전까지 부와 권력의 힘이라고 지각되었던 것들이 이제 그에 대
한 허망함의 이유로 기능한다. 두려움과 존경의 복합적 감정을 주체에게
불러 일으켰던 것이 이제는 희화화된 속임수와 착취에 따른 힘의 행사라
는 상이한 복합물로서 경험된다. 따라서 이러한 변동이 순수하게 상징적
인 성격의 변동이라는 것은 분명하다. 그것은 사회 현실에서의 변화를 지
칭하지 않으며, 권력 균형은 동일하게 남아 있다.

---

31) 이와 관련된 대타자의 붕괴에 대한 보다 자세한 설명은 다음을 참조할 수 있다. "대
타자의 붕괴는 "심리학적" 변화를 지칭하지 않으며, 오히려 사회적 결속을 구성하
는 상징적 직조물에서의 변동을 가리킨다."(슬라보예 지젝, 이성민 옮김, 『부정적
인 것과 함께 머물기』, 도서출판 b, 2007, 448쪽.)

위의 맥락에 따라 시적 주체는 매부에게 받은 환대에 관한 인사와 감사의 "편지는 못 쓰겠소"라고 말하는 것이다. 사실상 대타자의 붕괴를 의미적으로 선언한 이후, 시적 주체의 편지 쓰기는 못 쓰는 것이 아닌, 안 쓰는 것 즉 판단의 결과이다. 그러므로 여기서 시적 주체의 못 쓰겠다는 표현은 대타자를 둘러싼 외관의 유지와 연관이 된다.[32] 결국 시적 주체는 편지 쓰기의 중단과 포기를 통해 역설적으로 그가 진정으로 담고 싶었던 편지의 메시지에 비로소 한 발 더 나아간다.

과연 그는 무슨 말을 담고 싶었던 것일까. 매부로 지칭되는 돈과 권력의 정반대에 위치한 것은, 그러니까 시적 주체에게 '꽉 막히는' 감정을 불러일으키는 것은 무엇일까. 바로 강릉에서 서울로 "돌아오는 길에/차창에서 내다본 중앙선의 복선공사에 동원된/갈대보다도 더 약한 소년들과 부녀자들의/노동의 참경(慘景)"에서 비롯된 감정이다. 시적 주체는 이에 대해 다시 한 번 그들의 참경에 대한 "편지도 못 쓰겠소"라고 밝힌다. 이처럼 김수영에게 강릉 여행의 의미는 돌아오는 길과 회상의 시점에서 소급적으로 재구성된다. 시적 주체는 매부로 지칭되는 대상들에게 말하고 있다. 매부를 방문하고 돌아오는 길에 바라본 중앙선 복선공사장의 소년과 부녀자들의 참담한 노동현장에 대해서 자신은 글을 쓸 수 없다는 것이다. 시적 주체는 이 기분을 참담하다고 말하고 있다. 시적 주체는 일상과 중앙선 복선공사가 벌어지는 노동현장을 비교하고 있다. 농담과 미인과 대중가수

---

32) 이러한 맥락 아래 대타자의 붕괴 이후 대타자를 둘러싼 외관이 유지되는 이유는 다음과 같은 문장을 참조할 수 있다. "만일 누군가가 공개적으로 '임금님이 벌거벗었다'는 명백한 진실을 공표한다면 어떤 점에서는 전체 체계가 무너져 버릴 것이다. 만일 모든 이가 '임금님이 벌거벗었다는' 사실을 누구나 알고 있다면, 만일 다른 모든 사람도 그것을 알고 있다는 사실을 누구나 알고 있다면 그럼에도 불구하고 모든 희생을 감수하며 외관을 지켜내는 것은 어떤 작인을 위해서인가? 물론 이에 타당한 답은 오직 한가지뿐이다. 그것은 타자이다. 모르는 채로 유지되어야 하는 것은 타자이다."(슬라보예 지젝, 이수련 옮김, 『이데올로기의 숭고한 대상』, 새물결, 2017, 313쪽.)

와 여자의 애교에 맞춰 호탕하게 내뱉는 말과 이루지 못한 포부가 남긴 미련, 이 모든 상황의 한가운데에 서 있는 시적 주체는 먹고 살기 위해 힘든 노동을 하고 있는 "갈대보다도 더 약한 소년들과 부녀자들의 / 노동"이라는 극명한 대비 사이에 자리한다. 그러므로 이제 시적 주체는 매부에게 미안함을 가져서는 안 된다고 자각하기에 이른다.

> 이 인찰지와 이 봉투지로는 편지는 못 쓰겠소
> 더위도 가시고 오늘은 하루 종일 일도
> 안하고 있지만 밀용인찰지의 나의 생활을
> 당신한테 보일 수는 없소 이제는
> 편지를 안 해도 한 거나 다름없고 나는
> 조금도 미안하지 않소 매부의 태산 같은
> 친절과 친절의 압력에 대해서 미안하지 않소

다음으로 3연에서 시적 주체는 "더위도 가시고 오늘은 하루 종일 일도/안하고 있"다는 사실을 알린다. 시적 주체가 하루 종일 일 하지 않았음을 강조하는 이유는 무엇일까. 하루 일과의 의미에 대해 김수영은 산문에서 다음과 같이 말하고 있다. "바쁘다는 것은 참 좋은 일이다. 우선 풍경을 뜻 있게 보기 위해서 만이라도 참 좋은 일이다. 그러나 이왕이며 나만 바쁜 것이 아니라, 모두 다 바쁜 세상이 됐으면 좋겠다. 나만 바쁘다는 것은 이런 세상에서는 미안한 일이 되고, 어떤 때에는 수치스러운 일이 되기까지도 한다. 그러나 모두 다 바쁘다는 것은 사랑을 낳는다."(산문 「장마 풍경」) 또한 그는 다음과 같이 적고 있다. "내가 정말 멋있을 때는 이런 소음의 모델의 장면도 생각나지 않고 일에 열중하고 있을 때일 것이다. 정신이 집중될 때가 가장 멋있는 순간이다."(산문 「멋」) 이를 통해 볼 때 시적 주체가 "하루 종일 일도/안하고 있"는 것은 편지를 쓰기 위해 마음을 먹었다는 것이다. 이토록 소중한 시간을 안배했지만 그럼에도 불구하고 시적 주체는 "밀용인찰지의 나의 생활을/당신한테 보일 수는 없소"라고 단호하게 말한다.

그렇다면 시적 주체의 편지 쓰기의 시도와 중단은 어떠한 의미적 맥락을 구성하고 있을까. 편지 쓰기는 '유사 능동성' 개념과 함께 이해될 수 있다. 만약 시적 주체의 편지 쓰기가 수행되었다면, 매부로 대표되는 부와 권력에 대한 시적 주체의 균열은 봉합된다. 여기서는 역설적으로 편지쓰기를 중단하는 '수동성'이야말로 답례에 대한 거부를 의미하기 때문이다. 보다 구체적인 설명은 다음과 같은 문장을 참조할 수 있다. 실제로 변한 것은 아무것도 없게 하기 위해 항상 활동 중에 있는 상호 수동적 상황에 맞선 비판의 첫걸음은 수동성 속으로 물러나는 것, 참여를 거부하는 것이다. 이 첫걸음은 진실한 활동, 즉 좌표계 전체를 실질적으로 바꿀 그런 행위의 토대를 밝혀준다.[33]

시적 주체가 매부에게 편지를 쓰다 멈춘 상황은 선택적인 것이다. 선언의 부정적 판본의 경우도 마찬가지다. 불필요하게 넘치는 진술 못지않게 뭔가를 말하지 않는 것, 뭔가를 숨기는 행위 역시 부가적인 의미를 창조할 수 있기 때문이다.[34] 이러한 맥락에서 "밀용인찰지의 나의 생활을" 매부

---

33) 이러한 '유사 능동성'은 정치의 맥락에서 다음과 같은 의미로 기능한다. 우리가 흔히 정치 참여와 관련하여 수동적 태도를 비판하는 맥락과는 정반대이다. 오늘날 진보 정치의 많은 부분에서 직면하는 위험은 '수동성'에 있는 게 아니라 '유사 능동성', 즉 활동과 참여의 몰입에 있다. 국민들은 항상 개입하여 무엇인가를 하고자 노력하고, 학계는 끊임없이 논쟁을 양산하여 공동체의 구성원들을 그 논쟁에 참여하게 한다. 그러나 사태는 '유사 능동성'을 중지시키는 것에서 비로소 전환을 맞이하게 된다. 그러므로 '유사 능동성'에 따른 실천보다 더 어려운 것은 한발 물러서서 일련의 활동을 멈추고 침묵하는 것이다. 기득권층은 유의미한 침묵보다 비판적인 참여를 선호하기 때문이다. 이러한 비판적인 참여는 상징적 좌표를 유지한 채 진행된다. 그들은 우리를 대화에 참여시켜 침묵으로 대변되는 '수동성'이 파괴되었음을 확신시킨다.(슬라보예 지젝, 이수련 옮김, 앞의 책, 40─46쪽 참고.)

34) 이와 관련된 예시를 제시하면 다음과 같다. 2003년 2월 유엔 총회에서 파월이 이라크 공습의 정당성을 주장할 때의 일이다. 미국 대표부는 연설자 뒤 벽면에 걸려 있

인 "당신한테 보일 수는 없"다는 불가피한 상황에 따른 중단인 것이다. 3연에서 살펴볼 수 있듯이 시적 주체가 편지 쓰기를 중단한 심층적인 이유는 "밀용인찰지의 나의 생활을" 매부인 "당신한테 보일 수는 없"기 때문이다. 여기서 '밀용인찰지=나의 생활'이라는 등가는 어떤 의미를 갖고 있을까. 매부에게 편지 쓰기를 할 수 없게 만드는 '밀용인찰지'라는 대립물은, 결국 시적 주체의 생활과 동일선상에 놓인다. 그러므로 시적 주체는 여기서 '미농인찰지=나의 생활'이라는 등가가 성립될 수 없다는 현실적 조건에 대한 자각을 응시하게 된다.

그러므로 시적 주체는 "이제는 편지를 안 해도 한 거나 다름없고 나는/조금도 미안하지 않소"라고 말할 수 있게 된다. "매부의 태산 같은/ 친절과 친절의 압력에 대해서" 역시 "미안하지 않소"라고 말한다. 그러므로 매부가 지니는 위상의 실체는 개인들이 그것을 믿고 따르는 한에서만 현실적으로 작동한다. 그러한 의미에서 시적 상황 내에서의 편지의 수신인은 애초에 매부가 아니었던 것이다. 편지의 발신인은 시적 주체이며, 가려져 있는 수신인은 시인 자신이기 때문이다. 그러므로 편지는 언제나 수신인에게 도착한다는 논리는 매부로 지칭되는 대타자의 가상적 성격을 드러내며, 실질적으로 수신자에게 온전히 도달하는 유일한 편지는 부치지 않은 편지 즉 편지 쓰기가 중단되는 순간 시작된 시적 수행에 있다고 말할 수

던 피카소의 <게르니카> 그림을 다른 장식으로 덮어달라고 요구했다. 물론 공식적인 이유는 <게르니카>가 파월의 연설 방송에 적합한 시각적 배경이 되지 못한다는 것이었지만, 이는 미국 대부부의 두려움을 의미한다. 스페인 내전 당시 독일의 스페인 공습이 불러온 파국적 결과를 형상화한 <게르니카>가, 미 공군의 이라크 공습을 정당화하는 연설의 배경으로 사용된다면 '불리한 연상'을 불러일으킬 것이기 때문이었다. 이것이 바로 라캉이 말한 억압된 것의 귀환과 억압은 하나이며 동일한 과정이라고 말할 때의 의도이다. 만약 미국 대표부가 <게르니카>를 덮어달라고 요구하지 않았다면 오히려 파월의 연설과 그림의 연관성은 두드러지기 않았을 것이다. 그림을 가리려는 제스처, 그 변화 자체가 그림에 주목하게 하고 불리한 연상 작용을 하게 하여 그림의 진실을 확인시킨 것이다.(슬라보예 지젝, 박정수 옮김, 앞의 책, 26—30쪽 참고.)

있다.35) 애초에 매부에게 보내는 편지라는 답례는 김수영 스스로가 선택한 것이라기 보다는 그래야 한다고 가정된 것에 지나지 않는다. 자유로운 선택은 아니었으며 마치 그렇게 하는 것이 혹은 그러한 외관을 견지하는 것이었기 때문이다. 결국 매부에게 편지 쓰기는 역설이며 텅 빈, 상징적 제스처에 가깝다.36)

사실 시적 주체의 내면에서는 '매부의 부'와 '노동의 참경'이 시종 일관 대립하고 있기 때문이다. 바다, 별장, 조니 워커, 조크, 미인, 패티 김, 호담에서 드러나는 매부의 부와, 공사장에 동원된 "갈대보다도 더 약한 소년들과 부녀자들의" 노동의 참경, 이들의 대립이 화자로 하여금 매부의 호의를 상찬하는 편지를 선뜻 쓰지 못하도록 하는 것이다. 부와 가난, 상품과 노동의 대립은 매부의 배경과 노동자의 모습의 대비적 묘사에서 그치는 것은 아니다. 매부의 부는 궁극적으로는 "밀용인찰지의 나의 생활"과도 "식모의 소박과 원한"과도 대립된다. 매부의 친절과 사치는 '나'의 생활, 노동자의 참경, 식모의 원한과 본질적으로 다른 것이다. 이들의 가난한 삶을 모두 합쳐도 매부의 부유한 삶과의 대결은 요원한 것이다. 매부에게 "미안하지 않소"라고 반복해서 발화하는 시적 주체의 심리는 이 같은 차이에 대한 인식에 기반하고 있다.

---

35) 라캉이 말한 '대타자의 가상적 지위'와 '부치지 않은 편지'는 다음 맥락에서 이해할 수 있다. "라캉이 <도둑맞은 편지에 대한 세미나>말미에서 편지는 언제나 수신인에게 도착한다고 말하면서 지적하고자 한 것이 바로 이 대타자의 가상적 성격이다. 실질적으로 수신자에게 온전히 도달하는 유일한 편지는 부치지 않은 편지라고까지 말할 수 있다."(슬라보예 지젝, 이수련 옮김, 앞의 책, 21쪽 참조.)

36) 이러한 상징적 제스처의 의미에 대해서는 다음과 같은 발언을 참조할 수 있다. "한 사회에 속한다는 것은 무조건적으로 강제되는 것을 자유롭게 수락하도록, 즉 자신의 자유로운 선택으로 받아들이도록 요구하는 역설적인 지점을 내포한다. 어떤 경우든 반드시 해야 하는 것을 자진해서 하는(자유롭게 선택하는) 이 역설, 자유로운 선택이란 실제로 없으면서도 마치 있는 것처럼 가장하는(그런 외관을 견지하는) 이 역설은 텅 빈 상징적 제스처, 거절하도록 되어 있는 증여의 제스처에 항상 따라 붙는다." (슬라보예 지젝, 이수련 옮김, 위의 책, 24−25쪽 참조.)

4. 타자를 부르는 행위와 편지의 진정한 수신인

구어체 화법은 시적인 포즈를 거부하기 위해 시인이 의도적으로 도입하여 고백의 솔직함을 잘 드러내게 하는 방법적 장치라고 할 수 있다. 자신에 대한 부정의식 때문에 김수영은 어떤 시적인 장치와 기법도 거부하고 구어체의 직설을 통해 자신의 구차한 일상을, 일상의 깨달음이 지니는 구차함을 딛고 더 큰 깨달음으로 나아가려는 의도를 길게 서술한다. 시적 주체는 자신의 행동에 대해 반성하고 있으며, 그렇게 행동할 수밖에 없었던 자신을 이미 부정한 상태이다.

> 당신이 사준 북어와 오징어와 이등차표와
> 경포대의 선물과 도리스 위스키와 라스베리 잼에 대해서
> 미안하지 않소 당신의 모든 행복과 우리들의 바닷가의
> 행복의 모든 추억에 대해서 미안하지 않소
> 살아 있던 시간에 대해서 미안하지 않소
> 나와 나의 아내와 우리집의 온 가옥의 무게를 다 합해서
> 밀양에서 온 식모의 소박과 원한까지를 다 합해서
> 미안하지 않소—만 다만 식모를 부르는 소리가
> 좀 단호해졌을 뿐이요 미안할 정도로 좀—

끝으로 4연의 첫 행에서 독자는 시적 주체가 여행을 마치고 돌아올 때의 구체적 정황을 알게 된다. 매부는 '북어와 오징어' 등을 손에 들려 '이등차표'를 끊어 시인을 기차에 태워 보냈다. 시에서 시적 주체가 받은 선물의 품목은 실용적이라는 공통점을 갖는다. 그러나 선물은 그 반대의 성격즉 실용적이지 않을 때 비로소 의미를 획득한다.[37] 강릉 사는 매부에게서

---

37) 이에 대한 보다 구체적인 예시와 설명은 다음과 같은 문장을 참조할 수 있다. "사랑에 빠진 사람이라면 잘 알 것이다. 연인에게 줄 선물이 자신의 사랑을 상징하려면

받아온 위스키와 잼에 대해서도 미안하지 않다면서 시인은 3연에서 미안해하지 않는 대상을 4연까지 연결시키고 있다. 시적 주체의 "미안하지 않다"라는 말은 우선적으로는 '미안해하고 싶지 않은데 미안한 마음이 든다.'라는 의미로도 이해될 수 있다. 여기에서 나아가 선물 받는 것에 대한 불편함이라고도 표현할 수 있을 것이다.[38] 4연 역시 3연처럼 자신이 미안해하지 않는 대상을 3~8행에 걸쳐 열거하고 있다. 8행과 9행에서는 편지를 못 쓰게 된 상황과 편지를 쓰다가 깨달은 자신의 처지에 대한 반성의 결과를 드러낸다. "다만 식모를 부르는 소리가/ 좀 단호해졌을 뿐"이라고 시적 주체는 말한다. 그것도 "미안할 정도로" 단호해졌다고 말하고 있는 것이다.[39]

쓸모가 없어야, 그 잉여성으로 인해 불필요해야 한다. 사용가치의 중지 속에서만 그것은 내 사랑을 상징할 수 있다. 인간적 커뮤니케이션의 특징은 해소할 수 없는 반성성(reflexiviity)에 있다. 모든 소통 행위는 동시에 소통하고 있다는 사실 자체를 상징한다. 야콥슨은 이와 같은 상징 질서의 신비를 "교감적 커뮤니케이션"이라고 불렀다. 인간의 발화는 단지 메시지를 전달할 뿐만 아니라 언제나 자기 반사적으로 소통 주체들 간의 상징적 협약을 확인시킨다."(슬라보예 지젝, 박정수 옮김, 앞의 책, 23−24쪽 참조.)

38) 의미의 차원에서는 다소 차이가 있지만, 우리는 선물과 관련하여 다음의 에피소드를 참조할 수 있다. "한번은 소설가 전병순 여사가 박순녀 여사와 함께 처음으로 그이를 만나보고자 정종 한 병과 명태 한 두름을 들고 찾아왔습니다. (…) 그이의 눈치만 살피다가 조용히 때를 맞춰 박 여사와 전 여사를 모시고 왔노라고 전했습니다. (…) 그이가 안방으로 건너와 전 여사의 인사 소개를 받는 중 마는 둥 하고는 신랄하게 꾸짖는 게 아니겠습니까. "문학 하는 사람의 프라이드가 고작 술과 명태를 사 가지고 유명 문인을 찾아다니는 것이냐? 이건 정말 꼴불견이 아니냐." 그의 일갈에 전 여사는 물론 저까지도 어디 쥐구멍이라도 있으면 들어가고 싶을 정도로 부끄러워 고개를 들어 올릴 수가 없었습니다. 그이는 범사의 하나하나가 이렇게 진지했습니다."(김현경, 앞의 책, 184−185쪽 참조.)

39) 반성적 역설과 관련하여 다음의 유비적 상황을 살펴보는 것을 제안한다. 도둑으로 의심받은 노동자에 대한 오래된 이야기를 상기해보자. 매일 저녁 퇴근할 때 그가 끌고 가던 운반 수레를 꼼꼼하게 조사했지만 감독관은 아무것도 찾을 수 없었다. 그 안은 항상 텅 비어 있었던 것이다. 이윽고 감독관은 한 가지 사실을 발견했다. 그 노동자가 훔친 것은 바로 수레였던 것이다. 이 반성적 역전은 커뮤니케이션 자체에 내재해 있다. 우리는 소통 행위의 내용 속에 소통 행위 자체를 포함시켜야 한다. 왜냐하면 소통 행위의 의미는 그것이 하나의 소통 행위라는 사실을 반성적으로

이러한 언술은 반성의 역설을 우리에게 보여준다. 그는 식모를 부르는 단호한 목소리에 대해 스스로 말하는 방식을 통해 시적 전략을 개진한다.

앞서 살펴본 1연의 끝 행에 제시된 '꽉막히는구료'에서 시적 주체는 꽉막힌 현실의 한가운데에 모든 행동의 주체인 자기 자신이 서 있음을 자명하게 깨닫고 있다. 이 모든 반성의 결과가 4연의 끝 부분에 제시되어 있다. 반성하고 반성했지만 스스로도 인지하지 못한 순간에 식모를 부르는 목소리가 "좀 단호해졌"다는 것. 이 고백에서 시적 주체는 자신의 치부 즉 자신도 모르게 식모를 부르는 단호한 목소리에 스스로 놀라 미안함을 표현하고 있는 것이다. 일상의 구체적 세목에 대한 나열은 부정의 인식 과정을 드러낸다. 일상어의 나열과 자신의 생활에 대한 솔직한 토로, 이를 통해 시도하는 자기 부정은 이 작품이 전통의 그것과는 매우 다르다는 사실을 일러준다.

여기서 시적 주체는 "살아 있던 시간에 대해서 미안하지 않소"라고 말한다. 이는 "나와 나의 아내와 우리집의 온 가옥의 무게를 다 합"할 정도의 무게를 갖는 문장이다. 더욱이 2연에서 '꽉 막힌 이것'의 기원이었던 소년과 부녀자들과 함께 호명할 수 있는 "밀양에서 온 식모의 소박과 원한까지를 다 합해서/ 미안하지 않소"라는 문장은 문제적이다. 왜냐하면 그것을 "다 합해서 미안하지 않소—만 다만 식모를 부르는 소리가/ 좀 단호해졌을 뿐이요 미안할 정도로 좀—"이라는 결구는 어떤 측면에서 진실의 모습을 하고 있다는 맥락과 의미적으로 유사하다.

주로 매부에 대한 '나'의 심경과 태도를 서술하고 있는 이 시가, 식모에 대한 에피소드로 시작해서 식모에 대한 에피소드로 끝나는 것은 우연의

주장하는 것이기도 하기 때문이다. 이 점이 무의식의 작동 방식에 대해 잊지 말아야 할 첫 번째 사항이다. 그것은 수레 안에 숨어 있지 않다. 그것은 수레 자체를 지시하는 것이다.(슬라보예 지젝, 박정수 옮김, 앞의 책, 23—24쪽 참조.)

일치만은 아니다. 결과적으로 볼 때, 시적 주체가 무의식중에 대치시키고 있는 대상은 매부와 식모이다. 시적 주체의 경험 속에서 매부의 시간과 식모의 시간은 서로 대립하고 있다. 시종일관 미안하지 않다고 말하던 시적 주체가 유일하게 미안함을 내색하는 순간은 바로 식모를 대하는 태도와 관련이 있다. 김수영 시의 대결의식을 이질적인 힘들의 충돌, 생명과 생명의 대치, 타자와의 대결 등으로 정의했을 때, 이 절에서 살펴본 갈등의 구조는 대부분 타자와 타자라기보다는, '나'와 타자 사이의 대립에 기반하고 있다. 매부의 부와 식모의 원한을 축으로 하는 갈등의 보다 본질적인 층위는 '나'와 매부, '나'와 식모 사이의 갈등이다. '나'는 매부의 친절에 대해 고마워하며, 매부의 사치에 주눅이 들고, 매부의 행동에서 '힘의 마력'을 느낀다. 반면 식모의 가난과 소박과 원한에 대해서는 모종의 권위와 자책감과 수치심을 복합적으로 느낀다.[40] 그러니 '나'라는 사람이, '나'의 생활이 "꽉 막히는"것인 이 같은 모순 때문이지 밀용지의 사태와는 별반 관련이 없다.[41] 결국은 매부의세계도, 식모의 세계도 '나'에게는 이질적인 것이

---

40) 김수영의 시 「식모」(1966. 2)에는 식모의 도벽에 대한 시적 주체의 시선이 두드러지게 표현되어 있다. 도벽을 통해서 그녀의 어려운 형편과 처지가 드러났기 때문이다. 이는 그녀의 처지뿐만 아니라 나를 포함한 가족들이 생활이 연관되어 있다. "그녀는 도벽이 발견되었을 때 비로소 완성된다/그녀뿐만 아니라/나뿐이 아니라 천역(賤役)에 찌들린/나뿐만이 아니라/여편네뿐이 아니라 안달을 부리는/여편네뿐만이 아니라/우리들의 새끼들까지도/아무것도 모르는 우리들의 새끼들까지도//그녀가 온지 두 달 만에 우리들은 처음으로 완성되었다/처음으로 처음으로"(『김수영 전집 1』, 334쪽 참조.)

41) 이와 관련하여 다음의 증언은 김수영의 태도를 더욱 구체적으로 전달한다. "어느 날 수영과 나는 양계장의 계란이 조금씩 없어지는 것을 눈치챘다. 설마 만용이 그랬을까? 며칠을 지켜보니 만용이 그런 것은 아니었다. 집에서 살림을 돕는 다른 식모아이가 몰래 알을 훔치고 있었다. 화가 나서 방 안 곳곳을 홰를 치듯 돌아다니던 내게 수영은 점잖은 목소리로 남의 집 일하는 사람이 그런 재미도 없으면 어떻게 일을 하냐며 그냥 모른 척하라고 했다. 수영의 그 태연함에 나는 화가 더 치밀어 올랐지만 한편으로는 수영의 말이 그럴듯하게도 느껴졌다."(김현경, 앞의 책, 97쪽 참조.)

며, 화자가 경험한 타자의 시간과 그들과의 내면적인 갈등이 시의 핵심을 이룬다.42) 미농인찰지는 '경험의 구체성'과 '갈등의 구상성'을 토대로 가장 사적인 에피소드를 통해, 자본과 현실의 날카로운 일면을 사유하게 한다.

만약 시적 주체가 편지 쓰기를 수행했다면 그것은 시적 진실에 반하는 행위가 된다. 그렇다면 완성되지 않은 편지를 보관하는 것은 그것의 미래를 붙잡아 두는 의미가 될 것이다. 편지를 간직함으로써 어떤 의미에서 우리는 그 편지를 결국 '부쳤다'고 할 수 있다. 그때 우리는 편지를 찢어버리는 경우처럼 편지에 담긴 생각을 포기하거나 말소시키는 것이 아니다. 반대로 우리는 그것에 가치를 부여하는 것이다. 그래서 시적 주체는 편지의 가치에 알맞은 상대, 가장 잘 이해할 수 있고 제대로 가치 평가를 해주리라 간주하는 존재 즉 시인에게 편지를 '보낸' 것이다. 이는 김수영의 부정 정신과 관련된다.

지금까지 우리는 「미농인찰지」가 김수영의 부정 정신과 관련하여 매우 중요한 텍스트라는 전제하에, 황현산이 김수영 시의 특별함이라고 말한 "현실에서 시를 추출하고, 현실로 시를 끌어올리는 이 능력"과 관련하여 시 「미농인찰지」를 문제적 텍스트를 정립하고자 했다. 나아가 시 「미농인찰지」를 자세히 읽기 위해 산문 「민락기」를 교차적으로 살펴보았다. 시와 산문은 공통적인 경험을 바탕으로 하고 있지만, 일종의 의미적 균열을 내

---

42) 김수영의 시 「꽃잎」에는 이러한 내용이 더욱 전면화 되어 있다. "순자야 너는 꽃과 더워져가는 화원의/초록빛과 초록빛의 너무나 빠른 변화에/놀라 잠시 찾아오기를 그친 벌과 나비의/소식을 완성하고// (중략) 너는 내 웃음을 받지 않고/어린 너는 나의 전모를 알고 있는 듯/아아 순자야 깜찍하고나/너 혼자서 깜찍하고나/네가 물리친 썩은 문명의 두께/멀고도 가까운 그 어마어마한 낭비/그 낭비에 대항한다고 소모한/그 몇 갑절의 공허한 투자/대한민국의 전 재산인 나의 온 정신을/너는 비웃는다//너는 열네 살 우리집에 고용을 살러 온 지/3일이 되는지 5일이 되는지 그러나 너와 내가/접한 시간은 단 몇 분이 안되지 그런데/어떻게 알았느냐 나의 방대한 낭비와 넌센스와/허위를/나의 못 보는 눈을 나의 둔감한 영혼을/나의 애인 없는 더러운 고독을/나의 대대로 물려받은 음탕한 전통을"(『김수영 전집 1』, 365−367쪽 참조.)

장하고 있는데, 여기서 중요한 지점이 바로 시에 나타나 있는 주체 의식이기 때문이다.

이를 위해 2장에서는 편지의 수신인과 '미농인찰지'라는 기표에 대해 살펴보았다. 편지 쓰기 행위와 관련하여 매부라는 대타자에게 시적 주체 의식의 공백을 가리고자 하는 베일로 기능하고 있는 '미농인찰지'의 실패를 살펴보았다. 이를 통해 편지 쓰기 행위와 매부 그리고 미농인찰지가 갖는 가상적 지위를 살펴본다. 또한 대립물처럼 보이는 '밀용인찰지'가 주체의 생활이며 동일성을 갖게 되는 지점 그리고 그것을 인식하는 과정에 대해 알아보았다.

다음으로 3장에서는 편지 쓰기의 중단과 시적 개진의 교차 지점에 대해 살펴보았다. 시적 주체가 편지 쓰기를 중단할 수밖에 없는 심층의 원인이 '꽉 막히는 이것'의 기원 즉 여행에서 돌아오는 길에 대면하게 되는 '노동의 참경' 및 식모가 갖는 타자성을 살펴보고 이에 대한 시적 주체의 의식을 분석하였다.

끝으로 4장에서는 시적 주체가 타자 즉 '식모'를 부르는 행위와 관련하여, 그 무엇도 미안하지 않지만 식모를 부르는 단호한 목소리에 대해서는 미안하다고 언급하는 시적 주체를 통해 역설적 반성의 지점을 살펴보았다. 편지는 완성 중이며 끊임없이 마침표가 지연되는 상황을 통해 이는 부정 정신과 관련지을 수 있으며, 결국 편지의 진정한 수신인이 시적 주체 자신이라는 것을 밝혔다.

그러므로 김수영의 다음과 같은 문장은 우리에게 유효한 참조점으로 기능한다. 그는 "친절이 그것을 받는 사람에게 치욕이 되지 않게 하기 위하여 충분한 조심성을 잃지 않고 시간을 기다리고 그 안에서 시간을 삭이어 가면서 그는 어디까지 침착하려 하는가. 침착의 용사여."[43] 라고 말하

---

43) 김수영, 「—일기초—1954. 11—1956. 2」, 『김수영 전집 2』, 673쪽.

고 있다. 받는 사람에게 치욕이 되는 친절이 되지 않기 위해 노력해야 하는 주체는 그가 아니라 시적 주체이기 때문이다. 김수영의 이러한 확신은 질문에 대한 문학적 윤리의 지점을 우리에게 보여준다.44) 이를 토대로, 김수영의 부정 정신과 관련된 다양한 텍스트에 나타난 주체 의식에 대한 연구를 지속적으로 이어나갈 것이다.

위와 같이 우리는 김수영 시와 산문 겹쳐 읽기가 문학적 해석의 소급성에 따라 보다 강력한 동력이 될 수 있다는 점에 주목했다. 이러한 외연 확대 하기는 기존의 규정과 길항 관계를 형성하는 방식으로 김수영 문학의 현재성 및 문제성 탐색의 방향타로 기능할 수 있기 때문이다. 우리가 문제 작에 대해 정의할 때 'problem' 또는 'question'이라는 단어를 호출하게 된다. 당대 논란이(problem)이 되었거나 후대에 지속적으로 질문(question)을 던지는 작품을 우리는 문제작이라고 부른다. 그의 「미농인찰지(美濃印札紙)」는 연구사적으로 주목의 대상이 되지는 못했으나, 오늘날에도 여전히 중요한 질문들을 가능하게 한다는 점에서 문제작이다. 나아가 그의 작품들은 반드시 대면해야할 진실에 대해, 우리 스스로에게 질문하고 답하는 행위를 수행하게 한다.

그러므로 그는 "리얼리즘, 모더니즘, 참여시, 아방가르드, 초현실주의, 낭만주의에서부터 자유, 사랑, 혁명, 죽음, 불온, 예술, 생활, 현실, 정치, 그리고 시와 반시, 시의 산문성, 시의 리듬, 시와 일상어에 이르기까지"의 주제어의 자장 안에서 머물고 있다. 그러면서도 "김수영이 '시'라는 것을 붙들고 고민하고 실험한 것은 전통과 첨단, 내용과 형식, 예술과 정치, 모국어와 번역 등 당시부터 지금까지 한국 현대시의 혼란과 잡음이 들끓는 곳,

---

44) 김수영은 산문 「민락기」에서 양명문의 시 「민락기」의 시적 주체가 반복적으로 질문한 "괜찮을까"에 대한 자신의 답을 산문의 마지막에 다음과 같이 남기고 있다. "괜찮을까…… 괜찮을까…… 괜찮을까……? 괜찮다…… 괜찮다…… 괜찮다…… 괜찮아!"(김수영, 「민락기」, 이영준 엮음, 『김수영 전집 2』, 2018, 198쪽 참조.

불편함과 두려움이 포진한 곳, 그리하여 새로운 힘과 활력이 솟아날 곳"을 관통하고 있다. 그의 텍스트가 담고 있는 것은 지금—여기의 문제 설정 속에서 하나의 텍스트로 여전히 생성 중인 텍스트 다시 태어나고 있다. 그러므로 "김수영은 신화가 될 수 없다. 김수영은 완성형이 아니라 진행형이며 우리의 호명을 통해 늘 새롭게 현재화"45)되는 중이기 때문이다.*

---

45) 오연경, 앞의 글, 80—81쪽 참조.
* 출처 :「김수영의 시「미농인찰지」에 나타난 주체 의식」,『동아시아문화연구』76, 동아시아문화연구소, 2019.2.

제2부 단평

토끼

1

토끼는 입으로 새끼를 뱉으다

토끼는 태어날 때부터
뛰는 훈련을 받는 그러한 운명에 있었다
그는 어미의 입에서 탄생과 동시에 타락을 선고받는 것이다

토끼는 앞발이 길고
귀가 크고
눈이 붉고
또는 <이태백이 놀던 달 속에서 방아를 찧고>……
모두 재미있는 현상이지만
그가 입에서 탄생되었다는 것은 또 한번 토끼를 생각하게 한다

자연은 나의 몇 사람의 독특한 벗들과 함께
토끼의 탄생의 방식에 대하여
하나의 이덕(異德)을 주고 갔다
우리집 뜰앞 토끼는 지금 하얀 털을 비비며 달빛에 서 있다
토끼야
봄 달 속에서 나에게만 너의 재주를 보여라
너의 입에서 뛰어나오는 너의 새끼를

2

생후의 토끼가 살기 위하여서는
전쟁이나 혹은 나의 진실성 모양으로 서서 있어야 하였다
누가 서 있는 게 아니라
토끼가 서서 있어야 하였다
그러나 그는 캥거루의 일족은 아니다
수우(水牛)나 생어(生魚)같이
음정을 맞추어 우는 법도
습득하지는 못하였다
그는 고개를 들고 서서 있어야 하였다

몽매와 연령이 언제 그에게
나타날는지 모르는 까닭에
잠시 그는 별과 또 하나의 것을 쳐다보고 있어야 하는 것이다
또 하나의 것이란 우리의 육안에는 보이지 않는 곡선 같은 것일까

초부(樵夫)의 일하는 소리
바람이 생기는 곳으로
흘러가는 흘러가는 새소리
갈대소리

올 겨울은 눈이 적어서 토끼가 은거할 곳이 없겠네

저기 저 하아얀 것이 무엇입니까
불이다 산화(山火)다

— 김수영, 「토끼」 전문, 이영준 엮음, 『김수영 전집』 1,
민음사, 2018, 38—40쪽.

「토끼」를 어떻게 읽을까

이은실

김수영 시가 지닌 난해성과 관련지어 눈에 띄는 연구사적 특징은 특히 해석하기 쉽지 않은, 1950년대 이전에 씌었던 몇 편의 초기시에 대한 평가가 주조를 이룬다. 암시의 불명료성, 이미지와 논리의 비약, 의도적인 의미의 혼란 등이 제기되는 대표적인 작품으로「공자의 생활난」과「토끼」를 들 수 있다.[1] 이러한 초기시에 대한 평가는 다음과 같은 두 층위의 충돌에서 기인한다. 당대 문학의 지형도와 관련된 민중주의와 기교주의의 관점에서 요청되었던 해석에 관한 기대의 동시적 불충족에서 비롯되었다고 볼 수 있다.[2]

그러나 그의 시가 지닌 난해성의 측면은 초기시가 내장하고 있는 징후적 지점으로 해석될 필요성이 있다. 이러한 맥락 아래 다음의 문제제기는 매우 중요하다. 김수영 시의 난해성은 그의 시의 특성과 본질 그리고 정치성과 연관되는 문제로서, 시의 방법론이자 내용이었으며 사상 그 자체[3]라는 언급이 이에 해당된다. 난해성과 관련된 이와 같은 비평적 조명의 관점

---

1) 해당 연구의 주요 목록은 다음과 같다. 오세영, 『20세기 한국시 연구』, 새문사, 1989, 284-285쪽; 이승규, 「김수영 시의 영향관계와 현실지향성」, 『한국시학연구』 제20호, 한국시학회, 2007, 375쪽; 김명인, 「김수영, 근대를 향한 모험」, 소명출판, 2002, 97-99쪽.
2) 김현, 「자유와 꿈」, 『거대한 뿌리』, 1974.
3) 황현산, 「난해성의 시와 정치」, 『말과 시간의 깊이』, 문학과지성사, 2002, 440쪽.

을 이어받아, 김수영 시와 관련하여 불가능을 가능으로 전화시키는 존재 전이의 가능성에 대한 연구 결과가 도출되고 있다.[4] 상황이 이러할 때 우리는 시가 하나의 컨텍스트의 견지에서 독자가 의미를 재구성해야 하는 언어임을 기억해야 한다.

위의 내용을 토대로 작품 전반을 살펴보자. 크게 1부와 2부로 나뉘어 있는 이 시에서 1부는 "토끼는 입으로 새끼를 뱉으다"라는 진술로 시작된다. 즉 토끼라는 동물의 기이한 생리에 대해 말하고 있음을 알 수 있다.[5] 이 상황적 조건 속에서 토끼는 "어미의 입에서 탄생과 동시에 타락을 선고받는 것이다." 여기서의 타락은 어미로부터의 분리이며, 추락과 동시에 뛰어오름의 조건이 된다. 이러한 맥락은 탄생 직후 "뛰는 훈련을 받는 그러한 운명"에서 시작되고 또한 완성된다고 할 수 있다.

이어지는 내용에서 시적 주체는 토끼에게 다음과 같이 요청한다. 시적 주체는 "우리집 뜰앞 토끼는 지금 하얀 털을 비비며 달빛에 서서 있다"라고 진술하면서 "토끼야/봄 달 속에서 나에게만 너의 재주를 보여라/너의 입에서 튀어나오는 너의 새끼를"이라고 말한다. 이러한 상황에서 일종의 '스크린'으로 기능하는 달빛은 매우 중요한 배경이 된다. 시적 주체와 토끼가 그려내는 이 장면은, 우리의 현실적 한계 너머에 있는 세계를 가정한다. 그러나 이것은 그 자체로서 환영적 장면이기도 하다. 진정한 실재는 환영 속에서 엄습하기 때문이다. 여기서 시적 주체와 토끼의 대면은 '응

---

4) 함돈균, 「김수영 초기시의 난해성과 '불가능성의 가능성'으로서의 시적 전략—「토끼」 「공자의 생활난」에 대한 주석」, 『한국시학연구』, 제 34호, 한국시학회, 2012, 338-374쪽.
5) 이는 두 가지 관점에서 살펴볼 수 있다.
   첫째 토끼의 토(兎)자와 토할 토(吐)자의 음이 동일한 데서 비롯된 속설에 관한 것이다. 둘째, "선문답 주해서인 벽암록(碧巖錄)에는 (중략) 달 속에 있다고 옛 사람들이 믿었던 토끼—달의 서사적 상상력과 관련하여 토끼가 달빛을 받아 임신하고 입으로 새끼를 뱉어내는 이야기가 실려 있다."(함돈균, 앞의 논문, 348쪽, 참조.)

시'의 차원에서도 해석될 수 있다.[6] 이러한 '응시'는 또한 토끼가 시적 주체의 내면적 타자일 수도 있다는 의미로 확장될 수 있다. 이는 스크린을 넘어 실재 자체를 정면으로 '응시'하려는 시적 주체의 욕망이 그려낸 장면이기 때문이다. 이렇게 볼 때 토끼는 시적 주체가 만들어낸 환영적 산물이면서 동시에 그것을 바라보는 자신이라고 할 수 있다.

나아가 여기서 중요한 점은 초기시에 해당되는 이 시에서 '바로 보기'(「공자의 생활난」)라는 시각의 차원이, "달빛에 서서 있"는 토끼의 정황에서 비롯된 '바로 서기'의 행위적 차원과 연관되어 있다는 것이다. '바로 보기'의 목적을 실현하기 위해서는 '바로 서기'의 행위를 통한 과정이 필요하다. 그럴 때 토끼의 '바로 서기'는 "뛰는 훈련을 받는 그러한 운명"과 연관되어 '팽이'의 정지와 움직임 즉, "스스로 도는 힘을 위하여", "까맣게 변하여 서서 있는", "서서 돌고 있는"(「팽이」)의 차원을 담고 있다.

다음으로 2부는 토끼의 생리를 근거로 이를 보다 존재론적 관점으로 변형시켜 진술하고 있다. "생후의 토끼가 살기 위하여서는/전쟁이나 혹은 나의 진실성 모양으로 서서 있어야 하였다"는 문장을 살펴보자. 여기서 토끼의 '바로 서기'는 "살기 위하여" 즉 생존을 위한 행위로 강조된다. "누가 서 있는 게 아니라/토끼가 서서 있어야" 한다는 점에서 "그는 캥거루의 일족"이 아닌 것이다. 이와 관련하여 주목할 부분은 "고개를 들고 서서" 쳐다보고 있어여 하는 것, 즉 "별과 또 하나의 것"이다. 별이 가시적 지향이라면 "또 하나의 것이란 우리의 육안에는 보이지 않는 곡선 같은 것"이라고 시적 주체는 말한다. 여기서 '보이지 않는 곡선'은 달의 실루엣일 수도 있고, 근대의 직선적 시간관에 대한 저항으로도 해석될 수 있다.

끝으로 마지막 연은 '낯설게하기'의 방식으로 인식론적 충격을 더해 주

---

6) 슬라보예 지젝 외, 라깡정신분석연구회 옮김, 『사랑의 대상으로서 시선과 목소리』, 인간사랑, 2010, 1부 4장, 참조.

고 있다. 이러한 방식은 논리를 넘어서는 논리 즉 패러독스적이며, '바로 서기'를 통한 '바로 보기' 즉 사물의 진실에 '바로' 도달하는 형식이다. 이는 시적인 언어 실험과 유사한 면이 있다. 특히 난해성이 극대화된다고 비판받아 온 마지막 연의 "저기 저 하아얀 것이 무엇입니까/불이다 산화(山火)다"라는 귀결이 '바로보기'의 형식으로 그를 강조하고 있다고 볼 수 있다.[7] 1부에서 "우리집 뜰앞 토끼는 지금 하얀 털을 비비며 달빛에 서서 있다"는 문장이 나온다. 이 문장에 따른 연상 작용 안에서는 "저 하아얀 것"은 토끼일 것이다. 이는 의미론적 차원에서 "이제 나는 바로 보마"라는 선언 후에 나오는 "그리고 나는 죽을 것이다"(「공자의 생활난」)라는 귀결과도 연관된다. 여기서의 죽음은 완성태이기 때문이다.

만약 "올 겨울은 눈이 적어서 토끼가 은거할 곳이 없겠네"라는 조건을 생존을 위협받는 알레고리로 본다면 이는 실패 즉 사라지는 것을 뜻한다. 그러나 앞부분에서 언급했던 시적 주체의 불가능을 가능으로 전화시키는 존재 전이의 가능성 차원에서 살펴보면, 생존을 위협받는 그 상황은 불가능을 가능으로 전화시키는 순간이 된다. 산화의 이미지는 토끼의 붉은 눈과 중첩된다. 이는 역설적인 의미에서 문학적 주체의 출현으로도 포착될 수 있다.

끝으로 시와 동일한 제목의 산문 「토끼」(1965)에는 다음과 같은 문장이 나온다. "나는 당시에 새와 열대어와 메추리 같은 것을 나에게 권장하던 사람들을 사람같이 보지 않고 있었기 때문에 그들이 아무리 칭찬을 해도 조금도 반갑지가 않았다. 이런 말을 한 사람 가운데에는 문학을 하는 사람도 끼어 있었지만, 나는 그들의 문학까지도 경멸하고 싶은 생각이 들었다. 그에 비하면 토끼는 하면 될 것 같다. 왜냐하면 토끼도(닭에 못지 않게) 기르기가 힘이 들기 때문이다. 나는 무슨 일이든 얼마가 남느냐보다도

---

7) 함돈균, 앞의 논문, 347쪽 참고.

얼마나 힘이 드느냐를 먼저 생각하는 버릇이 있는데, 아내는 아직도 나의 이 역경주의(力耕主意)에는 그리 신뢰를 두지 않고 있는 모양이다."[8] 만약 '힘들지 않음—문학적이지 않음' 또는 '토끼 기르기—힘이 듬—역경주의—문학적임'이라는 도식이 성립된다면 "저기 저 하아얀 것이 무엇입니까/불이다 산화(山火)다"라는 결구는 산화를 통한 시적 완성으로 해석되기에 충분하다. 이처럼 김수영 시인이 일생을 다해 개진한 '온몸의 시학'은 하아얀 토끼의 형상으로 불타오르고 있다.

---

8) 『김수영 전집 2』, 민음사, 2018, 141쪽.

달나라의 장난

팽이가 돈다
어린아해이고 어른이고 살아가는 것이 신기로워
물끄러미 보고 있기를 좋아하는 나의 너무 큰 눈 앞에서
아해가 팽이를 돌린다
살림을 사는 아해들도 아름다웁듯이
노는 아해도 아름다워 보인다고 생각하면서
손님으로 온 나는 이집 주인과의 이야기도 잊어버리고
또 한번 팽이를 돌려 주었으면 하고 원하는 것이다
都會안에서 쫓겨 다니는 듯이 사는
나의 일이며
어느 小說보다도 신기로운 나의 生活이며
모두 다 내던지고
점잖히 앉은 나의 나이와 나이가 준 나의 무게를 생각하면서
정말 속임 없는 눈으로
지금 팽이가 도는 것을 본다
그러면 팽이가 까맣게 변하여 서서 있는 것이다
누구 집을 가 보아도 나 사는 것 보다는 餘裕가 있고
바쁘지도 않으니
마치 別世界 같이 보인다
팽이가 돈다
팽이가 돈다
팽이 밑바닥에 끈을 돌려 매니 이상하고

손가락 사이에 끈을 한끝 잡고 방바닥에 내어 던지니
소리 없이 회색빛으로 도는 것이
오래 보지 못한 달나라의 장난 같다
팽이가 돈다
팽이가 돌면서 나를 울린다
제트機 壁畵밑의 나보다 더 뚱뚱한 주인 앞에서
나는 결코 울어야 할 사람은 아니며
영원히 나 자신을 고쳐가야 할 運命과 使命에 놓여있는 이 밤에
나는 한사코 放心조차 하여서는 아니될 터인데
팽이는 나를 비웃는 듯이 돌고 있다
비행기 <푸로펠라>보다는 팽이가 記憶이 멀고
강한 것보다는 약한 것이 더 많은 나의 착한 마음이기에
팽이는 지금 數千年前의 聖人과 같이
내 앞에서 돈다
생각하면 설어운 것인데
너도 나도 스스로의 도는 힘을 위하여
공통된 그 무엇을 위하여 울어서는 아니된다는 듯이
서서 돌고 있는 것인가
팽이가 돈다
팽이가 돈다

　　　　　　　　— 「달나라의 장난」 전문, 김수영, 『달나라의 장난』,
　　　　　　　　춘조사, 1959; 이후의 시는 모두 해당 판본에서 인용.

「달나라의 장난」이라는 서사

이중원

1953년의 김수영

김수영은 1950년 6월 ≪신경향≫에 「토끼」를 발표[1]한다. 김현경과 결혼하여 돈암동에 살림을 차린 해[2]이자, 한국전쟁이 발발한 달이기도 하다. 그는 전쟁 당시 아내 김현경과 서울에 남아 있다가 북측에 강제 징용되어 평남까지 끌려간다. 탈출해서 서울로 돌아오지만 체포되어 포로수용소에서 다시 병원을 전전하다가, 최종적으로 충남 온양의 국립구호병원에서 민간인 억류자로 분류된 후 김수영은 석방되어 부산으로 내려오게 된다. 이전 작으로부터 근 3년이 흐른 1953년 4월, 그는 표제작이 되는 「달나라의 장난」을 ≪자유세계≫에 발표한다.

같은 해에 쓴 「愛情遲鈍」, 「풍뎅이」, 「矜持의 날」, 「너를 잃고」를 인물사적 측면과 나란히 두고 본다면 중첩된 상실에 피폐해져서 비판 정신과 보편성을 상실한 채 개인적 소재를 감상과 섞어 쓰다가 다시 보편성의 세계를 끌어오는 「달나라의 장난」이라는 행운으로도 해석할 수도 있다.[3]

---

1) 김수영, 「작품 연보」, 『김수영 육필시고 전집』, 민음사, 2009, 728쪽.
2) 『김수영 평전』에 따르면 4월이다.; 최하림, 『김수영 평전』, 실천문학, 2001, 133쪽.
3) 김종훈, 「「달나라의 장난」이라는 행운」, 『서정시학』, 27호1권, 서정시학, 2017,

그러나 이는 「矜持의 날」과 「너를 잃고」 두 작품이 전후 모든 것을 상실한 김수영의 전기적 층위와 맞닿아 있음에 다소 경도된 해석이라 할 것이다. 예를 들어 「愛情遲鈍」에서 生活의 타는 듯한 열기에도 땅 속의 물방울이 되어 노래할 것을 말하는 그의 정신이 피폐함으로 귀결된다고 보기 어려우며, 「달나라의 장난」 또한 보편적 시 세계를 재정립한다기보다는 오히려 설움의 정서가 빚어낸 특수성을 잘 보여주는 작품에 가깝다.

장자 철학의 정중동 혹은 정과 운의 균형으로 풀어내어, 팽이의 고요하게 고속으로 운동하는 속성은 주체가 궁극적으로 추구하는 바와 맞닿아 있다고 본 경우도 있다.[4) 쉴러와 호이징어의 '놀이' 개념을 통하여 일상과 탈일상(놀이)으로 풀어간 연구도 존재한다. 사회가 제공하는 규율과 원칙을 아무런 반발 없이 수용하는 '어른'으로서의 주체에게, 자신의 고유한 원칙을 따르는 팽이의 위치는 부러운 것이라고 말한다. 또한 상상력의 층위에서 '아이의 세계로 회귀하여 초록빛 낙원에 들어가려' 하는, 미성숙을 볼 수 있는 성숙함에 이르려 한다고 본다.[5) 팽이는 헬리콥터[6)나 프로펠러처럼 기술, 과학, 도시 등에의 가 닿을 수 없는 거리로서 주체에게 설움을 제공하는 대상이다. 그러나 현실 원칙에 갇혀 지내는 주체와 단순히 대립

218-222쪽.

4) 최금진, 「김수영 시의 대립 구조와 변증법적 윤리, -「토끼」, 「달나라의 장난」, 「나의 가족」을 중심으로」, 『한국언어문화』, 49호, 한국언어문화학회, 2012, 374-375쪽.

5) 김유중, 「놀이와 상상력, 시작의 상관 관계: 김수영 시 「달나라의 장난」을 바라보는 새로운 시각」, 『語文學』, 94호, 한국어문학회, 2006, 279-288쪽.

6) 「헬리콥터」의 경우도 「달나라의 장난」과 마찬가지로 주체에게 설움의 위치로서 다가오는 "헬리콥터"가 주체에 대립적인 위치를 차지하는 것처럼 보인다. 그러나 "헬리콥터"는 화물기나 제트기에게 다시 설움을 '받는' 관계로서 재귀되어 중층적인 요소로 작동하기에 최종적으로는 "헬리콥터여 너는 설운 생물"이라는 서술과 더불어 주체와의 동일성으로 나타난다.
박순원, 「김수영 시의 화자와 대상의 관계 양상 연구 -「레이판탄」, 「헬리콥터」, 「VOGUE야」를 중심으로」, 『어문논집』, 49호, 민족어문학회, 2004, 438-442쪽.

되어 유유자적하게 고유한 원리를 따르는 존재가 아니라, 시의 말미에서는 결국 '그럼에도 돌아야 하는 위치'로서 주체와의 일치항을 이루게 되는 것이다.

김수영, 달과 별

해당의 텍스트는 초고 『달나라의 작란』에서 시집 『달나라의 장난』에 실리면서 "바쁘지도 않으니", "내 앞에서 돈다", "팽이가 돈다"의 세 부분이 각기 앞 행과 이어졌다가 별행처리된 것 외에 큰 차이는 없다.[7] 그리고 2018년 김수영 전집 개정판과 이전 판 전집의 차이점은 그나마 한자 표기를 했던 "別世界"와 "聖人"까지 한글로 표기했다는 것, 그리고 넷째 행의 "아해"를 "아이"로 표기한 점이다. 따라서 분석은 시집 『달나라의 장난』에 실린 원문을 기준으로 한다.

「달나라의 장난」은 그의 유일한 시집 『달나라의 장난』의 제목이기도 하다. 박인환의 「목마와 숙녀」에서 직접적인 도시적 감수성이 나타난다고 볼 때, 김수영의 본 시편에서는 그것이 일상어의 뒤편에서 읽히길 기다리고 있는 것처럼 보인다. 항상 호기심 어린 큰 눈을 가진 것은 주체이자 김수영 자신으로 자화상의 요소가 매우 강하게 나타난다. 이후 시편들에서 나타나는 자전적인 성향들과 아울러 그는 자신이 어울렸던 어느 "장난"에 대해 기술하고자 한다. 작품이 서서히 재생되듯, "팽이가 돈다." "너무 큰 눈"으로 아이 어른 할 것 없이 일상의 모습조차도 신기하게 바라보

---

7) 한 가지 유의할 점은 『달나라의 작란』 원고에서 꺽쇄로 표기된 것은 본 텍스트의 <풀로페라>와 「예지」의 <메에뜨르> 뿐이라는 것이다. 그 외에는 전부 홀낫표와 겹낫표(「」, 『』)로 기록되었다.

는 주체는 흡사 아이와 같고, 아이의 순수한 시선으로 표상되는 관찰자의 층위이다. 여기서 강조되는 것은 김수영의 자전적 미화가 아니라 그의 기법 중 하나로, 주체를 타자적 위치에 두고 그것을 굳이 '순수한 눈'으로서 위치 짓는다는 점이다. 이러한 구조적 흐름은 이후 "정말 속임 없는 눈으로" 대상을 조망하는 시선에서 한층 강화되어 나타난다. 여러 번 강조되며 순수란 단어에 실리는 무게는, 곧 주체가 먹은 '나이'만큼의 무게이기도 하다.

그의 시선은 "살림을 사는 아이들"과 "노는 아이" 구분할 것 없이 "아름답다"고 말한다. 도회에서 바쁘게 사는 주체와 뚱뚱한 주인을 구분하게 되고, 도리어 울어야 할 사람을 주인에게 두게 되는 것과는 차별된 부분이다. 그는 아직 이 모두가 그저 아름답다고 말하면서 "손님"으로 온 자신의 용무조차 잊어버린 채 팽이를 돌려주길 바라는 것이다. 이처럼 팽이가 돌아가기를 바라는 시선은 일상에서 벗어나는 몰입이 묻어 있다. 정확히는 '일상을 벗어나려는 몰입'이라 해야 할 것이다. 쫓기듯이, 그리고 어느 소설보다 긴박한 삶을 사는 주체의 고단한 일상으로부터 분리되고자 하는 욕망을 표현한 것이기도 하며 피로한 정신이 다다(dada)적으로 반복되는 행위를 무심코 바라보는 것이기도 하다. 김수영은 여느 문인들처럼 어느 한 직업에 온전히 정착하기를 힘들어했고 전쟁이란 사건은 삶의 지난함과 급박함을 더욱 가속시켰다. 해방을 거쳐 전쟁으로, 그리고 전후의 복구해야 할 곳으로서의 현재 위치는 지식인들의 어깨 위에 공동으로 올라선 시대적 당면 과제이자 쉽사리 잊을 수도 없는 정신적 채무였다.

주체는 그 모두를 "내던지고" 점잖은 정적에 자기 자신을 흘려보낸다. 「토끼」에서 언제 나타날지 모르는 "年齡"은 이제 묵직한 시간의 기둥을 이고 있는 "나이"가 되었다. 그러나 그 무게는 재려 해도 잴 수 없는 것8), 주체는 그 나이가 준 무게를 떠올리며 다시금 "속임 없는 눈"으로 팽이를

---

8) "무엇이든지/ 재`어 볼 수 있는 마음은/ 아무것도 재지 못할 마음"(「자(針尺)」)

보려 하는 것이다. 그의 나이가 준 무게는 "蒙昧와 年齡"을 고민하던 때에는 미처 목격하지 못했던 것, 그가 경험한 신념이란 것, 그리고 정치적 이념이란 것 하나로 밑도 끝도 없는 나락까지 굴러 떨어질 수 있는 사람들의 모습으로 생각된다. 그것을 역으로 인식하며 이념 하나에 끝없이 타락하는 사람들 사이에 군자연하며 살 수도 있겠지만, 주체의 심리는 "강한 것보다는 약한 것이 많"더라도 "착한 마음"이기에 그것을 포기할 수 없다.

「달나라의 장난」은 상술한 것처럼 김수영이 수용소로부터 피난지 부산에 도착한 지 얼마 되지 않아서 발표된다. 그가 처음 착상을 얻어서 초안을 작성한 시기는 명확히 확정할 수 없다. 김수영에 대한 주변인들의 증언과 최종적인 情緖 일자와 발표 일자만을 가지고 막연히 추측할 수 있을 따름이다. 확실한 것은 그가 작성 일자와는 무관하게, 그 자신이 '울분을 감출 수 없었다'고 표현한 수용소의 지옥 같은 곳에서 빠져 나와서 이 작품을 가장 먼저 발표했다는 것이다. 그는 모든 것을 잃었다. 그럼에도 그는 '지성'을 실천해야 했고, "너도 나도" 도는 그 인력을 위하여 돌아야 하는 팽이처럼 그 원심력으로 자신의 길을 나아가야 했다.

그 자신의 무게를 떠올리는 동안 팽이는 몰입의 극단에서 까만 점처럼 보인다. 마치 몰입의 한 중간에서 그러한 자신을 관찰하듯이 주체는 주변을 점검한다. 그러고 나서야 발견한다. 그 누구 집을 가도 주체보다는 여유 있는 그들의 세상은 "別世界"인 것이다. 다시 이 모든 사고를 추동하는 "팽이가 돈다". 반복적인 표현과 이를 변주함으로써 새로움을 창조하는 그의 기법을 통하여 대상인 팽이는 이제 "달나라의 장난 같다". 팽이는 더 이상 아이가 돌려주길 바라는 사물이 아니라 달나라의 장난이 되었다. 대상인 "팽이가 돌면서 나를 울린다".

그는 아직까지도 점잖이 앉은 채 대상을 바라본다. 순수한 시선의 강조는 이 순간에 맞닿기 위한 포석이자 전체를 관통하는 관점이다. 어떠한 방어적인 태도나 논리적 회피 없이 사태를 그 자체로 조명하려는 시도이다. 박일영이 박인환을 염두에 두고 표현한 "이 속에서는 얄팍한 가면이라도 쓰고 다녀야"9) 했던 사실을 김수영 스스로에게 어떤 의미로든 내면화하던 시기와도 관련이 있을 것이다. 그러나 가면은 유지해야 할 무언가가 있을 때나 의미가 있는 법이다. 전쟁이 끝나고 모든 것을 상실한 김수영의 시선이 끝끝내 붙잡고 있는 것은, 쫓기는 듯이라도 살아가고 있는 자신의 일상과 지성인으로서 행동하고 발화해야 할 의무이다. 그는 이제 더 이상 박인환이나 다른 문인들을 보면서 불안의 감정을 표명하지 않는다. 단지 말없이 술을 들이킬 뿐이다.

　주체는 별세계를 영위하며 달나라의 장난과도 같은 팽이가 자신을 "울린다"고 표현한다. 그것은 마치 이[虱]가 주체를 울렸던 것에서나 대상과의 소통이 온전히 이루어지지 않는다는 점에서도 닮아 있다.10) 나를 "울린다"는 진술은 상호 소통이 되지 않는 이[虱], 아버지와의 관계의 재언이자, 울어야 할 사람은 "내"가 아니라는 진술로 상황의 부정을 꾀한다. 달나라와 별세계의 뚱뚱한 주인에게나 어울리는 행동인 것이다. 즉 주체에게는 운명과 사명이 있다. 그러나 그것은 한없이 '고쳐가야' 하며 '방심조차하면 아니'되는 것이어서 거기에는 '주인'에게 허용된 여유가 없는 것이다. "누구 집을 가 보아도 나 사는 것보다는 여유가 있"는 그 여유는 주체에게 허락되지 않는다. 그렇기에 대상인 팽이로부터의 비웃음은 반영적이다.

　가 닿을 수 없는 대상과 현재의 간극, 그 사이의 관계성으로부터 비롯하는 김수영의 '설움'의 요인으로서 현대문명의 상징으로 표상된 "비행기 프로펠러"보다도 더 머나먼 기억의 수천 년 전부터 돌고 있는 팽이로부터 비

---

9) 최하림, 앞의 책, 103쪽.
10) "이는 사람을 부르고/ 사람을 울린다", "나는 한번도/ 이(虱)를 보지 못한 사람이다"(「이(虱)」)

롯된 감정은 또한 "서러운 것이다." 그러나 소통의 부재가 타자적 명령에 의해 해소되어 행렬처럼 걸어나오는 이[虱]와는 달리, 여기서의 주체는 그것이 "너도 나도" 스스로 도는 힘을 위하여 무엇을 위해서 돌고 있는지 반문하는 것으로 회귀시킨다. 따라서 팽이의 운동성은 곧 주체 자신이 처음부터 배경적인 내러티브인 것처럼 위장한, 마치 햄스터의 쳇바퀴를 도는 것처럼 분주하게 살아가는 일상과 최종적으로 연결되는 접점을 가지게 되는 것이다.

그러나 그러한 깨달음조차도 서러운 것이다. 팽이를 통해서 끊임없이 유사범주로 반영된 환영은 결국 그 자신이 본래 근원한 위치의 별세계와 달나라로 귀환한다. "나보다 더 뚱뚱한 주인 앞에서" 무엇이 다급하고 촉구되는지 그토록 돌고 또 돌아야 하는 "使命"이라는 것에 대한 허위의식을 마주하는 주체는 또한 서러울 수밖에 없다. 그리고 김수영에게는 해방과 동족상잔을 거쳐서 오히려 첨예해지기만 하는 사회적인 그물망이, 온전히 자유롭지 못하고 '주어진 자유'에 멈춰선 채 수용소 안에서와 다를 바 없이 억압된 사회가, 그럼에도 여전히 자신의 "使命"을 간직한 채 울어선 안된다는 것처럼 돌고 있는 무수한 그 시대의 "팽이"들을 바라보며 서러운 것이다. 그리고 "팽이는 돈다."

"스스로의 도는 힘을 위하여"

「달나라의 장난」의 주체에게는 운명과 사명이 있다. 그러나 그것은 확고한 역할이나 단단한 기반을 제공하지는 않는다. 끊임없이 '나'를 고쳐가고 고쳐 쓰면서, 마치 팽이처럼 돌며 하나의 검은 점을 자신의 기준으로 발견하게 되는 것과 같다. 즉 돌기를 멈춘다면 자신의 기준을 상실할 것이다. 그것은 결코 절대적 근거나 '하나의 팔'이 되어줄 수 없을 것이다.11) 그럼에도 김수영의 주체는 끊임없이 분주한 도시의 질서에 몸담으려 하며 프로펠러, 헬리콥터, 네이팜탄이 표현하는 첨단의 속도에 도달하려 한다. 그리고 그 과정에서 주체 자신의 모습과, 자신처럼 돌고 있는 무수한 '팽이'들에 연원하는 설움을 느끼면서 또한 다가서려 한다.

바로 그러한 이유로 김수영은 쫓기듯 삶을 살면서도, 어딜 가보아도 자신의 삶보다는 여유로워도, 속도의 미학을 상징하는 제트기가 뚱뚱한 주인의 장식물로 한낱 향유의 대상이 되어도, 자신의 내면으로부터 비웃음이 일더라도, 그 모든 것이 '설어운 것'이되 서서 돌아야만 하는 것이다. 본 텍스트는 그의 초기 시편들 중에서도 당시 지식인들이 전후 한국 사회에서 감내해야 했던 정신적 채무와 '그럼에도 돌아야만 하는 원심력'으로서 살아갔던 자세를, 김수영의 "설움"이라는 테마가 그 과정에서 얼마나 잘 되먹임하고 있는지를 보여주는 작품이라 할 수 있다.*

---

11) "그의 寫眞은 이 맑고 넓은 아침에/ 또 하나 나의 팔이 될수 없는 悲慘이요"(「아버지의 寫眞」)

* 출처 : 「김수영과 모더니즘 ― 김수영의 초기 활동과 <後半紀>를 중심으로」, 『시민인문학』35, 경기대학교 인문학연구소, 2018을 수정 보완함.

시골 선물

　종로 네거리도 행길에 가까운 일부러 떠들썩한 찻집을 택하여 나는 앉아 있다

　이것이 도회 안에서 사는 나로서는 어디보다도 조용한 곳이라고 생각하고 있기 때문이다

　그러한 나의 반역성은 조소하는 듯이 스무 살도 넘을까 말까 한 노는 계집애와 머리가 고슴도치처럼 부스스하게 일어난 쓰메에리의 학생복을 입은 청년이 들어와서 커피니 오트밀이니 사과니 어수선하게 벌여 놓고 계통 없이 처먹고 있다

　신이라든지 하느님이라든지가 어디 있느냐고 나를 고루하다고 비웃은 어제저녁의 술친구의 천박한 머리를 생각한다

　그다음에는 나는 중앙선 어느 협곡에 있는 역에서 백여 리나 떨어진 광산촌에 두고 온 잃어버린 겨울 모자를 생각한다

　그것은 갈색 낙타 모자

　그리고 유행에서도 훨씬 뒤떨어진 서울의 화려한 거리에서는 도저히 쓰고 다니기 부끄러운 모자이다

　거기다가 나의 부처님을 모신 법당 뒷산에 묻혀 있는 검은 바위같이 큰 머리에는 둘레가 작아서 맞지 않아서 그 모자를 쓴 기분이란 쳇바퀴를 쓴 것처럼 딱딱하다

　그러나 나는 그것을 시골이라고 무관하게 생각하고 쓰고 간 것인데 결국은 잃어버리고 말았다

　그것이 아까워서가 아니라

　서울에 돌아온 지 일주일도 못 되는 나에게는 도회의 소음과 광증(狂症)과 속도와 허위가 새삼스럽게 밉고 서글프게 느껴지고

　그러할 때마다 잃어버려서 아깝지 않은 잃어버리고 온 모자 생각

이 불현듯이 난다

저기 나의 맞은편 의자에 앉아 먹고 떠들고 웃고 있는 여자와 젊은 학생을 내가 시골을 여행하기 전에 그들을 보았더라면 대하였을 감정과는 다른 각도와 높이에서 보게 되는 나는 내 자신의 감정이 보다 더 거만하여지고 순화되어진 탓이라고는 생각하지 않는다

나는 구태여 생각하여 본다

그리고 비교하여 본다

나는 모자와 함께 나의 마음의 한 모퉁이를 모자 속에 놓고 온 것이라고

설운 마음의 한 모퉁이를

— 김수영, 「시골 선물」 (1954.1.1 탈고, 『김수영 전집 1 시』,
이영준 엮음, 민음사, 2018.) 전문
신문사 게재지 미상

「시골 선물」에 나타난 '허위'와 '상실'의 대립 구조 연구

하빛나

김수영 문학을 견인하는 것은 시 곳곳에서 빛나는 강렬한 아포리즘이다. 그 아포리즘은 환유 체계 속에서 환유(歡游)한다. 환유된 언어들은 끊임없이 병렬로 나열되며 산문시의 영역을 열어젖힌다. 모든 은폐에서 벗어나고자하는 그의 시도는 한편 독자에게도 같은 강도의 깊은 몰입을 요구한다. 이런 연유로 그의 시는 간혹 난해하다는 오명을 받고 있다. 그러나 역으로 그 모호성은 평가들을 매혹하는 주요한 요소가 된다. 그의 시는 지금 여기서 거듭 해석되고 있다. 연구자들의 열렬한 관심으로 현재 김수영 연구는 그의 생애에서 시어에 이르기까지 세밀하게 분석된 단계에 접어들었다. 그럼에도 아직까지 서지정리가 미진한 부분이나 논의의 중심에서 배제되었던 시편들에 대한 분석이 연구사적 과제로 남아 있다.

이 글에서 다룰 작품 「시골 선물」 역시 잘 알려진 시임에도 불구하고 구체적 분석에 이른 경우는 찾아보기 힘들다. 그것은 이 시가 드러내는 선명한 주제의식에 기인한다. 기존의 논의 중 「시골 선물」을 읽는 주류적 독법은 '도회와 시골의 대립'으로 시를 이해하는 것이다. 이은정은 저서 『김수영, 혹은 시적 양심』에서 「정지와 속도사이」를 분석하면서 이 시가 '정지와 속도' '전통과 근대'라는 이항 대립적 가치를 구현하는 시임을 피력

하였다. 그는 '카페의 남녀'와 '갈색 겨울모자'를 각각 상반된 가치의 상징물로 상정하였다. 특히 '겨울모자'는 "내 존재의 진정한 부분"을 보여주는데 이러한 시각은 "시골 여행을 통해 시인이 귀하고도 순한 정지의 미를 새삼 다시 느낀 때문 일 것"이라고 보았다.[1] 그의 견해는 수긍 가능한 올바른 독법 중 하나이다.

그러나 시를 '속물적 도회'와 '귀하고 순한 시골'의 대립으로만 구조화하는 것은 「시골 선물」이 함의하는 심층의미를 파악하지 못한 결과이다. 물론 도회와 시골의 대립은 시의 골조를 이룬다. 그러나 그 대립은 시골로의 귀화라는 손쉬운 해결을 도출하지 않는다. 대안으로 제시된 시골 역시 공허한 도회만큼이나 결핍된 장소이기 때문이다. 시골은 근대에 진입하며 이미 현재성을 상실해버린 공간이다. 도회가 '비어있는 현대'를 상징한다면 시골은 '비워져 버린 역사'를 상징한다. 그것들은 '허위와 상실'이라는 특수한 갈등구조를 형성한다. 이와 같은 특수한 대립은 당시 김수영이 가지고 있던 예리한 역사의식을 보여준다. 「시골 선물」은 방만한 현대를 조소할 뿐 적절한 대안을 갖지 못한 당시 식자층들의 비애를 적나라하게 드러낸다. 이 글에서는 작품 속 도회와 시골의 표면적 대립에서 한 걸음 더 나아가 그 대립이 함의하는 특수한 갈등구조를 파악해보고자 한다. 또한 「시골 선물」은 김수영 시의 주요 소제인 '도회'와 '설움', '반역성'등이 선명하게 드러나는 작품이다. 작품 속에서 비교적 명징하게 드러나는 시적 의제들을 이해하는 작업은 해석에 어려움을 겪는 기타 시편들을 분석하는 주요한 단초가 될 것이다.

김수영 문학의 가치는 지금도 동시대적 공감대를 형성한다는 데에 있다. 그의 시는 매우 현대적이다. 그러나 그것은 또한 역사적이다. 김수영

---

1) 이은정, 「정지와 속도사이」, 『김수영, 혹은 시적 양심』, 살림출판사, 2006, 70−71쪽.

시는 한 시대를 온몸으로 처연히 드러낸다. 따라서 작품을 바로 이해하기 위해서는 시대적 전기적 맥락을 이해하는 작업이 선행되어야 한다. 「시골 선물」은 김수영 시선집 『거대한 뿌리』에 수록된 작품으로 1954년 1월 1일에 탈고되어 신문을 통해 발표되었다.[2] 이 시는 시기적으로 초기시에 속하는 작품이다. 그러나 굴곡진 그의 삶은 사가들의 시기 구분을 무색하게 한다. 첫 작품으로 알려진 「묘정의 노래」와 「시골 선물」 사이에도 6.25라는 거대 심연이 가로 놓여있다. 이 역사적 사건은 그에게 '의용군 강제 징집'과 '포로 생활'로 현실화 된다. 53년 가을 김수영은 '의용군'과 '포로 생활'을 경험 한 후 다시금 서울로 환도한다. 전쟁의 비극은 그에게 '포로 생활'이라는 육체적 괴로움 외에 생활상의 정신적인 괴로움도 더하였다. 이 시기에 가세는 더욱 기울어 그는 이모네 집 출판사에서 더부살이를 하게 된다. 잘 알려진 사실로 그의 아내와도 헤어져 지내게 된다. 「시골 선물」이 창작된 시기는 바로 이 때이다. 전쟁 이후 환도한 서울의 풍경은 그의 삶처럼 이전과는 다른 것이 되었다. 당시의 서울은 명동에 모여 창작활동을 하던 신시론 동인 시절과는 전혀 달랐다. 새로운 서울을 마주한 김수영의 시각은 당시에 쓰인 일기[3]에 잘 나타나있다.

1955년 2월 3일에 쓰인 이 산문에서 그는 서울을 '놀란눈, 초조 한 눈, 독에 맺힌 눈, 무표정한 얼굴, 무색한 피부, 루주를 바른 매춘부 같은 계집, 술이 취한 양복쟁이'등으로 바꾸어 놓는다. 연이어 환유된 이미지들은 천박한 서울의 민낯을 드러낸다. 그 이미지들은 '허위'라는 하나의 얼굴로 수렴한다. 시인에게 서울은 '가장 체면을 존중하는 듯'하지만 사실은 '체

---

2) "게재지 미상의 신문 발표본은 마지막 행의 온점이 없고 탈고일이 1954년 1월 1일로 밝혀져 있다."
　　김수영, 『김수영 육필시고 전집』, 이영준 엮음, 민음사, 2009, 70쪽.
3) 김수영, 「일기초, 편지, 후기」, 『김수영 전집 2 산문』, 이영준 엮음, 민음사, 2018, 700－701쪽.

면 같은 것은 전혀 무시하고 있는 곳'이다. 한편 이 글에서 주의를 끄는 것은 「시골 선물」과의 상황적 유사성이다. 그 유사성은 시와 산문을 하나의 사건으로 겹쳐보이게 한다. 산문에서 실제 장소로 제시된 '비엔나'는 종로 네거리의 "떠들썩한 찻집"을 일주일 동안의 '군산 여행'은 시 속의 시골 여행을 상기시킨다. 그러나 이 산문(1955.2.3)은 「시골 선물」(1954.1.1)의 창작과 시기적으로 1년 정도의 시차가 발생한다. 또한 구체적으로 제시된 장소도 각각 '군산 항구'와 "중앙선 어느 협곡에 있는 역에서 백 여리나 떨어진 광산촌"으로 서로 다르다. 그럼에도 주목할 점은 두 글에서 나타나는 유사한 사고의 흐름이다. 이 산문은 김수영이 이 시기 서울에 대해 일정시간 같은 생각을 견지하고 있었다는 사실을 확인시켜준다. 또한 각기 다른 시기, 다른 장소에서 같은 교훈을 얻었다는 고백은 서울에 대한 시인의 통찰이 구체적인 시골 체험에서 비롯된 것이 아님을 보여주는 반증이기도 하다. 그는 시골에 다녀온 후 속물적인 도회를 다시금 '새삼스럽게' 밉고 서글프게 느낀다. 새삼스럽다는 말이 함의하듯 '도회의 소음과 광증(狂症)과 속도와 허위'에 대한 염증은 작품 속의 시골체험 이전에 미리 선취된 것이다. 시골체험은 이러한 새로운 자각을 구체화하는 상징적 매개로 존재한다. 다시 말해 '시골'은 '도회의 허위'에 대응하는 하나의 표상이다. 그는 도회를 '유행에 뒤떨어진' 무가치한 사물과 대응시키며 현대의 허위를 조소한다. 「시골 선물」은 이처럼 현대의 폐부를 꿰뚫는 시인의 통찰이 잘 드러난 작품이다.

'도회와 시골'의 대립은 작품 전면에 두드러지게 나타난다. 화자는 종로 네거리의 '떠들썩한 찻집'에 앉아 맞은편에서 '먹고 떠들고 웃고 있는 여자와 젊은 학생'을 냉소적으로 바라본다. 그들은 '커피니 오트밀이니 사과니 어수선하게 벌여 놓고 계통 없이 처먹으며' 천박한 도회의 풍경을 만들어낸다. 그 풍경은 대체 신이 어디 있느냐고 나를 비웃던 '술친구의 천박한 머리'를 상기시킨다. 그는 공허하게 부유하는 현대의 인간군상에 깊은 이질감을 느낀다. 외부세계에 대한 부정적 인식은 그의 '시골체험'에서 비롯되는데, 그곳은 허울뿐인 도회와 반대되는 장소이다. 도회가 '소음과 광증(狂症)과 속도와 허위'로 묘사된다면, 시골은 이와 대조적으로 순박하고 고요한 공간으로 그려진다. 두 장소성의 대립은 시를 구성하는 기본 골조이다. 그러나 시를 보다 내밀하게 읽는다면 장소 간 대립의 결론이 단순히 시골을 긍정하는 데 있지 않다는 점을 발견하게 된다. 시골 역시 도회의 허위에 대응할 온전한 대안이 되지 못하기 때문이다. 시골은 과거에 속하는 것으로 도회에 진입하며 이미 존재가치를 상실해버린 공간이다. 광산촌에서 '모자를 잃어버린 사건'은 이 상실을 우회적으로 드러낸다. 즉 '잃어버린 모자'는 개화와 맞바꾼 전통이자 잃어버린 존재의 일부분이다. 그러므로 시골을 긍정하는 일은 평온한 미적 체험의 결과가 아니다. 이미 상실한 대안을 긍정하는 일은 결국 결여에서 오는 설움을 강화할 뿐이기 때문이다.

또 한 가지 흥미로운 사실은 화자가 시골을 기존 논의에서처럼 고답만미를 간직한 절대적인 긍정의 공간으로 그리지 않는다는 점이다. 시골은 도회와의 대립 속에서만 상대적으로 긍정된다. 물론 '시골체험'은 도회를 바로 보게 하는 중요한 사건이다. 그는 시골여행 이후 카페의 남녀를 '다른 각도와 높이'에서 보게 되었다고 고백한다. 그러나 그 자각 이전에 화자는 시골의 소중함을 도회의 염증을 통해서 발견한다. '도회의 소음과 광증(狂症)과 속도와 허위'가 새삼스럽게 밉고 서글프게 느껴질 때마다 그는 '잃어버려서 아깝지 않은 잃어버리고 온 모자를 불현듯 떠올린다. 아깝지 않은 전통은 속물적 현대와의 대립 속에서 비로소 가치를 획득한다. 화자는 도회를 통해서 시골을, 시골을 통해서 도회를 발견한다. 이처럼 현실을 자각하는 과정은 이중구조를 취하고 있다. 시집의 표제작 「거대한 뿌리」에도 이와 유사한 상징체계가 나타난다. 이 시에서 현대의 '통일, 중립, 심오, 학구 체면'등의 가면을 쓴 허황된 가치는 '더러운 역사'에 의해 부정된다. 즉 "역사는 아무리 /더러운 역사라도 좋다"[4]라는 고백이 노리는 것은 사실 현대의 허위에 대한 반역이다. 이 반역성이 김수영 시를 추동한다.

그러나 반역성은 적절한 방향성을 갖지 못한 채 천박한 현대와 상실된 과거의 긴장 속에서 존재한다. 돌아갈 과거가 이미 상실되어 있다는 사실은 현실의 비극을 강화한다. 그것은 공허한 현실에 맞설 적절한 대안을 갖지 못한 근대 지식인의 비애를 드러내는 것이기도 하다. 소란스럽지만 비어있는 현대와 비워져 버린 장소의 대립, 즉 '허위와 상실'의 기묘한 대립은 당시 지식인의 내적갈등을 사실적으로 구현한다. 이 현실적 대립구조가 시의 긴장감을 형성한다. 현실을 바라보는 김수영의 독자적 인식은 과거로의 회귀라는 손쉬운 결론을 거부한다. 결론을 제시하는 대신 그는 불편한 현실을 그대로 직시한다. 현실의 허위를 자각하는 일은 필연적으로 설움을 수반한다. 그러나 그의 반역성은 설움을 자양으로 삼는다.[5] 그는 근대성이 가진 아이러니컬한 갈등 상황을 포착하여 예술적 긴장 상태를 구현한다. 「시골 선물」을 시로 만드는 것은 바로 이 특수한 갈등구조이다.

---

4) 김수영, 「거대한 뿌리」, 『김수영 전집 1 시』, 이영준 엮음, 민음사, 2018, 299쪽.
5) "김수영 초기시에는 서러움과의 싸움이라는 주제가 자주 등장하는바, 이런 주제는 그의 시의 뿌리가 서러움에 있음을 암시한다."
   이승훈, 「서러움과의 싸움」, 『한국 현대시 새롭게 읽기』, 세계사, 1996, 212쪽.

구슬픈 육체

불을 끄고 누었다가
잊어지지 않는 것이 있어
다시 일어났다

암만해도 잊어 버리지 못할 것이있어
다시 불을 켜고 앉았을 때는
이미 내가 찾던 것은 없어 졌을 때

반드시 찾으랴고 불을 켠 것도 아니지만
없어지는 자체를 보기 위하여서만 불을 켠 것도 아닌데
잊어버려서 아까운지 아까웁지 않은지 헤아릴 사이도 없이 불은 켜지
고

나는 잠시 아름다운 통각(統覺)과 조화와 영원과 귀결(歸結)을 찾지 않
으랴 한다

어둠 속에 본것은 청춘이었는지
대지의 진동이었는지
나는 자꾸 땅만 만지고 싶었는데

땅과 몸이 일체가 되기를 원하며
그것 만을 힘 삼고 있었는데

오히려 그러한 불굴의 의지에서 나오는 것인가
어둠 속에서 일 순간을 다투며
없어져 버린 애처롭고 아름답고
화려하고 부박한 꿈을 찾으려 하는 것은

생활이여, 생활이여
잊어버린 생활이여
너무나 멀리 잊어버려
천상의 무슨 등대같이 깜아득히
살아져 버린 귀중한 생활들이여, 말 없는 생활들이여
마지막에는 해저의 풀떨기 같이 혹은 책상에 붙은 민민한 판데기 처럼
무감각하게 될 생활이여

　조화가 없어 아름다웠던 생활을 조화를 원하는 가슴으로 찾을 것은 아
니로나
　조화를 원하는 심장으로 찾을 것은 아니로나

지나간 생활을 지나간 벗 같이 여기고
해 지자 헤어진 구슬픈 벗 같이 여기고
잊어버린 생활을 위하여 불을 켜서는 아니될 것이지만
천사 같이 천사 같이 흘려 버릴
것이지만

아― 아― 아―
불은 켜지고
나는 쉴 사이 없이 가야하는 몸이기에
구슬픈 육체여.*

김수영, 「구슬픈 육체」 전문.
(≪신태양≫ 제3권 11호, 1954.11, 32쪽)

---

* 김수영의 시에서 호격조사로 끝을 맺는 경우가 제법 발견된다. 이러한 특징은 4.19
를 기점으로 잘 나타나지 않는다.

「구슬픈 육체」 읽기
: '바로 봄'의 구슬픔

곽예근

    김수영의 시 「구슬픈 육체」는 ≪신태양≫ 11월호에 권두시[1]로 발표되었다. 이 시를 한차례 내려읽으면 방안에서 홀로 불을 켜고 책상 앞에 앉아 있는 시적 화자의 모습이 우리 머릿속에 자연스레 그려진다. 고달픈 정경이다. 우리는 피로한 '육체'에 휴식을 주고자 누웠지만 '잊어지지 않는 것이 있어' 다시 일어나야만 했던 시적 화자의 처지에 쉽게 동조할 수 있다. 그 까닭은 이 일어남이 우리 일반의 경험을 불러오기 때문이다. 그것은 우리가 우리의 몸을 방바닥에 눕혔음에도 쉬이 잠들지 못해 뒤척이던 경험, 육체는 누워 있으나 정신은 말똥했던 기억이다. 그렇다면 시적 화자의 정신을 또렷하게 만드는, 그의 육체를 괴롭히는 기억은 무엇인가. 시

---

1) 이봉범은 ≪신태양≫이 문학적 경향이 뚜렷한 잡지였음을 밝히면서 그 특징 중 하나로 권두시로 권두언을 대신하고 삽화를 곁들인 적이 많았음을 밝힌 바 있다. 이봉범, 「1950년대 종합지 『신태양』과 문학－전반기(1952.8~1956.3)의 매체전략과 문학의 관련을 중심으로」, 『현대문학의 연구』 51호, 한국문학연구학회, 2013, 556쪽; 김수영의 시 「구슬픈 육체」가 실린 11월호 역시 그러한 특성이 나타나 있다. 「구슬픈 육체」는 해당호의 권두시 격으로 소개되어 있고, 같은 지면 좌측 하단에 김흥수 화백의 삽화 「초겨울의 세레나－데」가 그려져 있다. 이것은 한 남성이 첼로를 연주하고 있는 그림으로 잡지 발매시기인 11월에 맞춰 그린 권두화의 성격이 강하다. 권두시로 실린 김수영의 「구슬픈 육체」와의 연관 관계는 뚜렷하지 않다. 양자는 해당호의 머리말 기능에 초점을 맞춰 제각각 창작된 것으로 판단된다.

해석에 비약을 살짝 얹어 시적 화자를 김수영이라 가정해보자. 자신의 일상생활을 곧잘 시의 원재료로 삼았던 김수영은 시 「구슬픈 육체」를 창작했던 1954년을 어떻게 견디고 있었는가. 누워 있던 그를 일으켜 불을 켜게 만든 '잊어지지 않는 것'은 무엇일까.

최하림은 『김수영 평전』에서 당시 김수영이 포로 시절의 기억에 강박적으로 사로잡혀 있었고 김현경과의 관계는 이혼상태나 다름없었음을 지적하며, 1953년 12월부터 다음해 12월까지 그가 발표한 시에서 절망과 슬픔을 가리키는 설움, 울음소리, 애처로움, 부끄러움 등의 시어들이 빈번하게 등장하고 있음을 그 증거로 밝힌 바 있다.[2] 그는 김수영과 김현경이 다시 살림을 합친 시기를 1955년 초 무렵으로 추측한다. 시 「구슬픈 육체」가 발표되기 직전이다. 그렇다면 이 구슬픔은 시인이 김현경과의 행복했던 한때를 그리워함에서 온 것은 아닐까. 당시의 충만함이 '까마득히 사라져 버린 귀중한 생활들이' 될까 조바심 내던 시인의 슬픔이 형상화된 것으로 말이다. 그렇다면 시 「구슬픈 육체」는 시인이 행복이란 것이 영영 사라져 다시는 자신에게 찾아오지 않을까 두려워하고 또 그러한 생활에 무감각해져버릴 자신의 애간을 노래한 것으로 읽을 수 있다.

또는 포로가 되기 이전의 생활, "해방기를 "조화가 없어 아름다웠던 생활""[3]이라 불렀던 시기의 추억을 되살리려는 노력으로 볼 수도 있다. 앞서 밝혔듯 시인이 시적 화자에 자신의 모습을 투영시켰다고 추측해보면 김현경과의 행복했던 한때와 더불어 벗들과 함께 명동거리 곳곳을 쏘다니던 걸음걸이에 대한 추억으로 말이다. 우리는 여기서 남북을 갈라놓은 한국전쟁을 떠올릴 수 있다. 한국전쟁은 김수영의 개인사만이 아닌 당대 모두

---

2) 최하림, 『김수영 평전』, 실천문학, 2001, 209－210쪽.
3) 박연희, 「'전후'의 중층적 의미와 김수영의 문학적 정체성－1950년대 후반기 지식인 담론과 김수영의 시를 중심으로」, 『상허학보』 29집, 상허학회, 2010, 388쪽.

의 삶에 상흔을 남겼다. 따라서 '지나간 생활'로 인해 슬퍼하는 시적 화자의 아픔은 읽는 이 모두의 것으로 치환된다. 어떤 이들은 세상을 등졌으며, 어떤 이들은 이북에 있다. 38선은 더욱 견고해졌다. 과거(過去)의 사전적 의미를 넘어, 과거는 결단코 돌아갈 수 없는 '잊어버린 생활'이 되었기에 그 회복 역시 요원하다. 그렇기에 시적 화자는 '없어져 버린 애처롭고 아름답고 화려하고 부박한 꿈'을 꾸기 위해 '불을 끄고 누웠다가' 그곳이 눈앞에 보이는 듯하자, 그곳에 가닿고자 다시 일어나 불을 켠 것이다. 허나 불을 켜는 순간 눈앞에 아른대던 환각은 사라지고 눈에 보이는 것은 삶을 지속해야 할 나의 몸뚱이, '구슬픈 육체'이다. 여기서 슬픔은 배가된다.

그렇다면 이 시편은 단순히 김수영이 자신의 애사(哀史)를 무기삼아 전쟁의 아픔을 겪은 이들을 보듬고자 발표한 것일까. 이현승이 지적하고 있듯이 김수영의 시력(詩歷)에서 설움 관련 시어들은 1955년과 1959년 사이에 빈번하게 출현한다.[4] 그는 김수영의 시에 나타난 감정들을 각각 시기별로 정리하였는데, 이에 따르면 구슬픈, 즉 슬픔의 감정은 중기(1960-1961)에 자주 등장한다.[5] 이는 김현경이 되돌아온 이후에도, 김수영이 다시 명동으로 나아간 이후에도 동일한 감정들이 지속되었다는 이야기로 앞선 해석들이 엉키게 되며, 시어나 시구의 해명도 개운치 않게 되어 버린다.

당시 김수영 개인의 슬픔을 추측하기 위해 다음의 일기(日記)를 읽어보자.

청춘사에서 울다시피 하여 겨우 700환을 받아 가지고 나와서 로선생을 찾아갔다. 장사에 분주한 그 여자를 볼 때마다 나는 설워진다. 도대체 미도파 백화점에 들어서자 그 휘황한 불빛부터가 나는

---

4) 김종훈 외, 이현승, 「김수영 시의 감정어 연구」, 『김수영 시어 연구』, 서정시학, 2013, 186쪽.
5) 김종훈 외, 이현승, 앞의 책, 186쪽.

비위에 맞지 않는다. 침이라도 뱉고 싶은 것을 억지로 참고 나와서, 로 선생의 말대로 '상원'에 가서 기다렸으나 그는 오지 않았다. …… 이 산만한 눈앞의 현실을 어떻게 형상화하고. "미—라"와 같은 나의 생활 위에 살과 피가 한데 뭉친 거대한 결작을 만들 수 있느냐? 나는 이 이상 더 눈앞의 현실을 연구할 필요가 없다. 이것들을 어떻게 '담느냐?'가 문제이다.[6]

얼핏 김수영을 서럽게 만든 대상이 '로 선생'이라 생각할 수 있다. 그러나 좀 더 꼼꼼히 읽어보면 실상 서러움의 이유는 생활 때문임을 알 수 있다. 고작 700환을 받고자 매달려야 했던 나를 비롯해 모든 사람들이 돈만을 좇게 만드는 현실의 산만함이 슬픔의 근원인 셈이다. 따라서 김수영에게 화려한 불빛으로 치장된 미도파 백화점 실내는 거북하기만 하다. 현실을 그릇되게 담은 위장된 공간, 미도파 백화점을 빠져나와 그는 골몰한다. 이 현실, 즉 생활을 '어떻게 담느냐?'의 문제로 치닫는 것이다. 비극적 현실에서 김수영이 할 수 있는 일이 '시쓰기' 말곤 무엇이 또 있을까. 이러한 고민의 흔적은 이 글에서 다루고 있는 시 「구슬픈 육체」에서도 동일하게 드러나고 있다.

그럼 다시 시를 찬찬이 읽어내자. 1연에서 시적 화자는 '불을 끄고 누웠다가' 일어났다. 이어서 그는 바로 '불을 켜고 앉는다'. 그가 자리한 곳은 7연에서 알 수 있듯이 책상 앞이다. 그 자리는 시적 화자가 눕기 이전에도 앉았던 곳이다. 1~2연에서 밝히고 있듯이 시적 화자는 누웠다가 '다시 일어났'으며, '다시 불을 켜고 앉았다'. 즉 그는 자신을 다시 책상 앞에 앉도록 만든 '잊어지지 않는 것'에 대한 상(像)을 뚜렷이 하고자 다시 책상과 마주한 것이다. 그것은 시상(詩想)이 떠올랐기 때문일 수도 있다. 말하자면 시적 화자는 "시작(詩作) 과정에서 항용 부딪치게 되는 설레임과 안타까

6) 김수영, 『김수영 전집2』, 민음사, 2018, 674쪽.

움의 모순된 감정"7)을 드러내고 있는 것이다.

이와 같이 김수영의 시 「구슬픈 육체」를 읽으면 이 시의 처음부터 끝까지의 내용은 시적 화자가 한 편의 시를 얻기 위해 벌이는 고투의 과정이라 할 수 있다. 텍스트 내적으로 시인이라 할 수 있는 시적 화자는 두 가지 행위(불을 켬/끔, 일어나 앉음/누움)를 통해 자신이 내적 갈등을 겪고 있음을 알려준다. 반복적으로 말하듯이 이는 '잊어지지 않는 것'을 찾기 위함 씨름이다. 허나 이것은 불을 꺼야만(누워야만) 보인다. 그렇기 때문에 곧이어 시적 화자가 불을 켜고 일어나 앉아 그것을 잡으려 할 때, 그것은 달아나 버린다. 애초부터 성립될 수 없는 싸움인 셈이다. 결론부터 말하자면 그래서인지 이 전투에는 승자도, 패자도 존재하지 않는다.

불을 끄고 누워야만 보고(청춘) 느낄 수 있는(대지의 진동)은 대체 무엇인가. 먼저 전자는 "'암만해도 잊어버리지 못할 것', '내가 찾던 것', '어둠 속에 본 것'은 보잘것없는 생활의 반대편에 있는 삶의 궁극적인 지향성을 뜻한다."8) 불을 켜려면 일어나야만 한다. 허나 그것은 불을 켠 상태에서는 볼 수 없는 것, 불을 끈 상태에서만 볼 수 있는 것이다. 불이 켜진 생동감이 넘치는 일상의 생활에서는 볼 수 없다. 그것은 어둠의 세계, 불 꺼진 세계에서만 볼 수 있는 것이다. 비가시적인 곳에서만 볼 수 있는 이것은 '없어져버린 애처롭고 아름답고 화려하고 부박한 꿈'으로 시가 나아가야 할 이상적 세계라 할 수 있다. 김수영의 말을 빌리면 세계의 개진이 아닐까.

그렇다면 후자, 대지의 진동은 대지의 은폐를 가리킨다. 대지는 예술 작품의 재료라 할 수 있는데, 시적 화자는 불을 끔으로써 나아갈 방향성을 바라는 동시 누워 땅을 만지고 대지의 진동을 느끼고자 하였다. 시적 화자

---

7) 김유중, 『김수영과 하이데거』, 민음사, 2007, 68쪽.
8) 김수이, 「김수영 시에 나타난 '시선의 기술'의 전개 양상 ─ 근대적 '피로/우울', '휴식'과의 상관성을 중심으로」, 『한국문예창작』 11권 2호, 한국문예창작학회, 2012, 21쪽.

는 자신이 쓰게 될 시에서 제힘을 발휘하게 될 '생활'이란 재료를 붙들고 자 또 하나의 문제와 씨름하는 것이다. 그렇기에 그가 가장 경계하는 것은 종국에 무감각하게 될, 잊어버리게 될 생활이다.

이 대목에서 산문가 김수영이 남긴 산문 「초라한 공갈」을 발췌하여 읽어보자.

> 책상 위는 촛농이 벗겨질 사이가 없다. …… 하나의 시위를 그는 이 책상을 통하여 하고 있는지도 모른다. …… 서울 대부분의 넉넉지 않은 생활 지대의 예에 빠지지 않는 불편한 현상—전깃불이 잘 들어오지 않아서 이 무능력한 책상 주인은 초를 사용하고 있다. …… 촛농 자국의 초라한 색상이 먼지 위에 차차 그 판도를 확장하고 급기야 원고지를 놓아야 할 최후의 스페이스까지도 월경(越境)을 하려고 할 때 책상의 주인공은 비로소 생활의 충실감을 느낀다. …… 망령이 난 노파와 같이 요즘은 며칠 동안 밤늦게까지도 전깃불이 잘 들어와 …… 이제는 밤이 낮이 되고 낮이 밤이 되었다. …… 촛불 신세를 더 좀 져야겠고 초라한 책상과 번거로운 촛농으로 시위와 공갈은 줄기차게 계속하여야 할 것이다.[9]

전깃불이 들어오면 책상에 가득한 촛농은 사라진다. 곧 김수영이 생활의 충실함을 감각할 수 있는 흔적 역시 사리지는 셈이다. 그가 마주하기 두려워하는 것은 더 이상 벗길 촛농이 없는 책상이다. '책상에 붙은 민민한 판데기'는 곧 쓸 거리가 떨어진 상황을 가리킨다. 그는 글쟁이다. 원고지로 자신을 증명하는, 즉 시를 통해 말을 건네는, 이를 팔아 생활하는 전업 작가이다. 따라서 그가 가장 두려움을 느낄 상황은 바로 자신이 책상 앞에 앉아있었음을 증거할 대상의 소멸이다. 어쩌면 김수영은 아내, 벗 등 자신이 보고픈 대상들을 만나고자 촛농을 바라보고 어루만지는 행위를

9) 이영준, 앞의 책, 「초라한 공갈」, 76—79쪽.

반복하는 것일지도 모르겠다. 눈앞에서 초가 타오를 때의 어른거림 안에서 그들을 소환시키고 있는지도 모른다. 그렇기 때문에 김수영은 번거로움을 무릅쓰고 계속 촛농으로 시위하겠다고 다짐하는 것이다. 시적 화자도 그러하다. 잊어지지 않는 것을 끄집어내어 증명하려 한다. 시적 화자의 몸부림이 바로 그것이다.

헌데 일종의 이 내적 전투는 조화의 방식으로 꾸려지지 않는다. 시의 말미에 가서야 등장하는 시적화자의 고백에서 우리는 그가 바라는 것은 조화가 아님을 알 수 있다. 왜냐하면 "예술 작품이 탁월한 것은 내용과 형식이 조화를 이루어서가 아니라 그 안에서 세계와 대지의 지속적인 투쟁이 벌어지고 있기 때문"[10]이다. 즉 그는 동적(動的) 형태를 지향한다. 중요한건 '쉴 사이 없이' 가고 있다는 그 자체이다. 그는 이 지속적인 고투의 과정이 '시쓰기'의 본질이며, 이 싸움을 계속해야만 '시'가 나오고, 시인도, 시적 화자도 생활할 수 있음을 알고 있다.

또한 그는 '구슬픈 육체여'라는 부름의 대상이 바로 자신임을 알고 있다. 발신자와 수신자가 동일하기에 승패는 형식상 불가능하다. 다시 말해 '구슬픈 육체여'라는 부름은 자기 고백인 까닭에 더 구슬프다. 제 몸뚱어리를 똑바로 바라보는 게 가능키나 한 일인가. 어쩌면 비가시적 공간에서 이러한 '바로 봄'이 가능할지도 모르겠다. 그러나 그것은 제논의 역설처럼 잡히지 않는 대상을 쫓는 일이다. 불을 켜니 그 대상은 사라지지 않았던가. 하물며 우리는 어떠한가. 이 부름은 시를 읽고 있는 우리를 호명하고 있진 않은가. 육체가 구슬픈 까닭은 여기에 있다.

---

10) 신형철, 「'온몸'에 대한 이견―김수영의 「시여, 침을 뱉어라」(1968)를 다시 읽으며」, 『시작』 12권 4호(통권47호), 천년의 시작, 2013, 275쪽.

병풍

병풍은 무엇에서부터라도 나를 끊어준다
등지고 있는 얼굴이여
주검은 취한 사람처럼 멋없이 서서
병풍은 무엇을 향하여서도 무관심하다
주검에 전면 같은 너의 얼굴 우에
용이 있고 낙일이 있다
무엇보다도 먼저 끊어야 할 것이 설움이라고 하면서
병풍은 허위의 높이보다도 더 높은 곳에
비폭을 놓고 유도를 점지한다
가장 어려운 곳에 놓여있는 병풍은
내 앞에 서서 주검을 가지고 주검을 막고 있다
나는 병풍을 바라보고
달은 나의 등뒤에서 병풍의 주인 육칠옹해사의 인장을 비추어주
는 것이었다

—김수영, 「병풍」, 이영준 엮음 『김수영 전집 1 시』,
민음사, 2018, 122쪽.

김수영의 「병풍」에 대하여

전철희

김수영의 「병풍」을 읽을 때 염두에 둘 사항은 다음과 같다.

첫째, 시에서 묘사되는 상황은 어떤가. 이 문제에 대해서는 답하기 어렵지 않다. 작품 속의 풍경은 쉽게 상상할 수 있을 만한 것이다. 지금까지 이 시를 쓴 화자는 누군가의 빈소에 갔을 것이라는 해석이 다수 제기되었다.

그런데 병풍은 보통 양면에 글씨가 쓰여 있거나 앞뒤 양면에 글씨와 그림을 두는 것인데 후자의 경우에도 조문객들에게는 글씨가 보이도록 배치한다. 만약 이 시에 시인의 자전적 경험이 투영되어 있다면, 김수영은 아마 자신의 집에서 병풍을 펴놓고 이 시를 구상했을 것이다. 남의 상갓집에 가서 마음대로 병풍의 뒤를 훔쳐보기는 쉽지 않기 때문이다.

그렇다면 두 가지의 가능성을 제시할 수 있다. 시에 내포된 화자는 병풍의 뒤쪽을 보고 있는 망자인가? 아니면 자신의 집에서 병풍을 내놓은, 살아있는 김수영 자신인가? 우선 말하자면 이 문제에 대해서는 확언하기 어렵고 시의 해석에 있어서도 중대한 변별점을 제시하진 않는 것 같다.

또 하나 문제가 되는 것은 용, 낙일, 비폭, 유도 같은 시어들이 병풍 속의 그림에 묘사된 것들인지 아니면 시인이 상상한 대상인지의 여부이다. 이것들은 전부 동양화의 소재로 자주 활용된다. 헌데 김수영의 시적 스타일을 감안하면, 저것들은 본래 병풍에 있는 그림 속의 존재들이었는데 시인이 무엇인가를 말하기 위한 비유로서 차용한 것이라고 보는 편이 자연스럽다. 그런 관점에 입각하여 비폭과 유도라는 단어에 대해 해설을 시도했던 전례가 있다.

정한아[1]는 용과 낙일이 상승과 하강을 상징하며 이는 인간의 일생을 의미한다고 전제한 후, 비폭과 유도는 그것에 대비되는 사후세계를 가리킨다고 해석했다. 반면 김유중[2]은 용과 낙일이라는 말이 가지고 있는 운동성부터가 죽음에 대한 인식과 관련된다고 보았다.

흥미로운 사실은 전집의 「병풍」(122쪽) 각주에 언급된 김성근이 「이십사시품」[3]이라는 글을 옮겨 적은 경험이 있다는 점이다. 이 글에서는 낙일, 비폭, 그리고 유조(幽鳥)라는 단어가 나온다. 김성근이 병풍을 그리면서 저것들을 묘사했는데 김수영이 그 병풍을 봤다거나, 혹은 김수영이 김성근의 저 글에서 어떤 착상을 한 것일 수도 있겠다는 유추가 가능해지는 대목이다.

그런데 정말 '육칠옹해사'가 김성근인 것은 확실할까? 일찍이 김유중은 『김수영과 하이데거』에서 저 단어가 하이데거를 가리킨다는 가설을 내놓았다. 그가 내세웠던 논거들을 새삼 검토할 필요는 없다. 김유중 자신이 견해를 수정했기 때문이다. 저 단어가 인장으로 찍혀 있던 병풍에 대한 김현경 여사의 증언을 감안해도, 김수영이 하이데거를 상기시키기 위해 저런 괴상한 한자어를 만들었다는 가설은 마땅히 거부되어야 한다. 다만 그 문제의 병풍은 아직까지 발견되지 않았다. 더욱이 김성근은 그림보다 글에 집중했던 서예가였다고 한다. 요컨대 저 시어가 김성근일 것임을 암시하는 심증은

---

1) 정한아, 「'온몸', 김수영 시의 현대성 : 죽음과 자유를 중심으로」, 연세대학교 석사학위 논문, 2003.
2) 김유중, 「김수영 시 「병풍」에 관한 의문(1)」, 『시안』 11권 2호, 2008년 6월.
3) 참고로 언급해두자면 이 작품은 도가와 불가의 사유를 기반으로 삼아, 세속적인 것들에 초탈하고 자유로이 상상하는 태도를 선양하는 내용이다.

많지만 물증은 나오지 않았다. 고증이 필요한 부분이니 예단하지 말고 지금까지의 논의가 이렇게 이루어졌다는 정도로만 이해하면 좋겠다.

한 연구자가 하이데거를 연상했던 것은, 「병풍」에서 나타난 죽음인식이 하이데거와 유관하리라는 선험적 기대로부터 비롯된 결과로 보인다. 이런 기대 자체가 틀린 것은 아니다. 분명 이 시는 죽음에 대한 인식을 내포하고 있기 때문이다. 이 시와 죽음인식에 대해서는 차후 다시 언급하도록 하자.

둘째, 이 시의 '현대성'에 대해 말해보자. 1965년에 김수영은 한 산문에서 「폭포」를 언급한 바 있다. 왜곡과 오해의 소지를 피하기 위해 조금 길게 인용해본다.

> 요즘 나는 라이오넬 트릴링의 「쾌락의 운명」이란 논문을 번역하면서, 트릴링의 수준으로 본다면 나의 현대시의 출발은 어디에서 시작되었나 하고 생각해 보기도 했다. 얼른 머리에 떠오르는 것이 십여 년 전에 쓴 「병풍」과 「폭포」다. 「병풍」은 죽음을 노래한 시이고, 「폭포」는 나태와 안정을 배격한 시다. 트릴링은 쾌락의 부르주아적 원칙을 배격하고 고통과 불쾌와 죽음을 현대성의 자각의 원인으로 들고 있으니까 그의 주장에 따른다면 나의 현대시의 출발은 「병풍」 정도에서 시작되었다고 볼 수 있고...4)

이 글은 몇 개의 사실을 암시한다. 김수영 자신은 「병풍」을 죽음에 대한 시라고 생각하고 있었다. 또한 그는 사후적으로 이 작품이 트릴링적 의미에서의 현대성을 가지고 있다고 평가하게 되었다. 후자에 대해 먼저 이야기하자. 트릴링은 프로이트를 차용하여, 현대생활의 지엽적 쾌락 따위

---

4) 김수영, 『김수영 전집 2권』, 426—427쪽.

는 거부하고 '죽음충동'에 충실할 것을 현대성의 이상으로 제시했다.(조현일) 여기에서 죽음충동이 무엇인지에 대해서 이야기를 하려면 김수영과 프로이트의 시론(試論) 전체를 톺아봐야 한다. 세목을 떼고 요약하자면, 능동적으로 삶의 자유를 추구하는 것은 그러니까 시를 '온몸'으로 쓰는 것은 그 자체로 죽음으로 이행하는 과정이다. 프로이트에 따르면 거의 충동의 층위에 닿을 때까지 자신의 욕망에 충실한 태도는 삶보다 죽음에 맞닿아 있기 때문이다.

　그래서 「병풍」은 자유를 극한까지 추구하겠다는 김수영의 의지가 나타난 작품이라고 할 수 있다. 그러나 이 작품에서 자유에 대한 의지는 매우 소극적이고 암시적으로만 드러난다. 비슷한 시기에 그가 발표했던 「헬리콥터」에서 그랬듯 「병풍」에서도 '설움'이라는 시어가 나온다. 이는 자유를 시적 형식으로까지 밀고 나갈 방법을 찾지 못했을 당시, 김수영이 자신의 '소시민성'과 함께 느꼈던 자괴감의 표현일지도 모르겠다.

봄밤

애타도록 마음에 서둘지 말라
강물 위에 떨어진 불빛처럼
혁혁한 업적을 바라지 말라
개가 울고 종이 들리고 달이 떠도
너는 조금도 당황하지 말라
술에서 깨어난 무거운 몸이여
오오 봄이여

한없이 풀어지는 피곤한 마음에도
너는 결코 서둘지 말라
너의 꿈이 달의 행로와 비슷한 회전을 하더라도
개가 울고 종이 들리고
기적 소리가 과연 슬프다 하더라도
너는 결코 서둘지 말라
서둘지 말라 나의 빛이여
오오 인생이여

재앙과 불행과 격투와 청춘과 천만인의 생활과
그러한 모든 것이 보이는 밤
눈을 뜨지 않은 땅속의 벌레같이
아둔하고 가난한 마음은 서둘지 말라
애타도록 마음에 서둘지 말라
절제여
나의 귀여운 아들이여

오오 나의 영감(靈感)이여

— 김수영, 「봄밤」(1957) 전문*, 이영준 엮음, 『김수영 전집 1』,
민음사, 2018, 154—155쪽.

---

* 김수영 시는 다음의 책을 정본으로 채택하여, 인용함을 밝힌다.

「봄밤」에서 나타난 '봄'의 문제
— 두 가지 차원으로 읽는 '봄'

정보영

　김수영 시 연구는 최근까지 약 사천 사백여 편에 이르며, 활발하게 이뤄지고 있다. 아이러니한 것은 그의 대표작으로 일컬어지는 시편들 외에 다른 시편들, 그러니까 「봄밤」과 같은 시는 상대적으로 많이 논의되지 않고 있다는 것이다.[1] 이에 본고에서는 그간 크게 부각되지 않은 「봄밤」을 중심으로, 시적 주체의 '마음'이 절제하는 것은 무엇이며, 그것을 절제하려는 본원적인 의미에 대해 좀 더 다각적이고 열린 시각으로 살펴보고자 한다.

　먼저 상기해야할 것은 '시선/시각'에 대한 문제이다. 김수영 시 연구 중, '시선/시각'에 대한 연구는 이미 꾸준한 연구가 진행되어 왔다.[2] 선행연구

---

[1] 김수영의 시 「봄밤」에 대한 연구는 다음의 논문에서 거론되고 있다. 그러나 외적인 구조적 측면으로 논의하고 있거나, '말다'라는 부정어의 계열적 측면으로 논의하고 있지 시의 의미론적 내재적 부분으로는 논하지 않고 있다.
　오형엽, 「김수영 시의 언술과 구조화 원리 연구」, 『한국시학연구』 No.43, 한국시학회, 2015.
　김종훈, 「김수영 시의 '부정어' 연구」, 『정신문화연구』 Vol.32 No.3, 한국학중앙연구원, 2009.
[2] 고봉준, 「김수영 시에 대한 '시선/시각성' 연구 재론」, 『한국문예비평연구』 Vol.52, 한국현대문예비평학회 2016.
　김수이, 「김수영 시에 나타난 '시선의 기술'의 전개 양상 : 근대적 '피로/우울', '휴식'과의 상관성을 중심으로」, 『한국문예창작』 Vol.11 No.2, 한국문예창작회, 2012.
　이광호, 「김수영 시에 나타난 시선의 정치학」, 『한국문학이론과비평』 Vol.52, 한국

에서 여러 번 정의·논의되듯 근대의 '시선/시각'은 데카르트의 코기토 (Cogito) 출현 이후, 세계의 중심으로 자리했다. 즉 시각 체계는 과학적 사고를 토대로 한 이성중심주의와 함께 묶이며, 시각과 이성 중심의 근대 세계를 공고히 만들었다. 근대의 시각 발달은 르네상스 회화 양식에서 출발한다. 알베르티가 고안한 원근법이 그것이다. 원근법에 의해 구조화된 근대적 시각체계는 '보는 주체'의 시점을 하나의 소실점에 일치시킴으로써 시각공간을 기하학적으로 합리화한다.3) 이때 '소실점'은 본다는 것의 문제를 야기한다. 그림을 볼 때 주체는 자신이—능동적으로—대상을 보고 있다고 느낀다. 그러나 주체는 대상(소실점)에—수동적—으로 맞춰지게 된다. 주체의 시선이 소실점에 고정되면서 본다는 것, 시선의 주인은 주체에게 있지 않은 것이다. 그렇다면 「봄밤」에서 시적 주체가 보고 있는 시선은 무엇일까. 단지 사계 중 하나인 '봄(Spring)'을 보고 있는 것인지 생각해보고자 한다. 이와 같은 논의를 통해 시적 주체의 마음이 절제하려는 것이 무엇인지까지, 그 내적 의미를 도출해낼 수 있을 것이다.

시의 시적 정황을 살펴보면, 시적 주체는 봄밤에 "술에서 깨어난" 것으

문학이론과 비평학회, 2011.

김지녀, 「김수영 시에 나타나는 타자의 "시선"과 "자유"의 의미—사르트르와의 상관성을 중심으로」, 『한국문예비평연구』 Vol.34, 한국현대문예비평학회, 2011.

유창민, 「김수영 시에 나타난 여성에 대한 시선 연구」, 『겨레어문학』 Vol.45, 겨레어문학회, 2010.

이광호, 「김수영 시에 나타난 도시적 시선의 문제」, 『어문논집』 Vol.60, 민족어문학회, 2009.

주영중, 「김수영 시에 나타난 시각적 경험의 발현 양상」, 『한국근대문학연구』 Vol.7 No.1, 한국근대문학회, 2006.

임지연, 「김수영 시의 시각성 연구」, 『한국문예비평연구』 Vol.20, 한국현대문예비평학회, 2006.

조강석, 「김수영과 시각(視覺)의 문제」, 『현대문학의 연구』 Vol.22, 한국문학연구학회, 2004.

3) 나희덕, 「1930년대 모더니즘 시의 시각성—'보는 주체'의 양상을 중심으로」, 연세대학교 박사학위 논문, 2006.

로 보인다. 그리고 봄밤에 "무거운 몸"을 추스르면서 말하고 있다. 이때 생각해봐야 하는 것은 시적 주체가 누구에게 말하고 있는 것인가이다. 1연 5행과 2연에 2행, 3행, 6행에서 '너'가 등장한다. 여기서 '너'는 사람을 지칭하는 인물이 아니다. 시적 주체는 1연 1행에서 "애타도록 마음에 서둘지 말라"고 한다. 마음은 무정물이므로 '—에게'가 아니라 '—에'라고 해야 한다. 시적 주체는 "마음에", 말하자면 자신의 마음—에게 "서둘지 말라"라고 이야기 하고 있는 것이다. 즉 시에서 등장하는 '너'는 곧 '나'이다. 시적 주체가 스스로에게 말하고 있는 것이다.

　이때 '나', 자신—마음—에게 말하고 있는 것을 보면서 상기할 수 있는 것은 되풀이되고 있는 '부정'에 대한 것이다. 시적 주체는 계속해서 '~하지 말라'라고 하는데, 시에서 총 여덟 번 반복되고 있다.[4] 시에서 반복은 리듬감을 형성하기도 하지만 강조의 측면으로도 볼 수 있다. 시적 주체가 '부정'을 통해 강조하고 싶은 것은 무엇일까. 그것은 마지막에 등장하는데, '절제'이다. 자기 자신에 대한 '절제'다. 즉 자기 자신의 욕망에 대한 절제라고 볼 수 있을 것이다.[5] 이와 같은 논의는 이미 선행 연구에서 언급하고 있으며, 본고에서도 역시 그것에 동의하는 바이다. 그러나 「봄밤」을 분석하는 데 있어서, 욕망 메커니즘에 대해서는 언급되지 않은 채 간략히 논의하고 있으므로 시각이론에 입각해 좀 더 구체적인 논의를 덧붙여 살펴보아야 할 것으로 보인다.

　시각이론에서 본다는 것은 욕망한다는 것이다. 라캉은 시선과 응시에서의 욕망 작동 기제를 기원전 4세기 초의 대표적인 두 화가(제욱시스와

---

4) '서둘지 말라'(1연 1행, 2연 2행과 6행과 7행, 3연 4행과 5행), '바라지 말라'(1연 3행), '당황하지 말라'(1연 5행)

5) 김종훈은 「봄밤」에서 드러난 부정어를 분석하면서, 시적 주체가 부정하는 것은 섣부른 욕망의 발산임을 소략하게 밝히고 있다. ― 김종훈, 「김수영 시의 '부정어' 연구」, 『정신문화연구』 Vol.32 No.3, 한국학중앙연구원, 2009, 352쪽 참고.

파라시오스)의 이야기를 통해 설명하고 있다.[6] 시선과 응시에서의 욕망은 주체가 대상을 바라보는 것이 아니라, 그것이 역전된 차원이다. 대상으로부터 주체의 욕망이 불러일으켜지는 것이다. 그러니까 「봄밤」에서 시적 주체가 자신에게 말하면서 절제 하고자 하는 것은 욕망, 말하자면 이성 중심의 근대적 세계에서 본다는 것에 대한 절제를 요구하는 것이다. 욕망의 절제는 본다는 것에 대한 근원적인 질문에 가닿고자 하는 것이다.

이와 같은 맥락에서 "술에서 깨어난 무거운 몸"은 시각적으로 보는 것이 또렷해진, 이성적으로 깨어난 상태이다. 이때 본다는 것에 대한 '부정'이 나타나게 된다. 시적 주체는 스스로 본다는 것의 시각적 차원을 "서둘러서" 믿지 말기를 자신의 마음에 경고하고 있는 것이다. 즉 욕망에 대한 절제는 시적 주체가 보고 있는 현실 세계에 대한 부정을 통해 '영감(靈感)'의 차원으로 나아가야함을 말하고 있는 것이며, 대상 혹은 시대가 제시하는 청사진에 속지 말기를 강조하고 있는 것이다.

본다는 것에서 가장 중요한 것은 빛이다. 빛이 없으면 시각은 아무 소용이 없어진다. 예컨대 플라톤의 동굴 우화에서 나오는 죄수들을 떠올려 볼 수 있는데, 이 이야기에는 어릴 때부터 캄캄한 동굴에 갇힌 죄수가 나온다. 자신의 그림자만 보고 살아온 죄수는, 족쇄에서 풀려나 햇빛이 있는

---

6) 제욱시스와 파라시오스는 누가 더 뛰어난 화가인지 내기를 한다. 제욱시스가 그린 그림은 포도송이가 그려진 벽화였다. 매우 정교하게 그려진 탓에 새들이 날아와 포도송이를 쪼아 먹으려고까지 하였다. 승리를 확신한 제욱시스에게 파라시오스가 보여준 그림은 베일이 그려진 벽화였다. 그러자 제욱시스는 그에게 "자 이제 그 베일을 걷고 자네가 무엇을 그렸는지 보여주게."라고 말한다. 결국 내기에서 파라시오스가 승리하게 된다. 제욱시스가 정교하게 그린 포도송이는 새를 속였지만, 파라시오스가 그린 베일은 제욱시스의 눈을 속이게 된다. 대상을 누가 더 잘 그렸는가가 중요한 것이 아니다. 포도송이는 새들의 욕구를 자극했다면, 베일은 제욱시스로 하여금 베일 너머의 대상이 무엇인지 자극하였고, 그의 눈을 속이게 된다. 이때 바로 욕망의 기제가 작동한 것이다. 따라서 욕망을 불러일으킨 눈에 대한 응시의 승리가 된다. (자크 라캉, 맹정현·이수련 옮김, 『자크 라캉 세미나11』, 새물결, 2008, 160쪽, 참고.)

바깥세상으로 나가게 된다. 죄수는 한 번도 보지 못한 세계를 보게 되는 것이다. 즉 동굴 속에 갇힌 채 그림자가 세계의 전부이자 실재라고 믿고 살아온 죄수는 전혀 새로운 세계를 맞이하게 되는 것이다. 이때 죄수가 햇빛이 만개한 세계로 나아가기 위해서는 그것을 바라보고, 가야만 한다. 그렇지 않으면 죄수는 자신의 그림자 속에 갇혀서 지낼 수밖에 없다. 여기서 문제는 죄수의 자발적인 행위가 아니라, 그가 수동적으로 빛을 향해 나아가도록 강요받는다는 것이다. 족쇄에서 풀려나자마자 가시적 세계로 나아가기를 요구당하는 죄수는 동굴 밖으로 나가기 싫어도 가야만 한다. 이처럼 시적 주체에게도 역시 본다는 것은 강요된 선택의 지점이다. 시적 주체는 세계를 바라보는 것 자체에 대해 능동적으로 경계할 것을 반복하며, 시선을 부각하고 있다.

시적 주체는 마치 죄수가 빛을 바라보는 것처럼 "강물 위에 떨어진 불빛"을 본다. 그는 자신에게 말한다. "혁혁한 업적을 바라지 말라". 다시 말하자면 보는 것, 보이는 것 혹은 봐야만 하는 것, 나아가 대상 또는 세계가 자신을 바라보고 있는 응시 속에서 시적 주체는 계속해서 스스로를 계유(戒喻)하고 있는 것이다. 시적 주체는 눈을 통해 본 현실—라캉식으로 말하자면 상징계—에서 가시적인 실적내지 공적이 중요한 게 아님을, 오히려 비가시적인 내적인 마음을 바라볼 것을 자신에게 주문하고 있다. 그리고 "개가 울고 종이 들리고 달이" 뜨는 시간의 반복 속에서도 "당황하지 말라"라고 말한다. 앞서 언급한 바(제욱시스와 파라시오스), 본다는 것은 대상 이미지의 매혹이며 기만이다. 따라서 시적 주체는 세계를 보는 것에 대해 조급하게 믿지 말기를, 거듭 요구하고 있는 것이다.

더불어 "오오 봄이여"라고 하는 것은 그러한 것을 자각하고 있는 현재 장소로써의 '봄(Spring)'밤이기도 하지만 다른 한편 본다는 것(Seeing)으로도 볼 수 있다. 즉 '봄'은 두 가지 차원으로 나눠 읽을 수 있게 된다. 모든 것이

소멸한 뒤 다시 세계가 형성되는 '봄(Spring)'은 욕망이 새롭게 부풀어 오르는 시기이다. 시적 주체는 다가오는 '봄(Spring)'을 보면서('Seeing') 서둘지 말기를, 샘솟는 욕망을 절제할 것을 고백하고 있는 것으로 볼 수 있다.

계절의 시작인 '봄'은 반복될 것이고, 세계를 바라보는 '봄'은 계속 바뀔 것이다. 계속해서 시적 주체는 자신에게 말한다.("한없이 풀어지는 피곤한 마음에도/너는 결코 서둘지 말라") "너의 꿈이 달의 행로와 비슷한 회전을 하더라도" 달리 말해서, 궤도를 벗어나지 않고 끊임없이 반복되는—반복될—세계 속에서 삶을 지속하더라도 "결코 서둘지 말라"라고 말하고 있는 것이다. 그리고 시적 주체는 다시 한 번 이성적으로 깨어난 자신에게 간곡히 말한다.("서둘지 말라 나의 빛이여/오오 인생이여")

나아가 3연에서는 시적 주체가 반복적인 부정을 통해서 인생에 대한 "모든 것"을 보게 된다.("재앙과 불행과 격투와 청춘과 천만인의 생활7)") 이때 "눈을 뜨지 않은 땅속의 벌레같이/아둔하고 가난한 마음은 서둘지 말라"라고 하는 것에서 가난한 마음은 '천만인'이라는 노동자를 뜻하는 것이 된다. '빛(이성)'을 중심으로 구성된 세계 속에서 모든 삶은 '빛'을 지향하고 나아가지 않으면 안 된다. 그러나 플라톤의 동굴 우화에서 언급했던 죄수처럼 그것은 일면 강요된 선택이고 원치 않아도 빛으로 걸어가야만 하는 강제성이 수반된 것임을 뜻한다. 여기서 시적 주체는 사회(세계)를 살아가는 데 있어서, 눈에 보이는 것만을 가시적인 것만을 쫓지 않기를 재차 역설하고 있는 것이다.(3연 4행과 5행의 반복.) 그리고 시적 주체는 절

---

7) '천만인의 생활'이라고 한 것에 대해서는 당대 인구총조사 자료를 통해 그 이유를 확인·유추해볼 수 있다. 「봄밤」은 1957년 작품인데, 1955년~1960년의 통계청 인구총조사 자료에 따르면 우리나라 총 인구수는 21,502,386명이다. 이때 노동력상태별 인구 조사에서 노동 가능한 인구는 9,832,208명으로 집계하고 있다. 즉 '천만인의 생활'은 사회 속에서 삶을 영유할 수 있는 노동력을 가진 사람들, 다시 말해서 노동자를 뜻하는 것으로 볼 수 있다. ─ 통계청 국가통계포털, 행정구역/성/연령/노동력 상태별 인구(14세이상 인구) 자료 참조.

제를 부른다.("절제어")

술이 깬 뒤의 봄밤에 시적 주체는 내면의 진정한 '나'를 부르면서 끝맺음하는데, 역시 두 가지 차원의 '나'를 발견하게 되면서 마무리되고 있다. 먼저, 욕망의 절제를 통해서 드러나는 것은 자신 안의 또다른 '나'이며, ("나의 귀여운 아들이여") 다른 한편 드러나는 것은 자신의 마음 속 보이지 않는 '영감'이다. 이때 '아들'은 자신도 어쩌지 못하는 자신의 욕망인데, 이 시에서 '영감'이 찾아오게 되는 것은 가시적인 세계에 대한, 시선에 대한 회의(懷疑)에서부터이다. 즉 새로이 시작하는 계절인 '봄'에 본다는 것에 매혹되지 않고, 절제할 때 '영감'이 찾아오게 되는 것이다.

「봄밤」은 김수영의 여타 시편에 비교한다면 시적인 정도가 그리 빼어나다고 할 수는 없다. 그러나 김수영의 시론을 상기한다면[8] 원론적인 면에 있어서 위 시는 그의 시편 중, 가장 핵심의 위치에 서게 된다. 욕망에 대한 부단한 경계 또는 제어를 촉구하면서 시적인 것이 무엇인지 직시할 것을 거듭 말하는 위 시는 바로 시대가 바라는 형식과 내용에 얽매이지 말고 자신의 '영감'을 바로보고 나아갈 것을, 스스로에게 채찍질 하는 것이다. "모깃소리보다도 더 작은 목소리로 아무도 하지 못한 말을 시작하는 것이다. 아무도 하지 못한 말을. 그것을." 말이다.

---

8) 시는 온몸으로 바로 온몸을 밀고 나가는 것이다. (중략) 모깃소리보다도 더 작은 목소리로 시작하는 것이다. 모깃소리보다도 더 작은 목소리로 아무도 하지 못한 말을 시작하는 것이다. 아무도 하지 못한 말을. 그것을. (김수영, 이영준 엮음, 『김수영 전집2 산문』, 민음사, 2018, 497-503쪽.)

그 방을 생각하며

혁명은 안 되고 나는 방만 바꾸어 버렸다
그 방의 벽에는 싸우라 싸우라 싸우라는 말이
헛소리처럼 아직도 어둠을 지키고 있을 것이다

나는 모든 노래를 그 방에 함께 남기고 왔을 게다
그렇듯 이제 나의 가슴은 이유 없이 메말랐다
그 방의 벽은 나의 가슴이고 나의 사지일까
일하라 일하라 일하라는 말이
헛소리처럼 아직도 나의 가슴을 울리고 있지만
나는 그 노래도 그 전의 노래도 함께 다 잊어버리고 말았다

혁명은 안 되고 나는 방만 바꾸어 버렸다
나는 인제 녹슬은 펜과 뼈와 광기—
실망의 가벼움을 재산으로 삼을 줄 안다
이 가벼움 혹시나 역사일지도 모르는
이 가벼움을 나는 나의 재산으로 삼았다

혁명은 안 되고 나는 방만 바꾸었지만
나의 입속에는 달콤한 의지의 잔재 대신에
다시 쓰디쓴 담뱃진 냄새만 되살아났지만

방을 잃고 낙서를 잃고 기대를 잃고
노래를 잃고 가벼움마저 잃어도

이제 나는 무엇인지 모르게 기쁘고
나의 가슴은 이유 없이 풍성하다

— 김수영, 「그 방을 생각하며」(1960.10.30.)
(『김수영 전집1—시』, 민음사, 2018)

'일보 퇴보'의 시작
—김수영 「그 방을 생각하며」에 대해—

양진호

시에서 공간 문제는 서정 주체의 몸이 세계와 관련을 맺는 생생한 체험의 문제에서부터 출발[1]한다. 김수영의 시세계에서는 '방'이 중요한 공간 중 하나로 다뤄지고 있는데, 2003년판 김수영 전집을 기준으로 했을 때 '방'이 중요한 소재나 의미소로 사용되는 시는 모두 21편이며 총 사용 횟수는 42회[2]에 이른다. 방은 사회로부터 닫힌 공간이지만, 사회와 다양한 관계를 맺고 있는 개별 주체가 자신의 정체성을 규정해 나가는 공간이기도 하다. 그러므로 방은 개인과 사회 사이에 놓인 진공의 공간이며, 김수영의 표현을 빌리면 "'전체'와 '개인'과의 사이에 이다바사미(板挟み, 둘 사이에 끼여 꼼짝 못함)[3]"하는 공간이라고 할 수 있다. 하지만 모든 사람들에게 방이 진공으로 느껴지는 것은 아니다. 사회 안에서만 자신을 규정할 수 있는 개인에게 있어서 방은 '열려'있거나 '닫혀'있을 뿐이지 진공 상태는 아닌 것이다. 4·19 혁명을 통해 구체제를 끌어내린 1960년의 학생과 시민들은 사회와 긴밀하게 연결되어 있음을 느끼고 있었을 것이다. 그러

---

1) 박태일, 『한국 근대시의 공간과 장소』, 소명출판, 1999, 23쪽.
2) 여태천, 「김수영 시의 장소적 특성 연구—방과 집을 중심으로」, 민족문화연구 제41권, 고려대학교 민족문화연구원, 2004.
3) 김수영, 『김수영 전집2』, 민음사, 2018, 722쪽.

나 이 혁명이 새로운 대안 체제를 만들어내지 못했을 때 그들의 일부는 다시 진공의 공간인 방으로 돌아가 자신의 존재 방식에 대해 고민해야만 했다. 사회를 향해 열려 있으면서도 닫혀 있는 모순된 자기의식이 형상화된, 즉 일시적으로나마 주체가 사회적으로 규정되지 않아도 되는 공간인 '방'을 통해 김수영은 서정 주체가 세계와 관련을 맺는 양상을 선명하게 보여주려고 하지는 않는다. 그러나 그 모순된 공간을 통해 '정신적 자유'를 구현함으로써 김수영은 주체의 자기규정 의지와 세계와의 관계를 분명하게 보여주고 있다. 시인의 불안정한 공간에 빈번하게 새겨지는 슬로건은 '위대한 창조적 추진력의 복본複本'으로서의 '혁명'4)이다.

<'오로지 시계소리만 들립니다'─1960년 4월 21일 동아일보 사회만평>

김수영의 '방'에 관련한 선행 연구로 여태천, 이지혜5), 배은별6), 오채

---

4) 김수영, 『김수영 전집2』, 민음사, 2018, 713쪽.
5) 이지혜, 「김수영 시의 기호학적 연구:공간기호를 중심으로」, 명지대학교 석사논문, 2002.
6) 배은별, 「김수영 시에 나타난 사랑과 혁명의 의미 연구:시적 주체의 변모 과정을 중

운7) 등의 논의가 있는데 이 중 '방'과 주체 문제를 구체적으로 관련지어 설명하고 있는 것은 여태천, 오채운의 글이다. 여태천은 김수영 시에서 방이 시인의 현재적 자아가 놓여 있는 위치를 암시하는 공간이라고 설명하며, 삶을 억압하는 무거운 현실(사회적 혼란과 생활고)과 미래를 기다리는 회복의 상상력(창조와 혁명)이 혼재되어 나타나 시인의 주체가 위치하는 정신적 층위를 결정하는 데 영향을 준다고 보았다. 그가 주목한 것은 방이 개인적인 비호의 장소로 한정되어 나타나지 않는다는 점인데, 특히 방을 소재로 한 시가 시작 초기나 후기보다 사회적 발언을 서슴지 않았던 1960년과 1961년에 집중적으로 많이 나타난다8)는 통계적 자료는 오히려 사회적 문제가 중요한 사안으로 떠오를수록 개인적인 장소로 자신의 거처를 옮겨야 했던 김수영의 내면을 알게 해준다고 언급한다. 특히 '방'이 7회나 사용된 「그 방을 생각하며」에 대해 다룬 부분에서 그는 "혁명은 안되고 방만 바꾸어 버"리는 의지적인 사건이 "방을 잃고"라는 무의적인 사건으로 바뀌는 과정에 주목하며, 화자가 방을 바꾼 사실이 자의적인 의도에 따른 결과가 아니라 외부의 압력에 의해 생긴 것이거나 어쩔 수 없는 사태임

심으로」, 서울과학기술대학교 석사논문, 2010.
7) 오채운, 「김수영 시의 '방'과 내면적 갈등의 변화 양상」, 원광대학교 인문학연구소 논문집 제16권, 원광대학교인문학연구소, 2015.

8) 시어	하위 분류	빈도수	점유율 %	출전
방	방	42	80.7	「미숙한 도적」(1953－1954년 사이) 3, 「도취의 피안」(1954) 1, 「거리2」(1955. 9.3) 1, 「구름의 파수병」(1956) 1, 「반주곡」(1959) 1, 「그 방을 생각하며」(1960. 10.30) 7, 「여편네의 방에 와서」(1961.6. 3) 3, 「누이야 장하고나!」(1961.8.5.) 2, 「누이의 방(1961.8.17) 3, 「피아노」(1963. 3.1) 3, 「시」(1964) 1, 「X에서 Y로」(1966. 4.5) 6, 「사랑의 변주곡」(1967.2.15.) 4, 「미인」(1967.12) 1

을 은연중에 드러내고 있다고 언급한다. 즉 첨예한 현실의 문제가 다른 무엇보다도 방으로 비유된 육체(메마른 가슴)를 통해 가장 먼저 드러난다고 본 것이다. 오채운은 김수영의 시에서 '방'이 내면적 갈등의 변화 양상을 보여주는 공간이라는 전제 하에 방을 바라보는 화자의 시각에 따라 그 의미를 세 가지로 나눠 살펴보고 있는데, 그중 방의 '소유' 문제를 다룬 부분에서 방과 주체의 관계를 구체적으로 언급하고 있다. 오채운은 김수영의 시에서 방은 누가 소유하느냐에 따라 그 의미가 달라지며 그에 따른 특징으로 가족 간에 수직적 권력관계가 형성된다는 점을 들고 있는데, 이때 대부분 방 안에서 권력을 차지하는 자는 아내로서 화자와는 동등한 관계가 아닌 주종의 관계를 이루게 된다고 보았다. 오채운은 화자가 아내와 종속적 관계에 놓이면서 퇴행의 순간을 겪기도 하고 존재에 대해 불안해하며 위기의식을 느끼기도 한다고 언급하는데, 이러한 독법은 같은 글에서 '내면적 갈등 공간'이라는 층위로 분석된 「그 방을 생각하며」에 대해 설명하는 데에도 유의미하리라고 보았다. 오채운은 혁명이 화자의 내면에서 이루어진 것이 아니라 외부의 상황에서만 이루어진 것이며, 그래서 화자가 자신의 내부적 혁명을 이루지 못하고 방을 바꾸는 반어적인 방식으로 스스로의 비열함을 조롱하고 있다고 보았다. 그런데 김수영의 자기 비하적 표현은 아내와의 관계에서 자기 자신을 종속적 위치에 놓는 방식에서도 나타나고 있고, 이를 통해 시적 주체는 자신의 사회적 위치를 스스로 폐기하고 다른 층위로 이동하고 있다. 즉 김수영의 자기 비하는 여태천의 논의에서 언급된 '시인의 주체가 위치하는 장소를 결정'하는 방식과 더 긴밀하게 관여되었을 수 있다는 것이다.

'4월 26일' 후의 나의 정신의 변이 혹은 발전이 있다면 (중략) 시의 운산에 과거처럼 집착함이 없다. 전혀 거울을 아니 들여다보는 것은

아니지만 놀라울 만치 적어진 것이 사실이다. 기쁜 일이다. 투박해졌
는지? 확실히 투박해졌다. 아니 완전한(혹은 완전에 가까운) 스데미
(포기 자포자기를 뜻하는 일본말)이다. 그 대신 어디까지나 조심해야
할 것은 스데미를 빙자로 한 안이성이나 혹은 무책임성!

— 1960년 6월 16일 일기[9]

　개인이 사회 속에서 자신의 실존적 위치를 결정할 때 큰 영향을 주는 것
은 당대의 시대정신이나 이데올로기이다. 개인들은 정확히 그것이 그들
등 뒤에서 작동하는 한에서 운명에 정면으로 대든다.[10] 이승만이 하야 성
명을 발표한 1960년 4월 26일에 한국 사회를 구성하는 대다수 시민들의
시대정신은 '4·19정신'이었으며 그 대척점에 있는 것은 부패한 구체제였
다. '혁명'이라는 기표에 의해 개인은 사회 구조에 대한 기존의 인식을 폐
기하고 자신의 사회적 층위를 새롭게 상상하기 시작했다. 그러나 4·19 정
신이 고스란히 제도 안에 반영되기는 어려웠고, 김수영이 일기를 쓴 6월 16일까
지도 민주주의는 그가 살고 있는 사회 안에서 잘 구현되지 않았다. 이러한 분위기
는 장면 내각이 들어선 7월 29일 이후에도 이어졌고, 오히려 더 악화되기까지 했
다. 김수영은 그즈음의 답답한 심정을 많은 시와 산문에서 밝히고 있는데, 8월 22
일에 쓴 산문 「치유될 기세도 없이」에서는 장면 내각에 대해 4·19와는 조금도 관
련이 없는 구체제의 답습 정도로 생각하고 있음을 밝혔다.[11] 6월 16일의 일기는
장면 내각이 들어서기 한 달 전의 일이지만, 김수영은 4월 26일 이후 자신의 정신

---

9) 김수영, 『김수영 전집2』, 민음사, 2018, 713쪽.
10) 슬라보예 지젝, 『당신의 징후를 즐겨라』, 한나래, 2013, 271쪽.
11) 국민들이 무엇보다도 염려하는, 앞으로 다가올 경제 위기를 가장 자신 있게 막을
　　수 있다고 호언장담하는 씩씩한 정치가들이 국회 안에는 산더미같이 와글거리고
　　있는데 바깥의 현실은, 비근한 예가 경북 교조나 경방 파업 문제 같은 것만 하더라
　　도 당국의 태도는 여전히 빨갱이를 대하는 태도나 조금도 다름이 없다. 우리는 이
　　것을 '과정過政'의 태도라고 볼 수 없고, 마치 새로 설 신정부의 서곡이나 부지 공사
　　처럼 밖에 느껴지지 않는 것은 웬일일까. ─김수영, 『김수영 전집2』, 민음사, 2018,
　　713쪽.

적 변화(혹은 발전)에 대해 '스데미(자포자기)'라고 밝히고 있다. 그리고 그 자포자기는 '스데미를 빙자로 한 안이성이나 혹은 무책임성'이라고 밝히고 있다. 이는 4·19정신이 그의 내면에 큰 파장을 일으켰으나 그것은 단지 자신의 등 뒤에서 자신을 작동시킨 타자의 구호에 지나지 않음을 깨달았기 때문일 것이다. 4·19정신에 기초한 사회 체제가 새롭게 들어설 것이라는 기대 자체가 4·19라는 기표에 의존하는 수동적 행동이므로, 그는 실망하는 대신 '포기'를 선택한 것이다. '혁명이란 위대한 창조적 추진력의 복본'이라는 김수영의 말대로, 그는 자신의 실존을 4·19정신에 두지 않고 창조적 추진력에 위치시켰다.

> 「잠꼬대」는 발표할 길이 없다. 지금 같아서는 시집에 넣을 가망도 없다고 한다.
> 오늘 시 「피곤한 하루의 나머지 시간」을 쓰다. 전작과는 우정 백팔십도 전환. '일보 퇴보'의 시작. 말하자면 반동의 시다. 자기 확립이 중요하다. 다시 뿌리를 펴는 작업을 시작하자.
> — 1960년 10월 29일 일기[12]

> 작품 「그 방을 생각하며」를 쓰다. 「피곤한 하루의 나머지 시간」은 이것에 비하면 역시 에스키스에 불과하다. 후자를 보류하고 전자를 현대문학에 보내다. 마음이 흐뭇하다.
> — 1960년 10월 31일 일기[13]

「그 방을 생각하며」는 김수영이 1960년 10월 31일에 쓴 시로, 먼저 썼던 「잠꼬대」[14](같은 해 10월 6일)와 「피곤한 하루의 나머지 시간」(같은 해 10월 29일)의 연장선상에 있다. 김수영은 「잠꼬대」가 언론 자유에 대

---

12) 김수영, 『김수영 전집2』, 민음사, 2018, 724쪽.
13) 김수영, 위의 책, 724쪽.
14) 김수영은 1960년 10월 6일에 쓴 일기에 '이 작품의 최초의 제목은 「金日成晩歲」. 시집으로 내놓을 때는 이 제목으로 하고 싶다'라고 밝히고 있다.

한 단순한 고발장이고 「피곤한 하루의 나머지 시간」은 전작의 직설적인 표현을 자제한 '일보 퇴보의 시작'이라고 고백했는데, 10월 31일 일기에서는 「피곤한 하루의 나머지 시간」이 그날 현대문학에 보낸 「그 방을 생각하며」를 쓰기 위한 에스키스(초벌 작품)에 지나지 않는다고 언급하고 있다. 즉 이 세 편의 시는 4·19 이후 그의 의식이 진화하는 과정을 보여준다고 볼 수 있다. 현 정부에 대한 조롱과 불만에서 지적 숨고르기로, 그리고 '전체'와 '개인'의 층위를 넘어선 '위험한 자유'에로 옮겨가며 실패한 혁명 대신 '실망의 가벼움을 재산으로 삼을 줄 안'다고 씁쓸하면서도 유쾌한 기분으로 고백할 수 있게 된 것이다. 현실정치의 외곽인 빈 방으로의 이동은 김수영에게 분명 '퇴각'을 의미한다. 그러나 4·19 혁명 주체라는 사회적 의식이 지워진 빈 방에 도달했을 때 그는 '녹슬은 펜과 뼈와 광기'라는 상상력을 획득하게 되고, 이를 통해 불완전한 민주주의의 언어를 일시적으로나마 대체할 시적 언어들을 창조해낼 수 있게 된다. 그럼에도 불구하고 그는 이 언어의 속성을 '가벼움'으로 규정하고 있으며, 이는 자신의 시어가 '역사일지도 모르'는 의미를 가지더라도 인간 정신의 자유를 완전하게 확정짓는 도구가 되지 못할 것이란 사실을 나타내고 있다. 결국 김수영에게 있어서 진정한 의미의 자유는 언어화되지 않은 내면의 공허 속에만 존재하는 것이며, 그의 녹슬은 펜과 뼈와 광기에 의해 임시로 드러난 것이 그의 시인 것이다. '텅 비어 있음'을 통해 체제에 대한 강력한 저항 의지를 보여주는 방식은 그의 아내 김현경이 에세이[15]에서 소개한 '공란 원고'에 관한 에피소드에서도 드러난다.

4.19 직후 동아일보에서 부정 선거에 대한 컬럼 청탁이 왔다. 원고가 실린 신문을 구해왔더니 칼럼이 실려야 할 난에 김수영 이름

---

15) 김현경, 『김수영의 연인』, 실천문학, 2013, 91쪽.

세 글자만 있고 휑하니 비어 있는 것이 아닌가. 검은 활자로 득시글
거리는 신문 중심의 공란은 마치 무인도와 같았다. 잠시 우두망찰해
있다가 수영에게 보여주며 불쾌하지 않느냐고 물었더니 오히려 신
이 나 했다.

　　"멋있잖아, 이런 게 저항이지."

　　수영의 말이었다.

　김수영의 방은 그가 사회와 맺고 있는 관계를 다시 쓸 수 있는 공간으로
서, 또한 그가 자기 스스로와 맺고 있는 관계를 다시 쓸 수 있는 공간으로
서의 의미를 갖고 있다. 「잠꼬대」(金日成晩歲)에서의 저항이 사회의 언어
를 빌린 저항이었다면, 「그 방을 생각하며」에서의 저항은 당대의 이데올
로기와 관련되지 않은 순수한 의지를 통한 부정否定이었다. 담론에 귀속
되지 않은 자신만의 언어로 시대의 모순을 바라볼 때 그는 행위16)의 주체
로 거듭날 수 있었다. '방'으로의 일보 후퇴는 결국 그가 이후에 보여준 빛
나는 성취를 위한 필수불가결한 과정이었다고 볼 수 있다.

---

16) 행위act는 그것의 담지자(행위자agent)를 근본적으로 변형시킨다는 점에서 '행동
　action'과 다르다. 행위 이후에 나는 전과 동일하지 않다. 행위 속에서 주체는 무화
　되고 뒤이어 다시 태어난다 ─ 알렌카 주판치치, 이성민 옮김, 『실재의 윤리』, 도서
　출판b, 2004, 133쪽.

여수(旅愁)

시멘트로 만든 뜰에
겨울이 와 있었다
아무 소리 없이 떠난
여행에서
전보도 안 치고
돌아오기를 잘했지

이 뜰에서
나는 내가 없는 동안의
아내의 비밀을 탐지하고
또
내가 없는 그날의
그의 비밀을
탐지할 수도 있었다

그래도 나는 조금도
놀라지 않았다
(그러기에는 나는 너무나
지쳤는지도 모른다)
여행이 나를
놀랠 수 없었던 것과 같이
나는 집에 와서도
그동안의 부재에도
놀라서는 안 된다

상식에 취한 놈
상식에 취한
상식
상…… 하면서
나는 무엇인가에
여전히 바쁘기만 하다
아직도
소록도의 하얀 바다에
두고
버리고
던지고 온 취기가
가시지 않은 탓이라고 생각한다……

—김수영, 「여수(旅愁)」, 이영준 엮음, 『김수영 전집1 시』,
민음사, 2018, 261—262쪽.

처용(處容)의 시(詩)

차성환

「여수(旅愁)」는 김수영이 1961년 11월 10일에 창작한 시로, 1962년 7월『현대문학』에 발표되었다. 평소 실제 있었던 일을 시의 소재로 삼는 시인의 습성에 비추어볼 때 텍스트 바깥의 전기적 정보가 해석의 실마리를 제공해줄 수도 있을 것이다. 우선 「여수(旅愁)」에서 '나'가 여행을 다녀온 곳인 "소록도"는 김수영의 산문 「소록도 사죄기(記)」[1]에도 등장한다. 「소록도 사죄기(記)」는 집필시기가 시 「여수(旅愁)」의 창작년도와 같은 1961년으로 표기되어 있다. 이 산문을 보면, 김수영은 소록도 병원의 나환자 구호 실태와 계획에 대한 르포를 써 주기로 약속하고 섬을 방문한 것으로 보인다. 그는 소록도에서 깊은 인상을 받았는지 그곳 병원의 조 원장과 직원들, 군의관, 의학도, 수녀들, 외국인 선교사, 환자 보모, 환자 학생아이들, 순직 원장의 조상(彫像)까지 자세하게 언급하고 있다. 시인은 그곳에서 나병에 대한 잘못된 인식을 개선시켜달라는 부탁을 받는다. 여론에 호소해서 환자아이들에게 책을 보내주고 자매 학교를 맺게 주선하겠다는 약속까지 한다. 하지만 다녀온 지 두어 달이 지나도록 이를 실행하지 못하고 그에 관련된 기사도 쓰지 못한다. 김수영은 '나'의 무력도 있지만 소록도 문제를 간단히 해결하고 '나'의 책임을 벗어버린다면 그것은 소록도에 대한 모욕일 것이라고 말하고 있다. 「여수(旅愁)」는 실제로 시인이 소록

---

[1] 김수영, 이영준 엮음,『김수영 전집2 산문』, 민음사, 2018, 100-102쪽.

도를 다녀와서 쓴 시로 추정된다.

이 시에서 "내가 없는 동안의/아내의 비밀"은, 텍스트 내에서 확정지을 수 있는 근거가 다소 약하기는 하지만 늬앙스 상 아내의 부정으로 여겨진다. 그렇다면 "내가 없는 그날의/그의 비밀"은 무엇을 의미할까? '나'가 여행을 떠난 후 아내와 바람을 피운 "그의 비밀"을 지칭할 수도 있고 여행을 떠난 동안이 아닌, 과거에 '나'가 없었던 어느 날 아내와 바람을 피운 "그의 비밀"일 수도 있다. 1950년 4월 돈암동에 방을 얻어 김현경과 신접살림을 시작한 김수영은 곧 한국전쟁이 발발하자 북한 의용군으로 끌려가면서 아내와 헤어진다. 김수영은 의용군 훈련소에서 탈출하여 서울로 오던 중 남한 경찰에 체포당해 부산의 거제도 포로수용소에 수용되었다가 가까스로 석방된다. 그때 김현경은 부산의 피난지(광복동)에서 김수영의 친구 이종구와 동거를 하던 차였다. 김수영은 소식을 듣고 김현경을 찾아가 같이 갈 것을 종용했지만 거절당한다. 이후 한국전쟁이 끝나고 1954년 말 혹은 55년 초쯤에 김현경은 이종구와의 동거를 정리하고 서울로 간 김수영을 찾아가 둘은 다시 합치게 된다.[2] 그렇다면 이 시에서 '그'는 김수영이 의용군으로 끌려가 없는 동안에 아내 김현경과 살림을 차린 '이종구'를 지칭하는 것일까? 여행을 떠나면서 "내가 없는 동안의 아내의" 부정을 의심하고, 그 의심은 예전의 한국전쟁 당시 "내가 없는 그날의 그"(이종구)가 자신의 아내와 동거하던 것에 대한 생각으로 이어졌을 수 있다. 김수영의 시와 산문, 평전을 통해 그의 아내에 대한 애증은 익히 알려져 있다.

「여수(旅愁)」의 내용을 살펴보자. '나'는 "여행"을 "아무 소리 없이 떠난" 것과 마찬가지로 아무 "전보도 안 치고" 집으로 돌아온다. '나'는 서둘러 집으로 들어가는 것이 아니라 "시멘트로 만든 뜰"에 머물면서 "내가 없는 동안의/아내의 비밀"과 "내가 없는 그날의/그의 비밀"을 "탐지"한다.

---

2) 최하림, 『김수영 평전』, 실천문학, 2001, 133—236쪽 참조.

그 다음 3연부터가 중요한데, 이러한 "비밀"을 탐지한 '나'의 심리 상태를 어떻게 보느냐가 시 해석의 관건(關鍵)이 되기 때문이다. "그래도 나는 조금도/놀라지 않았다"에서 '그래도'라는 접속 부사는 '나'가 "비밀"을 탐지했을 때 놀랄만한 것이었지만 '나'는 별 상관이 없었다는 사실을 강조하고 있다. 그 이유는 '나'가 "너무나 지쳤"기 때문일 수도 있고 "소록도의 하얀 바다에" "던지고 온 취기가" 아직 "가시지 않은 탓"일 수도 있다. "소록도"로 다녀온 "여행"은 '나'에게 아무런 자극이 되지 않았는지 "놀랠 수 없었"고, 마찬가지로 "나는 집에 와서도" 여행을 다녀온 "내가 없는" "그동안의 부재에도/놀라서는 안 된다"고 스스로 당부하듯이 다짐한다. "놀라지 않았다"(3연 2행)와 "놀랠 수 없었던 것과 같이"(3연 6행), "놀라서는 안 된다"(3연 9행)고 반복하는 부분은 주목해서 볼 필요가 있다. '나'가 그 (그동안의) '부재'에 놀라게 된다면 그것은 실제로 낯선 것이 되는 효과를 낳고 일상적인 '나'에게 충격을 주게 된다. '나'는 '부재'의 '비밀'이 겉으로 드러나 일상에 균열을 가하게 되는 것이 두려워서 스스로 "놀라서는 안 된다"는 방어기제를 작동시키고 있는 것이다. 여행은 익숙한 집을 떠나 다른 곳으로 가는 것이기에 으레 일상과는 다른 낯선 풍물을 경험할 것이라고 기대하기 때문에 오히려 여행자는 스스로를 '진짜' 놀라게 할 수 없다. '놀람'은 예상치 못한 뜻밖의 일이 닥쳤을 때에 수반되는 경험이기 때문이다. '놀람'은 외부의 갑작스러운 침입에 의해서만 겪을 수 있기에 주체에게 전적으로 수동적인 반응이다. 따라서 "여행이 나를/놀랠 수 없었던 것"은 말 그대로 실제 놀라지 않았다는 뜻이고, "집에 와서도/그동안의 부재에도/놀라서는 안 된다"는 시구는 여행이 '나'에게 '놀람'을 줄 수 없었던 것처럼 "그동안의 부재"에 놀라지 않았다는 것을 가장(假裝)하고 있다는 말이 된다. 집에 돌아왔지만 집은 익숙한 곳이 아니라 '나'의 "그동안의 부재"에 깃든 "비밀"을 감추고 있는 낯선 곳이 된다. '진짜' 여행은 일상에서 가장 멀리 떨어진 "소록도"에서가 아니라 "집"에 돌아오자 시작된다는 역전된 상황이 펼쳐진다. 이 시의 제목으로 쓰인, 객지에서 느끼는 쓸쓸함이나 시름을 뜻하는 '여수(旅愁)'를 눈여겨보자. '여수'는 여행의 일반적인 의미에서는 "소록도"라는 객지에서 얻은 것이어야 하지만 무의식적 층위에서는 '나'가 여행을 끝내고 돌아왔을 때 친근한 "집"이 낯선 곳(객지)으로 발견되면서 느끼는 감정이 된다.

　"아내의 비밀"과 "그의 비밀"은 곧 아내의 부정(간통)을 암시한다. 여행에서 돌아온 후 아내의 부정을 탐지하고 집에도 들어가지 못하고 집 앞 뜰에서 서성거리고 있는 '나'의 모습은 김수영식(式)의 '처용(處容)'을 보는 듯하다. 처용에 얽힌 이야기는 다음과 같다. 신라 헌강왕 때 역신(疫神)이 몰래 사람으로 변신해 처용의 아내와 잠을 잤는데, 집에 돌아온 처용이 잠자리에 두 사람이 있는 것을 보고 노래와 춤을 행하며 물러났다. 이에 감복한 역신은 처용 앞에 꿇고 앉아 처용의 그림만 보아도 그 문에 들어가지 않겠노라며 약속을 한다. 아내의 부정한 장면에 들이닥치지 않고 거리를 둔 채 자신이 처한 상황을 노래하는 설화 속 '처용'과, "아내의 비밀"을 단박에 밝혀내지 않고 조심스럽게 "탐지"하는 「여수(旅愁)」의 '나'는 구조적으로 유사하다. '나'는 스스로 "상식에 취한 놈"이라고 되뇌면서 놀라지 않았다고 애써 가장(假裝)하는 데에 "여전히 바쁘기만" 하다. 일상적인 체제(가정)의 유지는 보통 사람들이 일반적으로 알고 있고 또 알아야하는 지식인 '상식'의 체계와 수준에서 작동하게 된다. 따라서 이 시에서 '상식'은 부정적인 의미를 가진다. "상식에 취한 놈"이란 시구의 반복은 '비밀'을 은폐하고 균열을 봉합하려고 시도하는 '나'에 대한 자책이자 체념에서 나온 것이기 때문이다. 생활의 안정과 내성(耐性)을 의미하는 '상식'과, 이러한 생활에 놀람과 균열을 가져다주는 '비밀'은 서로 이항 대립적으로 제시된다. '비밀'이 일상에 가하는 균열이 두려워서 놀라지 않았다고 가장(假裝)하고 또 놀라서는 안

된다는 '나'의 다짐은 '아내'를 잃지 않고 가정을 유지하기 위해 스스로를 속이는 행위이기도 하다. "속아 사는 연민의 순간"(「성(性)」)인 것이다.

반면에, '나'는 소록도로 가는 여행을 통해 집에 '나'의 "부재"를 만듦으로써 "비밀"이 깃들도록 유도한 혐의를 가진다. "아무 소리 없이 떠"났다가 "전보도 안 치고/돌아오기를 잘"한 것은 여행의 일정을 알리고 떠났으면 발견하지 못했을, 아내의 부정을 탐지할 수 있었기 때문이다. '나'는 여행을 떠나기 전부터 "아내"의 부정을 미리 알고 있었을 수도 있다. '아내'의 부정을 충분히 예상했기 때문에 "나는 조금도 놀라지 않"을 수 있는 것이다. 자신이 아내의 부정을 우연히 발견하는 것을 막기 위해 일부러 여행의 일정을 알리고 떠나는 것이라면 '아내'를 속이고 '나'를 속이는 것이 된다. "지독하게 속이면 내가 곧 속고 만다"(「성(性)」). 만약 '아내'에게 틀린 여행 일정을 말해주고 약속과 다르게 불시에 집을 급습한다면 그것도 김수영의 시가 될 수 없다. 교활한 협잡에 불과하다. '나'는 아내의 부정을 외면하지 않고 직접 대결하면서 스스로 최소한의 정직을 지킬 수 있는 방식을 취한다. 부정의 현장을 덮치는 것이 아니라 조심스럽게 '비밀'을 탐지하면서 불원불근(不遠不近)의 감각으로 대상을 바라본다. '비밀'을 덮치면 '비밀'은 사라지고 만다. '비밀'을 바로 보기 위해서는 '비밀'을 '비밀' 그대로 남겨둔 채로 이루어져야 한다. '나'는 '비밀'과 그 '비밀'을 바라보는 '나'를 관조하고 있는 것이다. '비밀'을 바로 보기 위해 놀라서는 안 되는 '나'에 대한 응시는 타자를 속이고 자신을 기만하는 '나'에게서 벗어날 수 있는 유일한 길이 된다. 철저한 자기 인식에 의해서 도달할 수 있는 찰나의 순간이다. 이로써 '비밀'은 간신히 현시된다. 「성(性)」에서 아내의 섹스를 개관하면서 동시에 아내의 섹스를 개관하는 자신을 개관하는 경지의 '바로 보기'("동무여 이제 나는 바로 보마"―「공자의 생활난」)처럼 말이다.

반달

음악을 들으면 차밭의 앞뒤 시간이
가시처럼 생각된다
나비 날개처럼 된 차잎은 아침이면
날개를 펴고 저녁이면 체조라도 하듯이
일제히 쉰다 쉬는 데에도 규율이 있고
탄력이 있다 구월 중순 차나무는 거의
내 키만큼 자라나고 노란 꽃도 이제는
보잘것없이 되었는데도 밭주인은
아직도 나타나 잘라 가지 않는다

두 뙈기의 차밭 옆에는 역시 두 뙈기의
채소밭이 있다 김장 무나 배추를 심었을
인습적인 분가루를 칠한 밭 위에
나는 걸핏하면 개똥을 갖다 파묻는다
밭주인이 보면 질색을 할 노릇이지만
이 밭주인은 차밭 주인의 소작인이다
그러나 우리 집 여편네는 이것을 모두
자기 밭이라고 한다 멀쩡한 거짓말이다
그러나 이런 거짓말이 필요할 때가 있다
그러나 이런 거짓말을 해도 별로
성과는 없었다 성과가 없을 것을
알고 있기 때문에 나는 여편네의
거짓말에 반대하지 않는다

음악을 들으면 차밭의 앞뒤 시간이
가시처럼 생각된다 그리고 그 가시가
점점 더 똑똑해진다 동산에 걸린
새 달에 비친 나뭇가지처럼
세계를 배경으로 한 나의 사상처럼
죄어든 인생의 윤곽과 비밀처럼……
곡은 무용곡—모든 음악은 무용곡이다
오오 폐허의 질서여 수치의 개가(凱歌)여
차나무 냄새여 어둠이여 소녀여
휴식의 휴식이여
분명해진 그 가시의 의미여

모든 곡은 눈물이다 어렸을 때 어머니는
나의 얼굴의 사마귀를 떼 주었다
입밑의 사마귀와 눈밑의 사마귀……
그런 사마귀가 나의 아들놈의 눈 아래에
있는 것을 발견하고 나도 꼭 빼 주어야
하겠다고 결심한 일이 있었다 그런데
내 눈 아래에 다시 생긴 사마귀는
구태여 빼지 않을 작정이었다
"눈물은 나의 장사이니까"—오오 눈물의
눈물이여 음악의 음악이여
달아난 음악이여 반달이여
내 눈 아래에 다시 생긴 사마귀는
구태여 빼지 않을 작정이다

— 김수영, 「반달」 전문, 이영준 엮음, 『김수영 전집1』,
민음사, 2018.

「반달」의 식물적 상상력

정애진

1. 김수영 시에 드러난 동물적 속성과 식물적 속성

많은 연구자들은 김수영의 시학을 '온몸의 시학'이라 칭한다.[1] 그의 시세계는 적나라한 고백으로부터 시작되며, 그 고백은 지독한 생활에서 비롯하는 것이기에 유독 설움, 비애, 눈물, 아픔을 담고 있다. 주인집 아이가 돌리고 있는 팽이를 보며 끊임없이 반복되는 일상의 무기력함을 떠올리기도 하고(「달나라의 장난」), 비 오는 거리에서 아내를 때린 날, '범행 현장을 목격한 자들의 비난'보다도 '버리고 온 지우산'이 제일 마음에 꺼리었다고 고백하는가하면(「죄와 벌」), '나'보다 가난하고, 늙고, 짐이 무거운 자에게서 나에겐 없는 여유를 보고 공포를 느끼기도 한다(「강가에서」). 그는 가장이었다. 정확하게 말하자면 여유롭지 못한 집안의 가장이었다.

---

[1] 김수영의 작품을 '몸'과 관련지어 연구한 논문으로는 여태천 「김수영 시의 '몸'과 그 의미」(『상허학보』 14호, 상허학회, 2005.), 최금진, 「이상과 김수영 시의 몸 연구」(한양대학교 박사학위 논문, 2014.), 최금진, 「김수영 초기시에 나타나는 '몸'의 하이데거적 의미」(『비평문학』 49호, 한국비평문학회 2013.), 박상찬, 「김수영 시의 육체성 연구」(『한국시문학』 15권, 한국시문학회, 2004.), 남기택, 「김수영 시의 몸에 관한 연구」(『한국언어문학』 49권, 한국언어문학회, 2002.), 박지영, 「김수영 시에 나타난 '자연'과 '몸'에 관한 사유」(『민족문학사연구』 20호, 민족문학사학회, 2002.) 등이 있다.

그는 생활의 고통과 고뇌를 작품 속에 날것으로서 내뱉는다. 자신의 체험과 육체에 대한 언급, 어지러운 일상어들이 불쑥불쑥 튀어나오는 방식들이 그의 시를 지배한다.

그는 마치 한 마리 우울한 짐승처럼 형상화된다. 살기 위해 일상과 맞부딪는 그의 모습은 동물의 본능과 속성을 그대로 보여주는 듯하다. 실제로 김수영은 '이', '토끼', '거미', '나비', '하루살이', '거위' 등의 동물(곤충)을 시적 소재로서 활용하였다. 일상에서 가깝게 보이는 동물들의 삶 속에서, 그는 자신의 삶을 비춰보았던 것일까? 포식자에게 들키지 않기 위해 흰 눈 위로 몸을 숨기는 토끼의 모습에서, 고요한 방안 한 귀퉁이 먹잇감을 기다리며 지쳐가는 거미의 모습에서, 아무 의미도 없이 무수한 날갯짓을 반복하는 하루살이의 모습에서 한 인간의 삶을 유추해볼 수 있을 것도 같다.

그가 오로지 동적인 생명체들의 모습에만 관심을 두었던 것은 아니었다. 김수영은 유난히 자연을 사랑한 시인이기도 했다. 179편의 시 중 32편의 시적 소재가 '뿌리', '씨', '꽃', '꽃잎', '나무', '풀' 등이라는 점은 그가 자연물과의 친화적 태도를 보여주었다는 것을 입증하는 내용이라 할 수 있다.2) 특히 '뿌리', '씨', '꽃', '풀' 등의 시어들은 '현실을 넘어 내일을 지향하는 새로운 정신의 표상', '유한한 인간 존재에 대한 사유와 성찰', '여린 몸에서 나오는 삶의 동력과 생명력의 기반'을 상징함으로써 김수영의 시정신이 지향하는 온몸의 시학을 가능하게 했다.3)

「채소밭 가에서」4), 「파밭 가에서」 등의 시를 통해서 알 수 있듯, 그는

---

2) 진은경, 「김수영과 뢰트케의 고백시에 나타난 자연」, 『문학과환경』 16권 3호, 문학과환경학회, 2017.9, 217−241쪽.

3) 이정화, 『김수영 시의 식물이미지 연구』, 고려대학교 석사학위논문, 2012.

4) 1960년 『자유문학』에 기고한 작품이다. 이 시기 김수영은 아내와 함께 닭을 키우고, 농사를 지었다. 도시에서 기자로 지내던 김수영에게, 농촌에서의 삶이 쉽지만은 않았을 것이다. 실제로 그의 산문에서 농촌 생활의 지겨움과 단조로움을 토로하는 내용을 찾아볼 수 있다.

농사를 지으며 끊임없이 힘을 얻었던 것 같다. 비록 육체적 피로와 가난으로부터 자유로울 수 없었지만, 티끌만한 거짓도 없이 홀로 자라나는 식물을 통해 얻는 마음의 위안은 무척이나 큰 것이었다. 이 글에서 논하려고 하는 「반달」 또한 '찻잎'이라는 식물을 시적 소재로 사용함으로써 자연물과 화자의 일체성을 보여주고 있다.

이숭원은 그의 논문5)에서 시인의 상상세계 중에서도 상상력이 식물과 관련되어 작용한 경우, 이를 '식물적 상상력'이라고 부른 바 있다. 그는 식물적 상상력이 이미지를 통하여 발현되는 양상을 세 가지로 나누었는데6), 「반달」의 경우는 "시인 자신의 내면적 지향점이 대상 식물에 투영된 경우"로 볼 수 있다. 김수영이 시적 소재로 끌어들인 '차나무'가 화자의 내면세계를 표상함은 물론, 식물의 생리와 외모가 시인이 추구하는 내면의 가치와 동일화되어 그의 생활세계 속으로 깊이 침투하고 있기 때문이다.

많은 연구자들은 김수영의 시를 난해하다고 평한다. 「반달」 또한 음악, 가시, 반달, 사마귀, 눈물 등 무게감 있는 시어들이 복잡하게 얽혀 명료한 해석을 어렵게 함은 물론, '시어들의 연쇄 사이의 필연성'7) 또한 파악하기 어렵다. 필자는 이 중 '음악', '가시', '반달', '사마귀' 등의 시어를 택하여 이들 간의 상관성에 주목해보고, 유의미한 해석의 지점들을 찾아보는 작업을 수행하려 한다.

---

5) 이숭원, 「한국 현대시에 나타난 식물적 상상력에 대한 연구」, 『先淸語文』 18권 1호, 서울대학교 국어교육과, 1989, 473−492쪽.
6) 첫 번째 유형은 객체적 대상으로서 식물을 바라보면서 그 식물의 분위기, 아름다움을 관조하고 묘사하는 경우이다. 두 번째 유형은 식물과 관련된 시인의 관념이나 정감을 형상화한 경우이다. 세 번째 유형은 시인 자신의 내면적 지향점이 대상 식물에 투영된 경우이다. 특이한 점은 첫 번째 유형에서 두 번째, 세 번째 유형으로 갈수록 대상 식물이 시인의 생활세계 속으로 깊이 침투한다는 것이다.
7) 노춘기, 「폭로와 은폐의 변주−김수영 시의 난해성」, 『어문논집』, 민족어문학회, 2008, 317−342쪽.

2. 식물의 시간, 삶의 반복으로서의 '음악'

화자는 자신을 둘러싼 '차밭', 그리고 '채소밭'의 풍경을 아침부터 저녁까지 관조하고 있다. 구월 중순이 되어 보잘 것 없어진, 아침의 차밭에는 '나비 날개짓'과 같은 잎사귀들의 율동이 있고, 어둑해진 동산 너머에는 화자의 인생과 비밀을 비추고 있는 달과 나뭇가지의 그림자가 있다. 움직이는 것조차 조심스러운 식물들의 세계 속에서도 음악은 고요하게 들려온다. 그 음악은 식물들이 서로 몸을 비비며 내는 미세한 소리일 수도, 곤충들이 잎 사이로 숨어들 때 나는 은밀한 소리일 수도, 자기 짝을 찾아 울어대는 구애의 소리일 수도 있다. 그것은 역동적인 무용곡이며 함성 가득한 개선가와 같다. 유별나게도 이 음악은 "차밭의 앞뒤 시간"을 "가시처럼 생각"하게 한다. 시의 정황상 차밭의 앞뒤 시간이란 곧 아침에서부터 저녁까지 이어지는 시간의 연속적 흐름이라고 유추해볼 수 있다. 선선한 바람을 타고 살랑거리는 '이파리의 율동'은, 저녁 사이 다시금 차오르거나 잦아드는 '반달의 율동'으로 이어진다. 자연은 아침과 저녁을 아우르는 시간 동안 화자에게 다채로운 정경을 선사한다. 시간이 경과할수록 화자를 감싸고 있는 음악은 점점 더 웅장해진다. 마치 '무용곡'과 같은 음악에 맞추어 '나'를 둘러싼 세계가, "세계를 배경으로 한 나의 사상"이 혼란스럽게 요동친다. 감춰진 세계는 "새 달에 비친 나뭇가지"처럼 선명해진다. 격정의 순간, 이제 "차밭의 앞뒤 시간"은 하루의 시작과 끝인 아침과 저녁을 넘어서, 차밭에서 흘러간 화자의 삶으로 이어진다. 식물의 생장은 눈에 보일만큼 빠르지 않다. 익숙한 차밭의 풍경에서 "내 키만큼" 자라난 차나무를 인지할 때, 그 어떤 방해물도 존재하지 않는 차밭에서의 휴식은 비로소 자연을 향한 경이로움의 감정으로까지 뻗어나간다.

자연이 선사해준 음악은 지친 '나'의 마음을 위로해주고, 차밭의 풍경

사이를 메우고 있는 시간의 흔적들은 '나'의 삶을 돌이켜보게 한다. 생동하는 차밭의 풍경 안에서 기억은 마치 연쇄작용처럼 꼬리를 물고 이어진다. 마치 차오르고 잦아들기를 반복하는 달의 형태와, 피고 지기를 반복하는 식물의 생리와도 같다. 음악과 차밭의 하루는 매우 닮아 있다. 시작과 끝을, 그리고 반복과 조화를 갖고 있다는 점에서 그러하다. 아침으로 시작해 밤으로 완결되는 하루의 흐름 속에는 생활의 규칙성과 반복성이 잠재해 있다.

하루의 끝을 암시하는 밤의 영역 안에서 화자의 삶은 더 또렷해진다. 화자의 삶이 음악, 하루의 차밭을 닮아 있기에 가능한 것이다. 그러나 화자가 끄집어낸 생의 기억들은 결국 '눈물'로서 치환된다. 그의 삶은 설움의 연속이며 고통의 반복이기 때문이다. 삶의 흐름 가운데서 그는 하나의 대상을 기억해낸다. 바로 '사마귀'이다. 우연히도 그것은 차밭 어딘가에 감춰진 가시 같기도, 정제되지 않은 반달 같기도 한 모양새를 취하고 있다.

화자의 시선은 아침에서 저녁으로의 시간적 흐름 속에 변화해가는 차밭의 풍경에서부터 시작하여 주변인(밭주인, 아내)에 대한 단상으로 옮겨갔다가 마지막으로는 화자 자신에게로 돌아오는 순환 구조를 가지고 있다. 이 순환 구조의 중심에 있는 것은 '가시'이다. 대단히 긴 호흡의 시 속에서 "음악을 들으면 차밭의 앞뒤 시간이 가시처럼 생각된다"는 구절이 두 번이나 반복된다는 점은 분명 짚고 넘어가야 할 부분이다. 그렇다면 화자의 시선 이동과 더불어 "분명해진 그 가시의 의미"는 무엇인가. 시 전반을 아우르고 있는 가시의 의미에 대해 짚어볼 필요성이 있을 것이다.

3. 삶의 억압과 폭력 앞에 방어기제로서 작용하는 '가시'

식물에게 있어서 가시란 보통 포식자인 동물로부터 자신을 보호하는 역할로서 이해된다. 그러나 가시의 존재는 비단 식물에게만 한정된 것은 아니다. 동물 또한 자신을 보호하기 위해 가시를 품는 경우가 있다. 고슴도치, 두더지, 성게, 복어 등이 대표적이다. 이러한 가시의 특징을 곁들여 이해하자면, '나'를 둘러싼 세계와 그 세계가 아침부터 저녁까지 품고 있던 음악, 그것은 곧 위협적인 일상으로부터 화자를 보호해주는 안식처가 된다. '나'는 정적인 식물들의 세계 속에서 자신의 몸에 돋아난 '가시'에 주목한다. 얼굴에 난 사마귀가 바로 그것이다. 그렇다면 화자에게 가시(사마귀)란 어떤 의미인가.

작품의 후반부에 다다라서야 우리는 차밭의 풍경 속에서 들려오는 음악은 결국 '눈물'이며, 아이러니한(수치의 개가와 같은) 화자의 삶 그 자체임을 파악한다. 현실과의 타협을 거부하겠다는 "반역의 정신"(「구름의 파수병」)은 김수영의 시에서 다분히 표출되는 정신이다. 생명이 순환하는 채소밭은 정작 주인이란 자의 관심 밖에서 시들어가고, 화자는 가공된 비료대신 몰래 개똥을 파묻는 행위를 통해 소심한 '반역'을 일삼는다. 지독한 일상을 돌이켜보게 하는 차밭의 풍경은 나의 얼굴에 난 가시 같은 사마귀를 떠올리게 하고, 그 사마귀를 떼 주던 어머니를 생각하게 한다. '나'의 어머니가 그랬던 것처럼, 이제는 아버지인 내가 아들의 사마귀를 빼주어야겠다고 결심했지만 정작 자신은 눈 아래 생긴 사마귀를 빼지 않겠다고 다짐한다. 식물의 가시와 닮아 있는, 사마귀는 곧 일상의 어려움과 마주하며 흘려낸 눈물의 결정체이기 때문이다. 가시와 사마귀는 모두 '빼는 행위'와 관련되어 있다. 몸속에 박혀 있는 가시, 혹은 사마귀를 제거한다는 것은 '나'의 일부를 내게서 떨어뜨려놓는다는 의미와 상통한다. 몸속에 침투한 가시와 사마귀는 이미 '나'의 몸의 일부가 되어 있다. 일반적인 경우, 가시와 사마귀는 없애야 할 대상임에 틀림없다. 날카로운 돌기가 몸을 아프게 한다는 이유로, 몸 어딘가를 흉측하게 보이게 한다는 이유로 '제거'의 필요성을 찾게 마련이다. 그러나 우리는 '나'가 언젠가 아들의 몸에 난 돌기를 꼭 빼줄 것이지만, 자신의 것은 언제고 빼지 않을 것임을 잘 안다. 돌기가 가져다주는 불편함과 거부감은 '나'에게 이미 익숙한 것이 되어버린 지 오래이며, 그것이 곧 '나'의 인내와 의지의 표식으로서 존재함을 알기 때문이다. 타인의 부탁이 죽순처럼 자라나는(「부탁」) 상황에서도, 사나운 놈을 피해 몸을 떠는 약한 날짐승과 같은 기분이 들 때에도(「도취의 피안」) 쉽사리 일상을 벗어날 수 없다. '나'는 살아가야 하기 때문이다. 이 '모든 것을 제압하는 생활'의 시련을 견뎌낸 시인이 할 수 있는 일이란 마치 가시처럼 자라난, 고통의 훈장과도 같은 사마귀를 달고 또 다시 세상으로 나서는 것뿐이다. 화자는 이제 그를 둘러싼 식물들과 동화되어가는 듯보인다. 차밭과 채소밭의 주인은 오래도록 나타나지 않을 테고, '나'는 소심한 반항으로 개똥을 파묻는 일을 멈추지 않을 것이다. 일상의 반복과 자연의 순환은 하나의 세계를 완성한다. 화자의 머리 위로 끊임없이 자라고, 또 작아지는 달, 반달은 계속 떠오를 것이다. 피부까지 겹겹이 쌓인 설움이 딱딱해져 돋아난 가시, 이 가시가 곧 세상의 추위와 시련을 막아낼 수 있게 해줄 것이라는 믿음, 이것이 화자를 다시 살아가게 하는 원동력이 되는 것이다.

강가에서

저이는 나보다 여유가 있다
저이는 나보다도 가난하게 보이는데
저이는 우리집을 찾아와서 산보를 청한다
강가에 가서 돌아갈 차비만 남겨놓고 술을 사준다
아니 돌아갈 차비까지 다 마셨나 보다
식구가 나보다도 일곱 식구나 더 많다는데
일요일이면 빼지 않고 강으로 투망을 하러 나온다고 한다
그리고 반드시 4킬로가량을 걷는다고 한다

죽은 고기처럼 혈색 없는 나를 보고
얼마전에는 애 업은 여자하고 오입을 했다고 한다
초저녁에 두 번 새벽에 한 번
그러니 아직도 늙지 않지 않았느냐고 한다
그래도 추탕을 먹으면서 나보다도 더 땀을 흘리더라만
신문지로 얼굴을 씻으면서 나보고도
산보를 하라고 자꾸 권한다

그는 나보다도 가난해 보이는데
남방셔츠 밑에는 바지에 혁대도 매지 않았는데
그는 나보다도 가난해 보이고
그는 나보다도 짐이 무거워 보이는데
그는 나보다도 훨씬 늙었는네

그는 나보다도 눈이 들어갔는데
그는 나보다도 여유가 있고
그는 나에게 공포를 준다

이런 사람을 보면 세상사람들이 다 그처럼 살고 있는 것 같다
나같이 사는 것은 나밖에 없는 것 같다
나는 이렇게도 가련한 놈 어느 사이에
자꾸자꾸 소심해져만 간다
동요도 없이 반성도 없이
자꾸자꾸 소인이 돼간다
속돼간다 속돼간다
끝없이 끝없이 동요도 없이

<1964. 6. 7>

― 김수영,「강가에서」전문,
『김수영 전집 1―시』, 민음사, 2018.

「강가에서」에 나타난 김수영의 타자

김수영의 시는 어디서 시작되는가. 이를 밝히기 위해 그간 김수영의 연구에서 많은 주제로 다루어진 것은 그의 시론을 바탕으로 한 '시인의 시적 포즈'이다. 시인은 스스로 자신의 시적 '포즈'를 경계하는 투이지만, 그동안의 연구에서 김수영 작품의 골조를 이루는 것은 이런 시인의 정신 또는 의식 같은 것이라고 보는 것 같다. 그러나 그것을 해석하고, 규정하기란 불가능에 가깝다. 그렇다고 해석의 자유를 열어 두는 것은 무책임한 것이다. 자유는 어떠한 속박 없는 상태를 지향하는 것이 아니라, 사유를 지연시키고, 자유에 대한 규정을 지체시키는 데서 발생하기 때문이다. 텍스트는 의미를 지체시키는 요소로 작동한다. 텍스트라는 타자는 의미로서의 주체를 무너뜨린다. 자유를 노래한 김수영의 여러 시편들에서 볼 수 있듯, 그의 작품은 자유의 획득을 보여주는 것이 아니라 자유의 양상을 드러낼 뿐이다. 파편적인 이미지와 산문적인 문체를 특징으로 하는 작품들을 비추어볼 때, 김수영은 자신을 근거로 한 개성 있는 세계의 통일성을 지향하지 않는다. 오히려 김수영은 자기 부정성에 따른 내적 필연성을 근거로 하여 타자에게로 스며든다. 자기 부정성은 그의 작품에서 줄곧 드러나 보이는 특질이다.

유성호는 김수영의 부정 정신에 대해, "현대성과 풍자 정신의 결합, 비판적 지성에 토대를 둔 비평, 정직의 시학, 자유와 혁명을 향한 내적 역동성 같은"[1] 수사들이 김수영의 부정 정신을 대변한다고 언급하며 나아가, 이런 한결 같은 수식들이 김수영이라는 이미지를 고착시킴으로서 생기는 김수영에 대한 완결성을 지양한다. 여태천은 김수영의 언어를 단속(斷續)의 언어로 파악한다. 김수영의 작품에서 보이는 언어는 연속적이지 않으며, 단절과는 또 반대의 의미를 동시에 지닌다고 파악한다. 몇몇 김수영 작품 분석을 통해 김수영이 그려내고 있는 단속의 언어가 어떻게 저항과 연결되는지, 그리고 작품의 다양한 기법을 분석함으로써 체계화되지 않은 구조를 밝히는 데 주목하며 의미를 확장하고 있다.[2] 김지녀는 사르트르의 타자에 대한 논리를 바탕으로 김수영이 갖고 있는 타자에 대한 의미에 대해 되짚어 본다. 김수영의 작품에서 나타나는 시선분석을 중심으로, 시선은 수동적 주체를 출현시키는 조건임을 김수영의 작품을 통해 밝히고 있다. 또한 4. 19 이후의 작품을 사회적 맥락에서 수동적 주체에서 자발적이며 능동적인 주체로 변모하는 과정을 파악한다.[3] 최호영은 김수영이 탐독했던 하이데거의 예술론을 토대로 시인의 문학적 관심과 변화과정을 추이하고 있다. 타자(존재)와 언어를 통해 형식과 내용, 예술성과 현실성과 같은 양극의 개념을 넘어서려고 시도했던 김수영의 논리적 바탕은 하이데거에서 비롯된 것을 밝힌다. 이런 형식과 언어의 구성을 통해 '타자되기'를 통한 능동적인 수행성으로의 변모과정을 그의 산문과 작품을 통해 분석한다.[4]

　이런 논의들을 살펴보면 김수영의 부정 정신에 바탕이 되는 것은 타인

---

1) 유성호, 「김수영의 새로운 자료에 나타난 실존적 풍경」, 한국언어문화(제51집), 2013.
2) 여태천, 「단속의 언어」, 한국어문학국제학술포럼, 2016.
3) 김지녀, 「김수영 시에 나타나는 타자의 '시선'과 '자유'의 의미—사르트르와의 상관성을 중심으로」, 한국현대문예비평학회, 2011.
4) 최호영, 「김수영의 '언어'인식에 관한 존재론적 고찰」, 한국어문학회, 2018.

에 대한 사유이다. 타자로 스며들기 위한 김수영의 노력에는 시인 스스로에게 더 엄격한 책임으로서의 윤리가 요구된다. 윤리는 단순히 내면 성찰을 바탕에 두고 있다 하기엔 부족한 면이 있다. 김수영의 시작 메모에서 볼 수 있듯이, 그에게 있어 자의식의 괴멸은 애정이며 애정은 사랑이자 곧 시의 형식이 된다. 모종의 아름다움과는 결을 달리하는 타자에 대한 애정은 자의식의 괴멸 상태와 시인의 윤리적 책임 간의 갈등을 심화시킨다. 곧 의식과 존재 사이의 충돌로 발생한 에너지가 김수영이 말하는 윤리나 시적 포즈, 사건을 열어주는 것이다.

바흐친은 사건이란 타자에 대한 책임을 말하며, 이것은 존재의 공존적 상황에 대한 해명으로부터 연유하는 것이지, 타자에 대한 실존적인 공감에서 나오는 것이 아니라고 논한 바 있다. 공존적이란 어떤 것을 공유하거나 나누는 친근한 의미는 아니다. 오히려 그것은 투쟁이며 전투에 가까운 것인데, 개인의 구체적 행동을 위해서는, 몸으로 밀고 나가기 위해서는 나 아닌 무엇이 '동시에' 있어야 하기 때문이다. 대상에 대한 반응은 작품 속의 주인공이나 화자의 성격을 창조하는 요소가 된다. 김수영의 내적 필연성은 바흐친의 주인공―타자에 대한 사유와 유사한 면모를 보인다. "삶과 인식과 행동에서 대상이라 부르는 것은 오로지 그것에 대한 우리의 태도를 통해서만 그것의 고정성과 면모를 획득한다. 태도가 대상과 대상의 구조를 결정하는 것이지 그 역은 아니다."5)라는 바흐친의 언급은 프랑스문학과 영국문학의 차이에 대해 논하며 주장하는 "감지자(感知者)로서의 자기 자신에게 충실하고 교양 있는 상식의 눈으로써 감지된 사물에 충실하고자 하는 그들 자신의 분투적인 견지에서"6)라는 주장과도 이어지는 부분이다. 교양 있는 상식은 어떤 지식적 측면이 아니라, 앞서 언급했던 시

---

5) 미하엘 바흐친, 김희숙, 박종소 옮김, 『말의 미학』, 길, 2007, 29쪽.
6) 김수영, 『김수영 전집2―산문』, 민음사, 2018, 474쪽.

인의 내적 필연성, 즉 시적 포즈이다. 타자에 대해 말한다는 것은 타자 자체를 밝히는 것이라기보단, 외부세계에서 절대적 진리나 진실값이 아닌 대상 간의 차이를 드러내는 의도이다.

　작품에서 김수영이 타자에 대한 인식이 어떠한지에 대해 알 수 있는 부분은 상황 속에 놓여 있는 화자의 감각보다는 "그는 나에게 공포를 준다"는 인식이다. 김수영은 자기보다 가난하고 어깨가 무거운 생활인의 모습을 보며, 그에게서 "죽은 고기처럼 혈색 없는 나"와는 대조적인 삶의 운동성 같은 것을 느낀다. 그리고 이것은 시인에게 공포를 가져다준다. '공포'는 나와 그가 함께 있는 식당이라는 공간을 이질적인 것으로 뒤틀며, 화자와 타자 간의 갈등을 발생시키는 요인이 된다. 한편 타자인 그는 전혀 상황을 공포스럽게 생각하고 있지 않다는 점에서 아이러니가 발생한다. 아이러니는 대상—타자 간의 불일치하는 갈등 상황 속에서 나타나는데, 이처럼 "현실의 차원에서 스스로를 돌아보고, 소시민적 자아를 '자기 아이러니'의 대상이자 주체로 몰아가는 과정"[7] 에서 시인이자 화자는 공포를 느끼며, 흔히 있을 법한 상황과 타자와의 관계가 독립적이고도 대립하며 허물어지게 되고 자기 자신의 상실에까지 이어지는 것이다. 김수영의 소시민적 자아는 대상을 '그'로 환원하는 것이 아니라 자기 자신이 속된 소시민적 상(像)이 되어 갈등의 희생자가 된다. 그러면서도 그는 타자를 보고 있다. 이때 세계는 균열을 일으킨다. 화자는 타자의 분열이자 존재의 분열을 겪게 되는 것이다. 이러한 분열은 타자를 자체로 드러내는 것과는 거리가 있다. 3연에서 타나는 그에 대한 묘사는 다각적인 시각이 아니라 분열적 시각을 나타낸다고 볼 수 있다.

　김수영의 시적 '포즈'는 이런 타자와 융합할 수 없는 기시감으로부터 발

---

7) 신동옥, 「김수영의 시적 이행의 함의와 초월적 사랑의 윤리」, 동아시아문화연구 56권, 2014. 2, 227쪽.

생한다. 타자와의 거리는 현실에 대한 공포적 인식을 바탕으로 하여 환상적이라기보다 더욱 현실적인 이미지로 전환된다. 김수영의 시적 방향은 타자와의 거리를 바탕으로 하는 것에서 한 걸음 더 나아가 자기 자신이 곧 이미지가 되는 실천으로까지 이어진다. "죽어가는 자기", 그것이 곧 현대의 순교라는 것이다. 자신의 죽음이 아닌 죽어가는 자기를 '전시'한다는 점에서, 어떤 구도자의 모습을 떠올리게 되는 '자발적인 바보'의 형상이다.[8]

김수영은 있는 그대로의 것을 날것으로 드러낸다. 타자에 반응하는 주인공—화자는 분열적으로, 상이하게 반응하는 모습과 내적 사유에 따라 우연한 가면, 거짓된 몸짓, 돌발적인 행동을 드러낸다. 이것이 타자가 야기하는 공포, 즉 카오스적 상태. 이 상황을 김수영은 자기의 내부로 전환하며 타자가 하나의 필연성을 가진 전체로 될 때까지, 자신의 가치평가적 지향을 작업해 나간다. 김수영은 타자를 체험하는 것이 아니라 체험되는 자기를 발견하고 그것을 모색한다. 작가의 이미지를 이미지하고 의식을 의식하는 것이다. 벤야민은 경험과 체험에 대해 구분한다. 벤야민에 따르면, 경험과 체험은 상대적이면서 보완적이다. 경험을 통해서 체험으로의 변화가 이루어지기 때문이다. 경험이 집단이나 개인생활에서 축적된 역사적 기억의 총체라면, 체험은 이 과정 속에서 충격의 순간에 이루어진다. 이는 추상적인 것이 아니라 합리성을 기반으로 한다. 곧 김수영이 갖고 있는 윤리적 의식, '내적 필연성'의 근거를 마련한다.

체험이 파편적으로 분화되어 드러난다는 점은 타자를 인식하는 화자의 사유 변화과정을 의미한다. 「강가에서」작품에서 보이는 타자에 대한 인식 변화과정은 호칭의 변화에서 읽어낼 수가 있다. "저이"에서 "그"로, 다시 "이런 사람"으로 바뀌는 것이 그렇다. 여태천의 주장에 따르면, "특정

8) 유성호, 「김수영의 새로운 자료에 나타난 실존적 풍경」, 한국언어문화(제51집), 2013, 89쪽.

화자의 차용이나 문장 구성의 변형, 인칭의 혼용 등과 같은 형식적 장치는 주체의 충격적 체험을 강조하는 역할을 한다. 다른 호칭을 이용해 자기 자신을 부르는 행위는 일차적으로는 자신을 타자화시켜 객관화하는 방식이며, 이차적으로는 자기부정의 방법"[9]이라고 논한다. 화자 앞에 있는 '그'라는 타자는 작품 속에서 명확히 제시되지 않는다. 화자의 사유나 감각에 입각해, 그것은 호칭을 달리하며 변주된다. 김수영의 이러한 타자에의 접근은 다가감과 동시에 멀어지기를 수행한다. 화자와 타자 간의 대립과 갈등을 보여주며 인식의 변주를 그린다. 대상인 타자는 여기서 어떤 의미를 밝히려는 의도나 진실을 보여주는 절대적 또는 윤리적 타자와는 거리를 달리한다. 호칭의 변화는 해석이나 의미화보다는 잠재적인 관계성에서 드러나는 것이다.

"저이"는 대상과의 거리가 멀 때 사용하는 호칭이다. 타자를 "저이"로 호칭하는 1연에서는 대상의 일상적이고 보편적인 진술로 진행한다. 이는 대상에 대한 단순감각, 객관화되기 이전의 화자가 대상을 인식하는 방법이다. "그"는 "저이"와는 상대적으로 더 가까운 관계에서 쓰이는 호칭이다. "그"가 쓰이는 3연에서는 화자는 "그"를 더 가까이에서 바라본다. "그"의 옷차림을 살피고, 얼굴을 살피고, 나이를 짐작하며, 화자 자신과 비교를 한다. 그리고 앞의 진술보다 상대적으로 근거리에 놓인 타자는 화자에게 "공포를 준다". 타자를 인식하면서 동시에 화자는 자신의 존재를 반성에 따른 폭로의 방식으로 사유하기 시작한다. 자신에게로 회귀한 사유는 마지막 연에 이르러 "이런 사람"으로 바뀐다. "이런 사람"에는 타자와 화자가 함께 포함된다. 이어 "속돼"가는 자신의 세속성을 폭로하는데, 이는 타자를 대상화하는 지점을 지나, 자기 자신까지 대상화하기에 가능해진다. 물론 발단이되는 주요한 감각은 시선의 이동이다. 하지만 이는 이미지로서의 기능보다

---

9) 여태천, 「단속의 언어:1960년대 김수영 시의 언어적 전략」, 137쪽.

는 타자—화자 간의 잠재성의 도주선을 그리며 의미를 이탈시킨다.

호칭의 연속적인 차이는 종합과 달리 다수의 이접을 산출하면서 횡단적인 방식으로 조각난다. 호칭의 변화를 통한 횡단은 수직축, 수평축으로 도식화하는 것에서 빗겨난 타자—화자 사이의 만남에 있어 새로운 유형을 드러낸다. 들뢰즈에 따르면, 그것은 체계 이론 및 실천으로서 그 가치를 지니며, 만남에 대한 구상을 변형시킨다. 만남은 더 이상 이질적인 것을 동일한 것으로 통합하는 데서 이루어지는 것이 아니라 오히려 이질적인 것을 산출하는 데서 이루어지는 것이다.10) 작품의 호칭 변화를 통해 살필 수 있듯이, 타자는 타자로 나타나고 화자는 화자의 말을 하는 것이 아니라, 타자와 화자가 뒤섞인 서로 이질적인 교집합을 구성함으로서 세속성의 '주름'을 제시한다. 체험들은 총체적인 부분으로 이루어지는 통섭이 아니라 삶의 다양한 파편들에서 각기 발생하는 교섭으로 이루어진다. 이런 다수의 차이가 발생함에 따라 모여지게 되는 종합은 적어도, 김수영에게 있어선 자유라고 할 수 있다. 김수영에게 있어 자유는 자유의 철폐로부터 비롯되는 자신을 타유화(他有化)함으로써 자기 부정으로서 획득되는 제한적 자유이자 세속적 자유이기 때문이다. 김수영은 가능성을 제시하는 초월적 지점보다 잠재성이 있는 세속적 지점에서 끝까지 머무르고자 한다.

「강가에서」를 통해 김수영에게 타자는 어디에서 발생하는지, 호명된 타자의 기호 변형은 어떻게 시인을 재각도화시킴으로써 자기 갱생과 변모를 제시하는지 살펴보았다. 전적으로 시인과 타자는 일치될 수 없으며 상호 간 갈등요소와 투쟁을 내포하고 있다는 점, 호명의 변화는 타자에 대한 고정된 시각을 벗겨내고 시선의 갱신을 통해 세속성에 내재된 자신을 재발견하는 계기를 마련해준다는 것이다. 김수영은 사건의 왜재성과 비합류성 사이에서 생기는 긴장을 발견하고자 했기에 시인의 시선은 순수

---

10) 안 소바냐르그, 성기현 옮김, 『들뢰즈, 초월적 경험론』, 그린비, 2016, 506쪽.

와 참여의 이분법적인 것을 벗어나 있다. 또한 타자로부터 반성적 인식을 수행하는 것은 맞지만, 타자가 무엇인지, 어떤 존재인지를 밝히는 것은 시인에게 합당하지 않아 보인다. 대상은 어디에나 있지만 타자는 충격을 가져다 주는, 변화를 꾀하게끔 하는, 자신을 재번역하게 한다는 점에서 대상과는 그 결을 달리하기 때문이다. 그것은 시인에게 있어 수동적인 의미를 가져다준다. 하지만 자유를 회복하고자 하는 노력은 역으로 능동성을 부여하면서 '열린 입'을 통해 사랑을 발견하는 계기가 된다. 이런 변화를 추동하는 것은 김수영의 내적 필연성이며 타자에게서 발생한 "소음을 견디면서 자신만의 감각을 유지하는" 그의 방법적 과제를 생각하는 임무가 필요할 것이다.

꽃잎

1

누구한테 머리를 숙일까
사람이 아닌 평범한 것에
많이는 아니고 조금
벼를 터는 마당에서 바람도 안 부는데
옥수수 잎이 흔들리듯 그렇게 조금

바람의 고개는 자기가 일어서는줄
모르고 자기가 가닿는 언덕을
모르고 거룩한 산에 가닿기
전에는 즐거움을 모르고 조금
안 즐거움이 꽃으로 되어도
그저 조금 꺼졌다 깨어나고

얼핏 보기엔 임종의 생명같고
바위를 뭉개고 떨어져내릴
한 잎의 꽃잎같고
革命같고
먼저 떨어져내린 큰 바위같고
나중에 떨어진 작은 꽃잎같고

나중에 떨어져내린 작은 꽃잎같고

2

꽃을 주세요 우리의 苦惱을 위해서
꽃을 주세요 뜻밖의 일을 위해서
꽃을 주세요 아까와는 다른 時間을 위해서

노란 꽃을 주세요 금이 간 꽃을
노란 꽃을 주세요 하얘져가는 꽃을
노란 꽃을 주세요 넓어져가는 소란을

노란 꽃을 받으세요 원수를 지우기 위해서
노란 꽃을 받으세요 우리가 아닌 것을 위해서
노란 꽃을 받으세요 거룩한 偶然을 위해서

꽃을 찾기 전의 것을 잊어버리세요
　　꽃의 글자가 비뚤어지지 않게
꽃을 찾기 전의 것을 잊어버리세요
　　꽃의 소음이 바로 들어오게
꽃을 찾기 전의 것을 잊어버리세요
　　꽃의 글자가 다시 비뚤어지게

내 말을 믿으세요 노란 꽃을
못 보는 글자를 믿으세요 노란 꽃을
떨리는 글자를 믿으세요 노란 꽃을
영원히 떨리면서 빼먹은 모든 꽃잎을 믿으세요
보기싫은 노란 꽃을

3

순자야 너는 꽃과 더워져가는 花園의
초록빛과 초록빛의 너무나 빠른 변화에
놀라 잠시 찾아오기를 그친 벌과 나비의
소식을 완성하고

宇宙의 완성을 건 한 字의 생명의
歸趣를 지연시키고
소녀가 무엇인지를
소녀는 나이를 초월한 것임을
너는 어린애가 아님을
너는 어른도 아님을
꽃도 장미도 어제 떨어진 꽃잎도
아니고
떨어져 물 위에서 썩은 꽃잎이라도 좋고
썩는 빛이 황금빛에 닮은 것이 순자야
너 때문이고
너는 내 웃음을 받지 않고
어린 너는 나의 全貌를 알고 있는 듯
야아 순자야 깜찍하고나
너 혼자서 깜찍하고나

네가 물리친 썩은 문명의 두께
멀고도 가까운 그 어마어마한 낭비
그 낭비에 대항한다고 소모한

그 몇 갑절의 공허한 投資
大韓民國의 全財産인 나의 온 정신을
너는 비웃는다

너는 열네살 우리집에 고용을 살러 온 지

三일이 되는지 五일이 되는지 그러나 너와 내가
정한 시간은 단 몇분이 안되지 그런데
어떻게 알았느냐 나의 방대한 낭비와 넌센스와
허위를
나의 못보는 눈을 나의 둔감한 영혼을
나의 애인없는 더러운 고독을
나의 대대로 물려받은 음탕한 전통을

꽃과 더러워져가는 花園의*
꽃과 더러워져가는 花園의
초록빛과 초록빛의 너무나 빠른 변화에
놀라 오늘도 찾아오지 않는 벌과 나비의
소식을 더 완성하기까지

캄캄한 소식의 실낱같은 완성
실낱같은 여름날이여
너무 간단해서 어처구니없이 웃는

---

* 잡지를 통해 발표된 공식 지면에는 '더러워져가는'이라고 표기되어 있으나, 후에 시
  인이 직접 수정한 종이에는 '러'가 빠져 '더워져가는'으로 적혀 있다.

너무 어처구니없이 간단한 진리에 웃는
너무 진리가 어처구니없이 간단해서 웃는
실낱같은 여름바람의 아우성이여
실낱같은 여름풀의 아우성이여
너무 쉬운 하얀 풀의 아우성이여

— 김수영, 「꽃잎」(『현대문학』, 1967.7) 전문.

한 편의 「꽃잎」과 세 편의 「꽃잎」

조대한

김수영의 작품 「꽃잎」은 기존의 연구들에서 「꽃잎 1」, 「꽃잎 2」, 「꽃잎 3」의 각기 다른 세 편의 연작시로 다뤄졌다. 그 이유는 대다수의 연구들이 1981년 발간되고 2003년 개정된 『김수영 전집』을 연구의 저본 텍스트로 삼았기 때문이다. 김수영의 누이동생 김수명의 주도 아래 간행되었던 해당 전집은 김수영의 육필 원고를 기반으로 하고 있다. 그의 육필 시고 속에서 「꽃잎 1」, 「꽃잎 2」, 「꽃잎 3」은 별개의 탈고 일자가 적힌 독립된 작품임이 분명해 보인다. 하지만 원고지에 쓰인 시인의 탈고 일자가 작품의 완결과 정본 확정을 온전히 보장해준다고 말할 수 있을까?

첫 번째 문제는 육필 원고의 탈고 일자보다 이후의 날짜로 발표된 「꽃잎」이 존재한다는 점이다. 「꽃잎 1」과 「꽃잎 3」의 육필 원고에 적힌 일자는 각각 1967년 5월 2일과 1967년 5월 30일이다. 한편 『현대문학』 지면을 통해 게재된 「꽃잎」 시편은 1967년 7월호에 발표되었다. 두 번째 문제는 육필 원고의 「꽃잎」과 공식 발표된 「꽃잎」이 서로 차이를 보이는 작품이라는 점이다. 육필 원고의 「꽃잎」이 세 편의 별개 시편들로 이루어진 반면, 지면으로 발표된 「꽃잎」은 한 편의 단일한 작품이다. 『현대문학』 잡지에 실린 「꽃잎」은 하나의 제목 아래 1, 2, 3의 연번이 붙어 있다.[1]

---

1) 김수영, 이영준 엮음, 『김수영 육필시고 전집』, 민음사, 2009, 666쪽.

혹 작가의 의도와는 달리, 한정된 본문 지면이나 편집 방식 때문에 작품이 변형되어 실렸던 것은 아닌가 하는 의문이 생길 수도 있다. 작품이 실렸던 잡지의 목차를 살펴보면 이러한 의문은 어느 정도 해소가 된다.

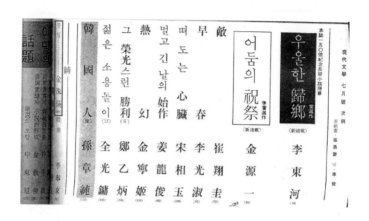

『현대문학』 1967년 7월호의 목차를 보면, 김수영의 「꽃잎」은 별개의 연작 시편을 유추할 만한 어떠한 기호도 표기되어 있지 않다. 구두점 하나에도 민감했던 김수영의 일화를 떠올려볼 때, 공식 지면에 발표된 시편이 그의 의도와 무관하게 편집되었으리라 상상하기는 어렵다. 그보다는 원고 습작 당시에는 나뉘어 있던 「꽃잎」 시편들이, 지면 발표를 앞둔 퇴고 과정에서 하나의 작품으로 묶여 개작되었을 것이라고 추측하는 쪽이 자연스러워 보인다. 『현대문학』에 발표된 「꽃잎」이 지금까지 알려진 해당 작품 중 가장 나중의 것이라는 점, 개인 원고가 아닌 공식 지면을 통해 발표되었다는 점, 시인의 사전적 또는 사후적 동의가 있었으리라 추측된다는 점 등을 고려해볼 때 김수영의 「꽃잎」은 단일 작품이라고 판단된다.

그렇다면 단일 작품일 때의 「꽃잎」과 별개의 작품들일 때의 「꽃잎」은 어떤 유의미한 차이가 있을까. 우선 해당 시편을 읽는 이들이 작품 내적인 구심성에 대해 기대하는 정도가 미묘하게 달라질 것이다. 별개의 작품들을 연작으로 간주하여 읽을 때와 단일한 작품으로 읽을 때, 독자 혹은 연구자들은 작품을 연관시켜 묶어내는 강도를 달리할 가능성이 높다. 가령 「꽃잎」을 별개의 연작 시편들로 다뤘던 주요 선행연구들은 매우 주목할 만한 해석적 발자취를 남겨왔으나, 묶어내기 편한 작품들만을 중점적으로 다뤄온 것도 부인할 수 없는 사실이다. 특히 과거의 「꽃잎 1」, 「꽃잎 2」와 달리 상대적으로 거칠고 직접적인 시어들이 사용된 「꽃잎 3」은 앞선 두 편의 작품들과 거의 함께 묶이지 못했다.[2] 다행인 것은 별개로 간주되던 「꽃잎 1」, 「꽃잎 2」와 홀대받던 「꽃잎 3」을 한 편의 「꽃잎」으로 긴밀히 묶어 해석하려는 시도들이 최근 연구들 중 존재한다는 점이다.[3] 그러한 의미에서 2018년에 개정된 『김수영 전집』이 세 편의 「꽃잎」을 한 편의 「꽃잎」으로 고쳐 실은 일은 반갑다.

---

[2] 황동규, 「절망(絶望) 후의 소리」, 『심상』 2(9), 심상사, 1974.9.
　　백인덕, 「김수영 시에 타나난 '꽃'의 의미 연구―"꽃잎" 연작을 중심으로―」, 『한국언어문화』 15, 한국언어문화학회, 1997.
　　최현식, 「꽃의 의미: 김수영 시에서의 미와 진리」, 『포에지』 2(3), 나남, 2001.
　　정남영, 「언어적 다의성, 문학적 사유방식, 그리고 김수영의 <꽃잎(二)>」, 『문예미학』 9, 문예미학회, 2002.
　　김종훈, 「꽃잎의 자율성―<꽃잎 1>」, 『다시 읽는 김수영 시』, 작가, 2005.
　　오연경, 「'꽃잎'의 자기운동과 갱생(更生)의 시학: 김수영의 <꽃잎> 연작을 중심으로」, 『상허학보』 32, 상허학회, 2011.
　　김응교, 「김수영 시와 니체의 철학―김수영 <긍지의 날>, <꽃잎.2>의 경우―」, 『시학과 언어학』 31, 시학과 언어학회, 2015.
[3] 김은석·이승하, 「김수영의 <꽃잎>에 나타난 수사학적 특성」, 『현대문학이론연구』 42, 현대문학이론학회, 2010.
　　이영준, 「꽃의 시학―김수영 시에 나타난 꽃 이미지와 '언어의 주권'」, 『국제어문』 64, 국제어문학회, 2015.

먼지

네 머리는 네 팔은 네 현재는
먼지에 싸여 있다 구름에 싸여 있고
그늘에 싸여 있고 산에 싸여 있고
구멍에 싸여 있고

돌에 쇠에 구리에 넝마에 삭아
삭은 그늘에 또 삭아 부스러져
거미줄이 쳐지고 망각이 들어앉고
들어앉았다 튀어나오고

불이 튕기고 별이 튕기고 영원의
행동이 튕기고 자고 깨고
죽고 하지만 모두가 갱(坑) 안에서
참호 안에서 일어나는 일

사람의 얼굴도 무섭지 않고
그의 목소리도 방해가 안 되고
어제의 행동과 내일의 복수가 상쇄되고
참호의 입구의 ㄱ자가 문제되고

내일의 행동이 먼지를 쓰고 있다
위태로운 일이라고 낙반(落盤)의 신호를
올릴 수도 없고 찻잔에 부딪치는
찻숟가락만 한 쇳소리도 안 들리고

타면(墮眠)의 축적으로 우리 몸은 자라고
그래도 행동이 마지막 의미를 갖고

네가 씹는 음식에 내가 증오하지 않음이
내가 겨우 살아 있는 표시라
하나의 행동이 열의 행동을 부르고

미리 막을 줄 알고 미리 막아져 있고
미리 칠 줄 알고 미리 쳐들어가 있고
조우(遭遇)의 마지막 윤리를 넘어서

어제와 오늘이 하늘과 땅처럼
달라지고 침묵과 발악이 오늘과
내일처럼 달라지고 달라지지 않는
이 갱 안의 잉크 수건의 칼자국

증오가 가고 이슬이 번쩍이고
음악이 오고 변화의 시작이 오고
변화의 끝이 가고 땅 위를 걷고 있는
발자국 소리가 가슴을 펴고 웃고

희화(戲畫)의 계시가 돈이 되고
돈이 되고 사랑이 되고 갱의 단층의 길이가
얇아지고 돈이 돈이 되고 돈이
길어지고 짧아지고

돈의 꿈이 길어지고 짧아지고 타락의

길이도 표준이 없어지고 먼지가 다시 생기고
갱이 생기고 그늘이 생기고 돌이 쇠가
구리가 먼지가 생기고

죽은 행동이 계속된다 너와 내가 계속되고
전화가 울리고 놀라고 놀래고
끝이 없어지고 끝이 생기고 겨우
망각을 실현한 나를 발견한다

<1967.12.15. 초고>, <1968.4 『현대문학』 발표>
― 김수영, 「먼지」 전문

"조우의 마지막 윤리를 넘어서"
—「먼지」 읽기

신동옥

1967년 12월 15일을 창작일로 기록해두고 있는 작품 「먼지」는 김수영이 생전에 발표한 마지막 작품이다. 이 작품은 1968년 4월 『현대문학』 지면에 「세계일주」(1967년 9월 20일 초고)와 더불어 실린다. 「먼지」는 모두 4행으로 이루어진 12개의 연으로 구성된 48행의 시이다. 김수영의 작품 가운데서도 비교적 긴 작품에 속하는 이 작품은 「풀」과 더불어 작고 직전에 쓰인 '난해한' 작품으로 손꼽히지만, 「풀」에 비해 상대적으로 연구자들에 의한 언급 빈도가 낮은 편이다. 시인은 「반시론」(1968)을 통해서 「먼지」를 쓸 무렵의 상념을 고백하듯이 써내려간다. 「시여 침을 뱉어라」(1968.4)와 더불어 김수영의 대표적인 시론으로 손꼽히는 「반시론」은 결론 부분을 포함 크게 세 부분으로 나누어져 있다. 첫 번째 부분은 언론자유와 시, '지일(至日)'의 휴식, 시적 노동의 불순함에 대해 다루고 있다. 이어지는 부분에서는 정신과 시의 경화증, 하이데거의 「릴케론」과 프로스트의 외경에 찬 세계에 대해 단편적으로 언급하면서 본인의 시 가운데 「성」과 「미인」에 대한 시작 노트를 덧붙인다. 결론 부분에서는 문화적 쇄국주의와 후진적인 참여시, 편협한 민족주의와 미래의 시에 대해 이야기하는 것으로 글을 마친다. 다음은 「반시론」에서 「먼지」와 관련된 시인의 언급.[1]

시라는 선취자가 없으면 그 뒤의 사색의 행렬이 따르지 않는다. 그러니까 어떤 소생을 하든지 간에 시가 나와야 한다. 그리고 책이 그 뒤의 정리를 하고 나의 시의 위치를 선사해 준다. 정신에 여유가 생기면, 정신이 살을 찌면 목의 심줄에 경화증이 생긴다.

이런 때는 고생이란 고생을 다 써먹었을 때다—말하자면 수단으로서의 고생을 다 써먹었을 때다. 하는 수 없이 경화증에 걸린 채로 시를 썼다. 배부른 시다. 그것이 「라디오계」라는 작품이었다. 그 후 「먼지」, 「성(性)」, 「미인」 등의 3편을 썼는데 아직도 경화증은 풀리지 않고 있다.(410)

도대체가 파퓰러한 것이든 그렇지 않은 것이든 간에 남의 글을 인용하기가 싫었다. 그것이 요즘에 와서는 파퓰러하고 안 하고 간에 필요에 따라서는 마구 인용을 한다. 그리고 그전에 비해서 요즘의 나는 훨씬 덜 소피스트케이티드해졌다고 생각한다. 「먼지」 같은 작품은 내 자신도 상당히 난해한 작품이라고 생각하고 있다. 이제는 난해와 소피스트케이션의 구별을 분명히 가릴 수 있게 되었다. 필요에 따라서 소피스트케이션의 욕을 먹더라도 주저하지 않고 쓸 작정이다.(414)

김수영은 1967년 12월 5일 쓴 「라디오계」에서부터 1968년 1월 19일 쓴 「성」까지 한 시기로 묶고 있다. 시인은 「라디오계」와 같은 '이 땅에서는 발표하기 힘든 시'를 썼다. 그러나 1960년 12월에서 이듬해 1월로 넘어가는 사이 홍역을 치르게 한 「나가타 겐지로」의 경우나 동년 10월 창작한 다음 '발표하지 않고 썩혀둔'(「반시론」, 405쪽) 「김일성 만세」에서 느꼈던 분노와 흐뭇함의 양가적인 감정적인 희열을 느끼지 못한다. 문제 삼고 있는 「라디오계」는 이 땅의 라디오 주파수를 일별한 다음, 이북방송이나 일

---

1) 김수영 산문 인용은 『김수영 전집2; 산문(2판)』(민음사, 2012)를 저본으로 하고, 말미에 쪽수를 명기한다.

본방송 등 '불온방송'을 들으면서도 잡음이 깨끗하게 제거된 세계에서 '반공산주의자'로 전락하지 않기 위해서는 방송이 사라지거나, 그보다 먼저 시인 자신과 자신의 시가 어떻게 되거나 둘 중 하나의 선택지밖에 없다고 맺는다. 이 시는 "아아 배가 부르다/ 배가 부른 탓이다"로 끝난다. 김수영은 이 구절을 '부르주아 근성'으로 돌려서 「반시론」의 논거 가운데 하나로 전용한다. 요는 자신의 노동을 모르는 농부의 손처럼 시인 역시 자신의 시를 모르는 시를 써야한다는 것. 그러나 1967년 세모의 김수영은 어떻게 해볼 수도 없는 '경화증을 앓고' 있었다. 시로부터 벗어나 다시 시로 돌아가기 위해서 일삼았던 방법들이 별무소용이 되었기 때문이다. 마음을 잡고 하루를 쉬는 '지일'의 여유도 일상의 소란함 앞에서 처참하게 무너진다. 어머니와 동생이 돌보는 농장의 자연에 안겨 쉬는 일 역시 여유의 이중성을 인식하는 자신의 '불순함'으로 인해 어떤 위안도 주지 못한다. 김수영은 "소설을 쓸 수 있을 만큼 불순해진 것"(409)이라고 고백하기에 이른다. 시로 복귀하기 위한 "수단으로서의 고생"이란 이러한 방법들을 일컫는 것이다. 유연하지 않은 정신과 울대로 쓴 시 가운데 하나로 「먼지」를 꼽고 있는 것이다. 「미인」에 대해서는 하이데거의 '릴케론'에 나오는 천사의 입김을 동원해가며 상세하게 분석하고, 「성」에 관해서는 시작노트를 비교적 친절하게 덧붙이고 있으나, 「먼지」에 대해서는 난해하며 소피스트케이션의 욕을 먹더라도 주저 않고 쓴 작품으로 꼽는 것으로 언급을 마친다. 「먼지」는 언뜻 난해해 보인다.

이 작품은 몇 부분으로 나누어 볼 수 있다. 먼저 1연에서 3연이다. 먼지가 발생하고 분포하는 정황에 대해서 쓴 부분이다. 1연에서 머리, 팔과 같은 신체는 물론 현재와 같은 시공간의 관념과 현상마저도 먼지에 싸여있다는 아포리즘으로 시의 모두(冒頭)를 열고 있다. 이어지는 행에서 먼지는 구름과 산은 물론 그늘과 구멍에까지도 산포하고 있다는 것으로 정황이 확장된다. 여기서 먼지는 어떤 오라(aura)와 같은 것으로 읽힌다. 몸이 지배하는 시공간은 물론 현상체와 가상체를 모두 잠식하는 먼지의 위력은 2연으로 확장된다. 먼지의 성질은 관계를 바꾸어놓기에 이른다. 돌, 쇠, 구리, 넝마와 같은 물질들의 속성을 바꾸어놓을뿐더러, 그늘과 거미줄로 은유된 시간의 질서가 현출하는 양상마저도 급진시켜서 돌이킬 수 없는 관계양상으로 세계를 지배한다. 먼지의 지배 속에서 마침내 망각이 출현 내지는 출몰한다. 시에서 망각은 '들어앉고/ 들어앉다 튀어나오'는 것으로 쓰이고 있다. 이 의인을 눈여겨 볼 필요가 있다. 3연에서는 난데없이 불과 별이 튀긴다. '영원의 행동' 또한 '튕기고 자고 깨고 죽고'를 반복한다. 비로소 이 시의 무대가 밝혀진다. 이것은 "모두가 갱(坑) 안에서/ 참호 안에서 일어나는 일"이다. 그러니까 1연에서 3연은 거꾸로 읽혀야 맞다. 갱 안에서 망치질로 인해 불과 별이 튀고, 그처럼 영원히 반복될 행위 속에서 무언가가 계속 태어나는데, 그것은 시간의 미분점이라고 할 수 있는 '망각'이다. 금의 은유는 시간의 비유이기 때문이다. 금을 캐는 행위는 시간을 캐는 행위와 통하고, 반복되는 행위는 침묵과 연결된다. '망각'은 바로 그러한 의미에서 '채굴물'의 은유적인 변환으로 읽힌다.

그렇다면 '먼지'는 부수적인 현상이지 지배적인 현상이 아닌 셈이다. 이 시는 가능성, 현존성, 필연성의 영역인 갱 안의 세계와 불가능성, 비현존성, 우연성을 특질로 하는 '먼지'의 세계를 역전시키고 있다는 것을 쉬이 알 수 있다. 이러한 역전이 가능한 계기를 잡아내는 일이 '난해'와 통한다. 이어지는 4연에서 6연은 바로 그러한 의미에서 시의 터닝 포인트로 읽힌다. 문제는 인간의 행위가 불러오는 관계속성의 변화가 아니다. 우연이 촉발한 결과인 먼지가 세상을 잠식하듯 문제는 '우연의 퇴로' 즉 "참호의 입구의 ㄱ자"일 뿐이다. 가로막혀 있는 상황은 정립과 반정립의 이율배반 자체를 무화하기 때문이다. 5연에서는 "낙반의 신호"를 바로 그 위태로움의 전조로 들고 있다. 갱이 무너지기 전에 천장에서 흙더미가 쏟아져 내린다. 현상의 실체성은 이와 같이 원인과 결과의 상호적인 작용 속에서 명징하게 인식되면서 실재성을 보증 받는다. 그러나 먼지는 낙반이 아니다. 먼지는 어디에서나 연기처럼 피어오른다. 기미조차도 못 되지만 때로 치명적인 결과를 산출하는 먼지 속에서는 어떤 신호도 전조도 무의미할 수 있다. 그렇다면 세계의 성질이나 관계나 속성 또는 양상의 명백한 변화에 선행하는 '행동'만이 남는다. 먼지 속에서도 활보하는 인간의 '살아있음의 표식'이 더욱 중요하다는 것이다.

이렇게 해석하고 보아도 왜, 난데없이 '갱도와 먼지인가?' 되묻지 않을 수 없다. 1967년 9월 6일 충청남도 청양군 사양면 구봉산에 소재한 구봉광산에서 광부 김창선 씨가 극적으로 생환한 사건이 있었다. 광산 매몰 386시간, 약 16일 만에 살아 돌아온 광부의 생사에 대해서 매스컴은 취재의 열을 올렸다. 김창선은 자신의 생환기를 '후일담'으로 미디어에 오래 등장했다. 김창선의 죽음 체험은 돈벌이의 소재가 된 것이다. 후일 우리에게 <수사반장>이나 <한지붕 세가족>의 극본가로 더 알려진 희곡작가 윤대성은 1967년 동아일보 신춘문예를 통해 등단한다. 1974년 윤대성은 김창선의 매몰과 생환기를 소재로 「출세기」라는 연극을 발표한다. 작품의 주동인물인 양창선의 매몰에서 시작되는 극은 중후반부에서 그를 둘러싼 현대 문명 속에서 인간의 허위의식, 매스미디어의 횡포를 직접 주제로 다룬다. 극중에서 양창선은 광산에서 살아 돌아온 이야기를 밑천으로 일확천금을 꿈꾸며 서울로 향하지만, 빈털터리로 광산으로 돌아가 곡괭이를 잡는다. 그가 캐야할 금은 '갱도' 안에 있다는 것, 그리고 그의 몸뚱이와 운명이 만들어내는 '우연한 만남' 속에 금이 있다는 것으로 극은 끝맺는다.

인간은 먼지와 같은 기미로도 갱도 안에서 낙반과 같은 필연으로도 스스로 운명을 지배하지 못한다. 결국 '행동'의 연쇄가 인간이 살아 있다는

'표시'이다. 7연에서 9연은 이러한 인식을 윤리의 문제로 전화한다. 요는 몰락이나 파국이 시간적으로 이미 주어져 있는 것이 아니라, 미리 또는 앞서서 막고 치고 나아가 만나는 계기 즉 우연이 행위를 지배한다는 인식이 그것이다. 하이데거는 '미리 내다보는 것만이 노래하는 영혼의 본질'이라고 썼다. 시는 결별한 곳에서 완성되며, 결별한 곳을 장소성(Ortshaft)으로 거느리는 시는 시지음으로 말한다. 여기서 시지음이란 언제나 '결별한 곳의 정신이 내놓은 아름다운 소리를 건네받아 뒤따라 말하는 행위'라는 의미를 지닌다. 시는 뒤따라 말하는 언어이고 '시의 언어는 넘어가는 이행과정(Übergang)으로' 말한다.[2] 김수영이 말하는 "조우의 마지막 윤리" 역시 같은 지점을 겨냥하는 것으로 여겨진다. 여기서 '미리'라는 시점은 선조적으로 시간을 선취한다는 의미를 넘어선다. 행동으로 어제와 오늘과 내일을 동시에 변화시키는 우연의 한 지점을 겨냥하고 있기 때문이다. 성스러운 몰락의 지점에서 돌아보는 바로 이곳의 삶의 한 자리, 바로 그 때 이 세계라는 동굴은 결별한 곳이 된다. 어떤 행위와 우연으로도 바꿀 수 없는 것은 "갱 안의 잉크 수건의 칼자국"일 뿐이다. 불가역적인 자연의 폭력은 인간 바깥에 있기 때문이다. '증오, 음악, 발자국 소리'는 모두 우연의 계시이며 결별과 몰락의 선언적인 '변화'의 시작점들이다.

　10연에서 12연에서 '돈'이 등장한다. 여기서 돈은 구조적으로 2연의 '돌, 쇠, 구리'는 물론 3연의 '불, 별, 행동'과 맞쪽을 이룬다. 미셸 세르는 자연은 전락한 형이상학 전체이고, 모든 자본 위에는 비열한 손이 도사린다고 썼다.[3] 갱도는 자연이 '돈'으로 전락한 형이하학의 공간이고, 여기서 연금술적인 우연으로 발견되는 '금'은 자본의 형이상학적 주술을 통해 돈

---

2) Heidegger, Martin, 신상희 옮김, 「詩에서의 언어; 게오르크 트라클의 시에 대한 논구」, 『언어로의 도상에서』, 나남, 2012, I·II장 참조.

3) Serres, Michel, 이규현 옮김, 『헤르메스』, 민음사, 2009, 112쪽.

이 된다. 물론 돈 역시 '자본'이라는 '비열한 손' 아래 있다. 자본은 행동하지 않는다. 자본은 '돈의 질서'를 조정하면서 사랑을 만들어내고, 갱도의 길이와 깊이를 단축시키며, 타락을 초래하고 표준과 질서를 앗아간다. 여기서도 먼지는 피어오른다. 먼지는 어디에나 있다. 아이러니의 끝에 이르면 먼지는 이 모든 것의 죽음의 결과인 동시에 우연한 만남이라는 마지막 행동의 윤리의 증거이기도 할 것이다. 시는 이렇게 끝난다.

> 죽은 행동이 계속된다 너와 내가 계속되고
> 전화가 울리고 놀라고 놀래고
> 끝이 없어지고 끝이 생기고 겨우
> 망각을 실현한 나를 발견한다

세속성과 일상성의 고투, 망각의 영원성과 윤리의 찰나성의 길항, 행위의 일회성과 반복의 자동성의 갈등, 정신이 경화하고 시가 경화할 때 행동은 죽은 행동이다. 마지막 연은 시를 쓰는 일상의 '자신'에 초점을 맞추는 것으로 끝맺는다. 1연에서 11연이 갱도의 알레고리와 먼지의 아이러니에 대한 성찰을 담고 있다면, 마지막 연에서 시인은 다시 시를 쓰는 자신의 작업대 책상으로 돌아와 스스로 써내려간 '먼지의 시'와 바로 그 행동, 망각의 결과물을 마주한다. 한 편의 시가 끝날 때 마지막이라는 말이 가능한 동시에 이전에 쓰기 행위는 '죽은 행위'가 된다. 시편은 망각의 실현물일 수 있지만, 시는 망각의 완성일 수 있다.[4]

---

4) 낱낱의 시와 시라는 전체의 관계에 대한 이러한 인식은 하이데거의 아래 문장에서 보론을 얻을 수도 있을 듯하다. "개개의 시들(Dichtungen) 중 어떤 것도, 아니 시 전체가 모든 것을 말하지 않는다. 그럼에도 불구하고 모든 시는 어떤 하나의 詩 전체로부터 말하며 매번 이 전체를 말한다." Heidegger, 앞의 책, 56쪽.

저자 약력

유성호(critic@hanyang.ac.kr)
한양대학교 국문과 교수. 문학평론가.
주요 논저로는『한국 현대시의 형상과 논리』,『상징의 숲을 가로질러』,
『침묵의 파문』,『한국시의 과잉과 결핍』,『현대시 교육론』,『근대시의
모더니티와 종교적 상상력』,『움직이는 기억의 풍경들』,『정격과 역진의
정형 미학』,『다형 김현승 시 연구』,『서정의 건축술』이 있다.

신동옥(poetman77@hanmail.net)
한국방송통신대학교 강사. 시인.
주요 논저로는『김수영과 김춘수 시학에 나타난 미적 이데올로기
연구』,「해방기 '전위시인'의 시적 주체 형성 전략」이 있다.

이은실(yudite23@hanmail.net)
한양대학교 겸임교수. 시인.
주요 논저로는『김현승 시에 나타난 시간의식 연구』,
「윤동주 시 <병원>에 나타난 타자성 연구」,
「정지용의 시 <압천>에 나타난 주체 의식 연구」가 있다.

김혜진(isall@naver.com)

한양대학교 강사. 시인.

주요 논저로는 『이상 문학의 가장성 연구』가 있다.

차성환(poetcha@hanmail.net)

한양대학교 겸임교수. 시인.

주요 논저로는 『멜랑콜리와 애도의 시학

―백석·박용철·이용악의 시세계』가 있다.

곽예근(yague21@naver.com)

한서대학교 연구교수.

주요 논저로는 『오장환 시 연구』가 있다.

하빛나(hbn705@naver.com)

광운대학교 외래강사.

주요 논저로는 「정지용 시 영향관계 연구」가 있다.

전철희(kjturi@hanmail.net)

한양대학교 국문과 박사과정 수료. 문학평론가.

주요 논저로는 「운명과의 만남」이 있다.

정애진(ajin9270@naver.com)

한양대학교 국문과 박사과정 수료.

주요 논저로는 『김광균 시 연구―이미지를 통한

정서의 발현 양상을 중심으로』가 있다.

조대한(blackdooly16@naver.com)

한양대학교 국문과 박사과정 수료. 문학평론가.

주요 논저로는 『이상 문학의 '새―변신' 모티프 연구』가 있다.

정보영(bylove1229@naver.com)

한양대학교 국문과 박사과정.

주요 논저로는 『백석 시 연구』가 있다.

양진호(jinhoyang2@naver.com)
한양대학교 국문과 박사과정.
주요 논저로는『최하림 시 연구』가 있다.

이중원(risenword@hanmail.net)
한양대학교 국문과 박사과정. 시인.
주요 논저로는「김수영 시집의 편집과 구성의 원리 :『달나라의 작란』과
『달나라의 장난』의 비교를 중심으로」,「김상옥 시조와 자유의 형식」이 있다.

정치훈(1155ww@hanmail.net)
한양대학교 국문과 박사과정.
주요 논저로는『김수영 시의 정전화 과정과 방향』,「김수영 시에
나타나는 금기와 위번 구조 연구 － '아내'와 '여편네'를 중심으로」가 있다.

권준형(wnsguds@naver.com)
한양대학교 국문과 박사과정.
주요 논저로는『이승훈 시의 언어양상 연구』가 있다.

김수영 시 읽기

초판 1쇄 인쇄일	2019년 7월 30일
초판 1쇄 발행일	2019년 8월 05일

지은이	유성호 외
펴낸이	정진이
편집장	김효은
부편집장	이성국
편집/디자인	우정민 우민지
마케팅	정찬용 정구형
영업관리	한선희 최재희
책임편집	우민지
인쇄처	제삼인쇄
펴낸곳	국학자료원 새미(주)
	등록일 2005 03 15 제25100－2005－000008호
	경기도 파주시 소라지로 228－2 (송촌동 579－4 단독)
	Tel 442－4623 Fax 6499－3082
	www.kookhak.co.kr
	kookhak2001@hanmail.net

ISBN	979－11－89817－45－9 *93810
가격	17,000원

* 저자와의 협의하에 인지는 생략합니다.
  잘못된 책은 구입하신 곳에서 교환하여 드립니다.
  국학자료원·새미·북치는마을·LIE는 국학자료원 새미(주)의 브랜드입니다.
* 이 도서의 국립중앙도서관 출판예정도서목록(CIP)은 서지정보유통지원시스템 홈페이지(http://seoji.nl.go.kr)와 국가자료공동목록시스템(http://www.nl.go.kr/kolisnet)에서 이용하실 수 있습니다.
  이 도서의 국립중앙도서관 출판예정도서목록(CIP)은 서지정보유통지원시스템 홈페이지(http://seoji.nl.go.kr)와 국가자료종합목록 구축시스템(http://kolis-net.nl.go.kr)에서 이용하실 수 있습니다. (CIP제어번호 : CIP2019029247)